南 英男

毒蜜 決定版

実業之日本社

実業之日本社文庫

目次

毒蜜

プロローグ

美しい女が脚《あし》を組み替えた。

煽情的《せんじょうてき》な黒いパンティーがちらついた。男は目のやり場に困った。そのくせ、視線を逸《そ》らせなかった。

暗緑色のミニスカートから覗《のぞ》く太腿《ふともも》は、むっちりとしている。光沢もあった。

男は口に生唾《なまつば》を溜《た》めた。

いまにも下腹部《はら》が熱を孕みそうだった。興奮で、いくらか胸が苦しい。

美女はカラフルなセーターを着ていた。薄手のVネックだった。襟ぐりが深かった。

豊かな乳房の裾野が眩《まばゆ》い。

港《みなと》区内にある彼女の自宅マンションの居間だった。

四月中旬のある夜だ。二人はリビングソファに坐って向き合っていた。

男は、ある広域暴力団の舎弟頭《しゃていがしら》補佐だった。

優しげな顔立ちのせいか、やくざに見られることは少なかった。三十二歳になって間がない。まだ独身だ。

魅惑的な女は、組の大幹部の愛人だった。

二十五歳だ。頽廃《たいはい》的な色気を漂《ただよ》わせた美人である。

どこか気だるげだが、目鼻立ちは整《ととの》っていた。黒目がちの瞳には、魔性《ましょう》めいた光が揺れている。流し目は色っぽかった。

大幹部に囲われるまで、彼女は赤坂《あかさか》の高級クラブでホステスをしていた。店のナンバーワンだっただけあって、その容姿は人目を惹《ひ》く。

男は冷めかけたブラックコーヒーを啜《すす》り、ラークに火を点《つ》けた。

女が釣られて、赤い唇に細巻きのヴォーグを挟《はさ》んだ。すかさず男は、ダンヒルを鳴らした。ライターの火を差し出すと、彼女は嫣然《えんぜん》とほほえんだ。ぞくりとするほど色気がある。

男は何かを掻《か》き立てられた。

「ありがとう」

綺麗《きれい》な女が礼を言い、長椅子の背凭《もた》れに寄りかかった。

弾《はず》みで、量感のある胸の隆起が揺れた。ブラジャーはしていないようだ。男は邪《よこしま》な欲情を覚えた。何がなんでもセクシーな女を抱きたくなった。

大幹部の使いで、男は十カ月あまり前から彼女のマンションをしばしば訪ねていた。今夜は到来物《とうらいもの》のキャビアを届けにきたのだ。

女と顔を合わせているうちに、いつしか男の胸には恋情が芽生《めば》えていた。しかし、相手は大幹部の愛人だ。口説《くど》くわけにはいかない。熱い想《おも》いは、ずっと胸の奥に封じ込めてきた。辛《つら》かった。

「誰かいるんでしょ、いい女性《ひと》が？」

美女が紫煙《しえん》をくゆらせながら、唐突に訊《き》いた。

「そういう女はいない。しかし、惚《ほ》れてる女性は……」

「誰なの？　ね、教えて」

「そいつはちょっとね」

男は返事をはぐらかし、煙草《たばこ》の火を消した。

そのとき、女がまたもや脚を組み替えた。メッシュ入りの黒いパンティーが見えたのは、ほんの一瞬だった。だが、刺激に満ちた残像は脳裏から容易に消えなかった。

男の自制心が砕《くだ》けた。

次の瞬間、荒々しい性衝動《リビドー》が全身に漲《みなぎ》った。もはや抑《おさ》えようがない。

男は無言でソファから立ち上がった。意を決したのだ。女が喫《す》いさしの煙草の火を消しながら、慌《あわ》てて問いかけてきた。

「わたし、何か気に障《さわ》ることを言った？」

「そういうことじゃないんだ」

男はコーヒーテーブルを回り込み、女のかたわらに浅く腰かけた。

目を惹《ひ》く女が訝《いぶか》しげに男の横顔をまじまじと見た。だが、迷惑げではなかった。それどころか、表情には媚《こび》の色がにじんでいる。

「おれが惚れてるのは、きみなんだ」

「悪い冗談はやめて」

「本気だよ。おれと一緒にどこかに逃げよう」

男は女の肩を抱き寄せ、官能的な唇を吸いつけた。嚙《か》みつくようなキスだった。

女が小さく抗《あらが》う。顔と顔が離れた。

「駄目よ、こんなこと。わたしとおかしな関係になったら、あなた、組にいられなくなるわよ」

「それでもいいさ。きみが欲しいんだ」

男はふたたび美女の唇を塞《ふさ》ぎ、右手を短いスカートの中に潜《くぐ》らせた。

彼女の内腿《うちもも》は、しっとりとしていた。肌の火照《ほて》りが快《こころよ》い。相手がくぐもり声で何か言い、また身を捩《よじ》った。

男は強引に指を腿の奥に進めた。ほとんど同時に、女が反射的に脚をすぼめた。しかし、それは形ばかりの拒絶だった。じきに腿から力が抜けた。

男は勇気づけられ、パンティーの中に指を這《は》わせた。

敏感な部分は珠《たま》のように痼《しこ》っている。男は指の腹で、敏感な突起を集中的に愛撫《あいぶ》しはじめた。

女が喉《のど》の奥で切なげに呻《うめ》き、すぐに男の昂《たか》まりに触《ふ》れた。馴《な》れた手つきだった。

二人は舌を絡《から》ませながら、互《たが》いの性器をまさぐり合った。

男は頃合を計って、合わせ目を捌《さば》いた。すぐに指先が熱い潤《うる》みに塗《まみ》れた。

襞《ひだ》のはざまに指を深く沈めると、女は背を反《そ》らした。唇から淫《みだ》らな呻きも洩《も》れた。

男は女を長椅子に横たわらせ、セーターとミニスカートを手早く脱がせた。

白く輝く裸身は熟《う》れていた。肌理《きめ》も濃《こま》やかだ。胸と腰は瑞々《みずみず》しく張っている。

男は女の乳首を含みながら、パンティーをせっかちに剥《は》ぎ取った。

「わたしたち、地獄に堕《お》ちるかもしれないわよ」

「それでもかまわない」

「なら、抱いて……」

美しい女が縋《すが》るように言って、軽く瞼《まぶた》を閉じた。

男は黙ってうなずき、彼女の脚を大きく割った。赤い輝きを放つ秘部が露《あらわ》になった。

第一章　掟破《おきて》り

1

対戦相手の男が舌打ちした。

手球《てだま》をポケットに落とした瞬間だった。

救いようのないミスだ。狙《ねら》った二番球は跳《は》ね回っただけで、緑色の盤面に留《とど》まった。

このゲームも、いただきだ。

多門剛《たもんごう》はほくそ笑《え》み、喫《す》いさしの煙草の火を消した。下の名は戸籍では、つ、よ、し、と読む。だが、誰もが音読みで呼ぶ。多門自身も、その響きが気に入っていた。

男がビリヤードテーブルから離れた。

肥満体だった。力士崩《くず》れの暴力団員だ。三十二、三歳だろうか。名は知らない。

多門はベンチから立ち上がった。

渋谷《しぶや》のビリヤード屋だ。店は宮益坂《みやますざか》の雑居ビルの二階にある。ポケット・ビリヤード台が八つ置かれているが、ほかの七台は使われていない。

この店には、一般の客はめったに寄りつかなかった。

やくざや遊び人の溜《た》まり場だった。夜の九時を回ったばかりだ。四月中旬のある夜だった。

「このテーブルの羅紗《ラシャ》、浮き上がってんじゃねえのかよ」

でっぷりと太った男が、奥にいるマスターに厭味《いやみ》を言った。

五十絡みのマスターは相手にしなかった。わずかに顔を上げたきりで、すぐに視線を夕刊に戻した。

多門は数十分前から、男とナインボールの勝負をしていた。

遊びではない。一ゲーム六万円の賭けだった。

すでに多門はストレートで、四ゲーム勝っている。男とは、この店で幾度も顔を合わせていた。向こうが勝負を挑《いど》んできたのだ。

「きょうは厄日《やくび》みてえだな」

男が大仰《おおぎょう》にぼやき、隣のビリヤードテーブルに腰かけた。

ただでさえ太い腿《もも》が平たく潰《つぶ》れた。まるで搗《つ》きたての餅《もち》だった。実際、ダブルスーツがはち切れそうだ。

男の荒い息遣《づか》いが耳障《ざわ》りだった。いかにも息苦しそうだ。体重は優に百数十キロはあるだろう。

典型的な丸顔だった。目は糸のように細い。鼻も小造りだ。

多門は自分のキューを摑《つか》んで、のっそりとビリヤードテーブルに歩み寄った。

ウール地の黒いスタンドカラーの長袖《そで》シャツの上に、焦茶《こげちゃ》のレザージャケットを羽織っている。下は杉綾《ヘリンボーン》のスラックスだった。

的球《まとだま》の散り方を目で読む。ばらけ具合は悪くなかった。

ナインボール・ゲームのルールは、いたって単純だ。

自分の白い手球を一番球から当て、的球を六つのポケットのどこかに落とせばいい。最後の九番球を早くポケットに入れたプレーヤーが勝者になる。

一番から八番までのカラーボールを落としても、得点にはならない。また、九つの的球をすべてポケットに追い込む必要もなかった。

手球を一番球に当てたとき、運よく九番球もポケットに落ちれば、その勝負は終了だ。

多門はタップに滑り止めのチョークパウダーを塗りつけ、壁際《かべぎわ》のベンチに目をやった。

そこには、男の連れが坐っていた。

妖艶な美女だった。二十五、六歳だろうか。派手な顔立ちが目を惹《ひ》く。

肢体も肉感的だ。突き出た胸の隆起は、マスクメロンほどの大きさだった。

視線が交《まじ》わった。

多門は小さく笑いかけた。女が曖昧《あいまい》にほほえみ、すんなりとした脚《あし》を組み替える。自分の魅力を充分に意識した仕種《しぐさ》だった。

「おい、何してやがるんだ。早く撞《つ》けや」

「そう急《せ》かすなって」

多門は元力士に言って、自分の手球を二番球と三番球の中間に置いた。

最初のブレイクショット以外は、手球はどこに置いてもかまわない。それが予《あらかじ》め取り決めたルールだった。

多門は、スタンスを大きく取った。

身を深く屈《かが》める。多門は指でブリッジを作り、キューを構えた。まだ目の位置が高い。

さらに腰を落とす。

多門は大男だった。

巨漢という表現がぴったりだ。身長百九十八センチで、体重は九十一キロもある。

筋肉質の体は逞《たくま》しい。ことに肩と胸が厚かった。二の腕の筋肉は、瘤《こぶ》状に盛り上がっている。そんな体型から、〝熊〟という綽名《あだな》がついていた。〝暴《あば》れ熊〟と呼ぶ者もいた。親しい者は誰もが、そのニックネームで多門を呼んでいる。彼自身も、その綽名が嫌いではなかった。体軀《たいく》そのものは、他人に威圧感を与える。

だが、多門の顔は少しも厳《いか》つくない。やや面長《おもなが》な童顔だ。

きっとした奥二重《おくぶたえ》の目、小鼻の張った大きな鼻、いかにも負けん気の強そうな直線的な唇、強靭《きょうじん》な意志を秘めた顎《あご》。髭《ひげ》の剃《そ》り痕《あと》が濃い。腕白坊主が、そのまま大人になったような面相だった。

多門は三十五歳だが、せいぜい三十そこそこにしか見られない。笑うと、とたんに太い眉と目尻が下がる。目鼻立ちは整っていないが、女に不自由したことはない。

愛嬌のある面差《おもざ》しが母性本能をくすぐるのか。スマートフォンの住所録には、女性の名前だけしか登録されていない。

多門自身も女好きだった。

といっても、ただの好色漢ではない。彼は老若や美醜に関係なく、すべての女性を観《かん》音《のん》さまのように崇《あが》めていた。

それも半端《はんぱ》ではなかった。辛い思いをしている女に物心両面で献身的に尽くすことが、多門の生き甲斐《がい》だった。こと女性に対しては、呆《あき》れるほどに無防備だ。初心《うぶ》な少年とほとんど変わらない。

　そんなふうだから、しばしば多門は手ひどい仕打ちを受ける。しかし、相手を恨《うら》んだことはただの一度もない。

　多門は裏社会専門の始末屋だ。

　いわば、ネゴシエーター兼トラブルシューターである。表沙汰《おもてざた》にはできない各種の揉め事《トラブル》を体を張って解決して、かなりの収入を得ていた。

　条件のいい仕事なら、基本的にはどんな依頼も引き受ける。ただし、殺人や凶悪犯罪に加担するような仕事は断ることにしていた。

　しかし、仕事の成り行きで脅迫をしたり、暴力も平気で用《もち》いる。必要なら、偽造のパスポートや運転免許証も使う。盗聴、住居侵入なども厭《いと》わない。

　また、男よりも女の依頼を優先させている。立場の弱い女性からは、実費程度の報酬しか貰わない主義だった。

　多門は裏仕事で、暴力団組員、総会屋、会社整理屋、ブラックジャーナリスト、悪質金融業者、手形のパクリ屋、密輸組織、強請《ゆすり》屋、故買《こばい》屋、保険金詐欺グループ、株の仕《し》手《て》集団、麻薬ブローカーなどと接している。

索漠《さくばく》たる仕事ばかりだった。それだけに一層、女性に心のやすらぎを求める気持ちが強かった。

「もったいつけてねえで、早く撞けったら！」

太った男が焦《じ》れた。

多門は男を睨《ね》めつけ、キューを軽く前後にスイングさせた。準備運動のストロークだった。息を詰める。

多門は肩の力を抜いて、手球の下の方を撞いた。ドローショットだ。

手球は勢いよく回転しながら、滑走していった。

走り方は安定していた。二番球を右奥のポケットに押しやると、手球にバックスピンがかかった。我ながら、切れがいい。

白いボールは激しく後方回転し、三番球を捉《とら》えた。

小気味いい音が響いた。弾《はじ》かれた三番球は対角のポケットに落ちた。

贅肉《ぜいにく》だらけの男が自分のキューを床に叩きつけ、溜息をついた。溜息は長かった。男は何か悪態もついた。

多門はせせら笑った。

あと一息で、ストレート勝ちだ。勝つ自信はあった。ショットに変化をつけながら、残った的球を次々にサイドかコーナーポケットに落としていく。

多門は大学時代からビリヤードに親しんでいる。九番球をポケットに沈めるのに、それほど手間《てま》はかからなかった。二分足らずで、五ゲーム目が終わった。

「おめえ、汚《きたね》えぞ」

男が大声で喚《わめ》き、ビリヤードテーブルから滑り降りた。

「汚いだって？」

「そうじゃねえか。てめえはプロなんだろうがよっ」

「ビリヤードは、ただの趣味さ」

「いや、その腕はプロはだしだ。このゲームはチャラにしてもらうぜ」

「そうはいかない。三十万をキャッシュで払ってもらおう」

「てめえ、おれの昔の仕事を知らねえらしいな」

「知ってるよ、褌担《ふんどしかつ》ぎだったんだろ？」

「な、なめんじゃねえ！　おれはな、前頭《まえがしら》で土俵を降りたんだ」

「それがどうした？」

多門は奥二重の目を攣《つ》り上げた。どこか愛嬌のある童顔が別人のように険《けわ》しくなる。

元力士が気色《けしき》ばんだ。

ネクタイをぐっと緩《ゆる》め、走り寄ってくる。汗ばんだ額《ひたい》に、青筋が浮き立っていた。

「あなた、やめて！」

連れの女性が元力士を諫《いさ》めた。だが、男の足は止まらなかった。

金に汚い男は赦《ゆる》せない。それに多門にも事情があった。日頃の浪費癖が祟《たた》り、貯《たくわ》えは底をつきかけていた。三十万円の臨時収入はありがたい。

多門は膝《ひざ》で、キューを真っ二つに折った。

男が眼前に迫っていた。多門は無造作に右腕を突き出した。

ぎざぎざに尖《とが》ったキューの先が、男の喉笛に浅く突き刺さる。男が獣じみた声を放ち、両手でキューを引き抜こうとした。

だが、多門は手を放さなかった。男が諦《あきら》め、身を反《そ》らす。それで、ようやくキューが抜けた。傷口に鮮血が盛り上がった。血の粒は爆《は》ぜて、すぐに拡《ひろ》がった。

多門は静かに間合いを詰めた。

すかさず男の股間を思い切り蹴り上げた。前蹴りは元力士の睾丸《こうがん》を直撃した。

相手の眼球が引っくり返った。男は両手で急所を押さえ、膝から頽《くずお》れた。

多門は、相手のぶよぶよした胸を蹴り込んだ。

スラックスの裾《すそ》がはためいた。イタリア製の三十センチの靴が、肉の中に深く埋まる。

手縫いの靴だった。値は十万円を超《こ》える。

あばら骨の折れる音が耳に届いた。多門は冷ややかに笑った。

男が野太く唸《うな》って、後方に倒れた。その四肢はすぐに縮まった。

多門は、だいぶ加減して蹴ったつもりだ。本気で放つ前蹴りは、一トン近い破壊力を発揮する。九十一キロの全体重を乗せた右フックでも、約半トンの爆発力を持つ。

多門は握力も強い。並の男は彼に少し強く腕を摑まれただけで、骨に罅《ひび》が入ってしまう。

店のマスターとベンチの女が相前後して、悲鳴に似た声をあげた。

多門は気にしなかった。血の雫《しずく》を滴《したた》らせているキューを握り直した。それを男の下腹に突き立てる。

多門は少しも迷わなかった。

〝熊〟というニックネームには、そうした獰猛《どうもう》な性格も込められていた。事実、多門は神経を逆撫《さかな》でする同性は非情なまでにぶちのめす。

元力士が不揃いの歯を剝《む》いて、体を左右に揺すった。たるんだ腹の肉が不様《ぶざま》に震えた。

多門は、またもや男の脇腹をキックした。閃光《せんこう》のような蹴りだった。

男が奇妙な声を発し、ほどなく悶絶した。

多門は子供のころから、喧嘩《けんか》がめっぽう強かった。中・高校時代は裏番で通した。

だが、弱い者いじめはしなかった。自分に牙を剝く者だけを徹底的に痛めつける。それが多門の暴力哲学だった。

「お願い、早くキューを抜いてあげて」

女が駆け寄ってきて、多門に哀願した。

香水の匂いが甘やかだ。ディオールだろうか。女を悲しませるのは本意ではない。いつも気が重くなる。

多門は無言でキューを乱暴に引き抜いた。

先端は血みどろだった。傷口から、新たな血糊《ちのり》がどっとあふれた。白いワイシャツに赤い染《し》みが拡がっていく。キューを投げ捨てる。

「わたしの彼氏が負けたのは三十万ね？」

「そう。けど、そっちにゃ関係ねえことだ」

多門は女に言って、しゃがみ込んだ。

男の上着の内ポケットを探る。多門は仔牛《カーフ》の黒い札入れを摑み出し、中身を検《あらた》めた。

一万円札は数枚しか入っていなかった

多門は鼻を鳴らし、革の財布を床に投げ捨てた。

男は、ダイヤモンドをあしらった腕時計を嵌《は》めていた。オーデマ・ピゲだった。安い型でも、百万円は下《くだ》らない。

多門は高級時計を男の右手首から外《はず》し、それを高く掲《かか》げた。

「マスター、こいつを三十万で買わねえか？」

「わたし、外国製品は嫌いなんですよ」

マスターがそう言い、奥の事務室に引っ込んだ。トラブルには巻き込まれたくないらしい。利口な男だ。

「その時計、わたしが買うわ。といっても、いまは三十万も持ってないけど」

「そっちが肩代わりすることはねえさ」

多門は立ち上がった。

「でも、この彼にはいろいろ世話になってるし……」

「ろくでなしでも、女には優しいのかな」

「その時計、持っていくつもりなの？」

女が訊《き》いた。

多門は一瞬、オーデマ・ピゲを女に渡しそうになった。しかし、それではけじめがつかない。

「ね、どうなの？」

「一応、預かっとく」

「お金の都合がついたら、どこに行けばいい？」

「深夜なら、たいがい百軒店《ひゃっけんだな》の『紫乃《しの》』ってカウンターバーにいるよ」

「わかったわ」

「そっちが工面《くめん》した金なら、おれは受け取らないぞ」

「このままじゃ、済まないわよ。この男《ひと》は、牧原《まきはら》組の世話になってるんだから」

「そっちにゃ、そういう台詞《せりふ》は似合わないな」

多門は言って、せしめた腕時計をジャケットのアウトポケットに収めた。

女が睨《にら》みつけてくる。多門は目を逸《そ》らして、出口に足を向けた。ちょうどそのとき、奥からマスターが現われた。

目が合うと、なぜか店主はうつむいた。

何やら後ろめたそうな表情だった。おおかた彼は、牧原組の事務所に電話をかけたのだろう。このあたりは牧原組の縄張りだ。

多門は何も言わずに店を出た。

すぐそばにエレベーターホールがあったが、階段に足を向ける。階下と二階の間にある踊り場まで降りたとき、下から二人の男が駆け上がってきた。

見覚えのある顔だった。

どちらも牧原組の組員だ。牧原組は、渋谷で最大の勢力を誇る暴力団である。

二人とも、二十代の後半だった。ひとりは剃髪頭《スキンヘッド》で、もうひとりは丸刈りだ。

どちらも、白の綿ブルゾンに白いスラックスという身なりだった。エナメルの靴も白だ。

「花村《はなむら》の兄貴に何をしやがったんだっ」

「褌担ぎは、花村って名か。面《つら》に似合わねえ名前だな」

「てめえ、ぶっ殺されてえのかっ」

スキンヘッドの男が凄《すご》んで、匕首《あいくち》を抜き放った。刃渡りはかなり長い。三十センチ近かった。刃はよく磨《みが》き込まれている。刃文《はもん》が鮮やかだ。

多門は不敵に笑った。銃口を向けられれば、少しは緊張するが、刃物などでは恐怖心は覚えない。男たちの顔つきが険《けわ》しくなった。

丸刈りの男が吼《ほ》えた。

「どこの者《もん》だっ」

「熱くなると、怪我するぜ」

「でけえ口をたたくんじゃねえ。おい、かわいがってやんな」

相手がせせら笑って、仲間をけしかけた。

短刀を握った男が酷薄そうな笑みを洩《も》らし、階段を勢いよく駆け上がってきた。多門は退《さ》がらなかった。逆に二段下《くだ》る。

不意にスキンヘッドの男が右腕を泳がせた。

白っぽい光が閃《ひらめ》く。刃風《はかぜ》が唸った。だが、切っ先はだいぶ離れていた。明らかに、威《い》嚇《かく》の一閃《いっせん》だった。

匕首が引き戻された。

その瞬間、多門は右足を飛ばした。スラックスの裾がはためいた。丸太のような脚が空《くう》を裂《さ》く。鋭い蹴りは、相手の右手首を跳ね上げた。

匕首が高く舞って、ステップに落ちた。無機質な音が響く。

男がたじろいだ。ステップの刃物を見据《みす》えたまま、じっと動かない。

多門は数段降りて、髪を剃り上げた男の肩を大きな両手でむんずと摑んだ。手の甲《こう》は、毛むくじゃらだった。

男の三白眼《さんぱくがん》に怯《おび》えの色が宿った。

多門は相手の体を揺さぶり、垂直に持ち上げた。二の腕の筋肉が大きく盛り上がる。

男が爪先立《つまさき》つような恰好《かっこう》になった。

多門は足払いを掛けた。送り足払いのバリエーションだ。多門は柔道三段だった。

中堅私大の法学部に通っているころは、柔道とビリヤードに熱中していた。在学中に学業に励んだ記憶は、ほとんどない。

「おおっ」

男が声をあげ、横に転がった。弾《はず》んで、二段ほど滑り落ちた。

多門は、男の肩口を蹴った。相手の肩の肉と骨が鳴る。

男はバウンドしながら、階段の下までマネキン人形のように落下した。

丸刈りの男が全身で仲間を受け止める。その腰が砕《くだ》け、二人は縺《もつ》れ合って倒れた。

多門は緩《ゆる》くウエーブのかかった癖のある髪をごっつい手で掻《か》き上げ、奥二重の左目を眇《すが》めた。他人を侮蔑するときの癖だった。のっそりと身を屈《かが》め、匕首を拾い上げる。

丸刈りの男が慌《あわ》てて起き上がり、懐《ふところ》に右手を差し入れた。

摑み出したのはコルト・ディフェンダーだった。アメリカ製の自動拳銃だ。

多門は逃げなかった。

身に危険が迫ったら、短刀を投げつけようと考えていた。多門は銃口を向けられ、頭に血が昇った。男が撃鉄《ハンマー》を起こす。

「てめえ、ぶっ殺してやる！」

「撃《ハジ》けるかい？」

多門は挑発しながら、階段を一段降りた。

男が一歩ずつ後ずさりする。銃把《グリップ》を支える両手は、小さく震えはじめていた。

「早く撃《う》ちやがれ！」

多門は吼《ほ》え、大熊のような巨体を躍らせた。

ほぼ二メートルの巨身が軽やかに舞う。太くて長い右腕が空気を断ち切った。多門は匕首で相手の顔面を斬りつけ、左の手刀《しゅとう》で拳銃を叩き落とした。

弾みでコルト・ディフェンダーが暴発《ぼうはつ》することを予想していたが、銃口炎《マズル・フラッシュ》は瞬《また》かなかった。ステップに転がっただけだった。

男がけたたましい声を放ち、そのまま尻《しり》から落ちた。

その顔面に、赤い斜線が走っている。血だった。傷の長さは十センチはあった。

多門は、頭の芯《しん》がさらに熱くなるのを感じた。

筋肉と血が沸《わ》き立った。細胞も膨《ふく》れ上がった気がする。

スキンヘッドの男がぎょっとして、立ち上がった。その目は拳銃に注《そそ》がれたが、足を踏み出そうとはしない。もはや戦意を失ってしまったようだ。

「お、お、おめも、血さ流してえのけっ」

多門は男を見据え、声を張った。極度に興奮すると、彼は決まって舌が縺《もつ》れる。それだけではなく、必ず郷里の岩手訛《なまり》も出てしまう。

スキンヘッドの男が一瞬、うつけた表情になった。多門の口調の変化に戸惑っている様子だ。ほどなく怯えた表情になった。

多門は、攣《つ》り上げた目に凄みを溜めた。男が首を振りながら、二メートルほど退《さ》がった。

「おれはもう……」

「も、もう遅《おせ》えんだ！」

多門は血糊の付着した短刀を後ろの踊り場に投げ放って、コルト・ディフェンダーを拾い上げた。

撃鉄を指で戻し、マガジンキャッチを外す。弾倉《マガジン》には四発の実包が装弾されていた。

「撃《ハジ》くのかよ。や、やめてくれ。頼む！」

男が両手を合わせた。

多門は薄く笑ったきりだった。マガジンごと四つの実包を足許《あしもと》に落とす。男が安堵《あんど》した顔つきになった。

「あ、甘《あめ》な、おめは！」

多門は、コルト・ディフェンダーの銃把《グリップ》の角で男の頭頂部を強打した。

頭蓋骨《ずがいこつ》が高く鳴った。相手がうずくまった。もうひとりの男が絶望的な顔つきになった。多門は、その男の頭にもグリップを叩きつけた。

ふたたび二人の男は、縺れ合って転がった。

どちらも頭皮が裂け、血を噴《ふ》いている。男たちは苦痛の声をあげるだけで、起き上がろうとしない。

多門はハンカチを抓《つま》み出し、匕首の柄《つか》と拳銃を丹念に拭《ぬぐ》った。

オイルをまぶしたばかりの拳銃には、指紋は付着しない。しかし、前科持ちの多門は指紋を遺《のこ》すことに神経質になっていた。

匕首と拳銃を近くの屑《くず》入れに投げ込む。落とした実包は、そのままにしておいた。弾頭や薬莢には手を触れていなかった。

「ば、ばがたれどもが！」

多門は毒づいて、落ち着いた足取りで雑居ビルを出た。息は少しも乱れていない。

夜気は生暖かかった。夜半に雨になるのだろうか。多門は、宮益坂をのんびりと下《くだ》りはじめた。馴染《なじ》みの酒場に顔を出すつもりだ。

行き交《か》う男たちは、たいてい多門の肩までの背丈しかない。他人の頭を見下ろすのは、悪い気分ではなかった。ちょっとした優越感を味わえる。

その反面、困ったこともある。

別段、肩をそびやかして歩いているわけではなくても、行き合う人々が必ず怯《おび》えて路《みち》を譲《ゆず》ってくれる。中には、慌てて横に跳びのく者もいた。

いまも、そうだ。坂道を登ってくる人たちが、まるで船に蹴散らされた波のように左右に散っていく。目も合わせようとしない。

そんなに自分は凶暴に見えるのか。多門は小さく肩を竦《すく》めた。

明治《めいじ》通りの手前まで歩くと、後ろで車のホーンが短く鳴った。

多門は足を止めた。振り向くと、黒塗りのベンツEクラスが滑るように近づいてきた。

牧原組の連中か。多門は、いくらか緊張した。

ベンツがすぐそばに停《と》まった。後部座席のパワーウインドーのシールドが下がる。

窓から顔を覗《のぞ》かせたのは知り合いの筋者《すじもの》だった。

長谷部忠親《はせべただちか》という名で、新宿《しんじゅく》の歌舞伎《かぶき》町を縄張りにしている関東義誠《ぎせい》会矢尾板《やおいた》組の若頭である。もう五十六歳か、七歳になったはずだ。

関東義誠会は、首都圏で最大の広域暴力団である。

傘下組織は三十団体に及ぶ。その構成員は五千人近くいる。矢尾板組は、関東義誠会の中核組織だった。組員は約六百人だ。

多門も二年前までは、新宿のやくざだった。

関東義誠会に属する田上《たがみ》組の舎弟頭《しゃていがしら》を務《つと》めていた。新宿二丁目と三丁目を仕切っている田上組は、矢尾板組に次《つ》ぐ組織だ。三百数十人の組員を擁《よう》していた。

舎弟頭はサラリーマン社会でいえば、中間管理職だ。苦労も多いが、それなりの役得もあった。

しかし、多門はデートガールたちの管理を任《まか》されたときに急に堅気《かたぎ》になりたくなった。女性たちを喰いものにしていることに堪《た》えられなくなったのだ。

娼婦たちの管理は確かに必要だった。

誰かがそれをやらなければ、体を売っている女たちは安心して稼ぐことができない。

しかし、彼女たちのピンを撥《は》ねることは辛《つら》かった。そんな暮らしに厭気がさして、多門は七年あまり世話になった田上組を脱《ぬ》けた。

「クマ、元気そうじゃねえか」

「お久しぶりです。それにしても、奇遇だなあ」

多門は笑顔でベンツEクラスに走り寄った。

田上組の組長と矢尾板組の組長は、兄弟分の盃《さかずき》を交わしている。多門がいまも現役の組員なら、長谷部は伯父貴《おじき》分に当たる人物だった。

「いや、そうじゃねえんだ。小一《こ》時間も前から、おまえを捜し回ってたんだよ」

「おれを？」

「そうだ。実は、おまえに頼みてえことがあってな。商売、忙しいのか？」

「おかげさまで結構……」

多門は足を洗ってから、いまの稼業に就《つ》いた。

法律の通じない闇の世界には、さまざまな欲望が渦《うず》巻いている。アウトローたちのせめぎ合いは烈《はげ》しい。仕事の依頼は、ひっきりなしに舞い込んできた。

その多くは、荒っぽい手段で揉め事を解決しなければならなかった。身に危険が迫るのは毎度のことだった。

それだけに、成功報酬は悪くなかった。

この一年で、五千七百万円ほど稼いでいる。だが、収入のほとんどは酒と女で消えてしまう。その遣《つか》い方はダイナミックだった。気に入ったクラブがあれば、ホステスごと店を一晩借り切ってしまう。

その上、多門は大食漢だった。

身に着けるものも一級品を好む。といっても、流行のブランドを追いかけているわけではなかった。むしろ、地味な老舗《しにせ》の伝統と手仕事に敬意を払う気持ちが強い。それ以前に、出来合いの衣服や靴は体に合わなかった。

高収入を得ながらも、多門はいまも代官山《だいかんやま》の賃貸マンション住まいだった。しかも間取りは、1DKと狭い。終日、部屋に閉じ籠《こも》っていると、息が詰まりそうになる。

「忙しいとなると、あまり無理は言えねえか」

「若頭《カシラ》の頼みなら、何とかしますよ」

「そうかい。そいつはありがてえな。そりゃそうと、若頭《カシラ》って言い方はよくねえなあ。クマは、もう足を洗った人間なんだ」

「昔の癖でついね。それで、どんな依頼なんです？」

「うちの組員が不始末をやらかしたんだ。詳しいことは組長《オヤジ》の家で話すよ。乗ってくれ」

長谷部がドアを開け、尻をずらした。

多門は巨体を大きく縮め、ドイツ車に乗り込んだ。ステアリングを握っているのは、矢尾板組の若い組員だった。

「経堂《きょうどう》に行ってくれ」

長谷部がドライバーに指示した。ベンツが走りはじめた。

多門はロングピースをくわえた。かなりのヘビースモーカーだった。一日に六、七十本は喫《す》っている。

2

一瞬、体が竦《すく》んだ。

矢尾板邸の応接間に入ると、すぐそこに虎がいた。獰猛な面構《つらがま》えだ。目をぎらつかせ、鋭い牙を剝《む》いている。しかし、それは剝製《はくせい》だった。多門は自嘲した。

長谷部が体ごと振り返った。

「さすがの〝暴れ熊〟もびっくりしたようだな」

「ちょっとね」

「ベンガルの虎だそうだ。こいつは、土地の人間を五人も喰い殺したらしいぜ」

「いかにも、そんな面《つら》してますね」

「まあ、坐れや」

長谷部が、総革張りのソファセットを手で示した。色はアイボリーだった。

多門は長椅子に腰かけた。尻が深く沈んだ。革はビロードのように柔らかい。坐り心《ご》地《ち》は最高だった。長谷部が斜め前に坐る。ひとり掛けのソファだった。

「でっけえ家だなあ」

「敷地は約五百坪あるそうだ。建坪が百七十坪だったと思うよ。数寄屋《すきや》造りで、しっとりとした家だよな」

「そうですね」

「組長までのし上がれないんだったら、やくざなんか早くやめたほうが利口なのかもしれねえな。おれの杉並《すぎなみ》の家《ヤサ》なんか、土地が七十坪弱だぜ。泣けてくるよ」

長谷部がいじけた笑いを漂《ただよ》わせ、オールバックの髪を撫《な》でつけた。

そのとき、いきなりドアが開いた。姿を見せたのは矢尾板登《のぼる》だった。藍大島《あいおおしま》に恰幅《かっぷく》のいい体を包んでいる。安くない紬《つむぎ》だ。

風呂上がりなのか、血色のいい頬がてかてかと光っている。六十四歳にしては、肌に張りがある。半白《はんぱく》の髪も豊かだ。

「多門、待たせたな」

「すっかりご無沙汰してしまって……」

多門は立ち上がって、頭を垂れた。

「堅《かた》苦しい挨拶は抜きにしようや。わざわざ足を運んでもらって悪かったな」

「いいえ」

「まあ、楽にしてくれ」

矢尾板がそう言い、長谷部の隣にどっかりと腰を下ろした。

多門はソファに腰を戻した。矢尾板が卓上の葉巻ケースに腕を伸ばす。

緑がかった葉巻を抓《つま》み、セロファンを剝《は》がした。それをくわえると、長谷部が手早く漆《うるし》塗りのカルティエを鳴らした。

「みっともない話なんだが、若い者《もん》がとんでもないことをしでかしやがったんだ」

矢尾板が葉巻を喫《す》いつけてから、苦《にが》り切った表情で打ち明けた。

「話をうかがいましょう」

「多門は、うちの風間直樹《かざまなおき》とは面識があったよな？」

「風間というと、舎弟頭補佐の……」

「そうだ。あの野郎がな、賭場の収益《アガリ》二億円と覚醒剤《シャブ》を持ち逃げしやがったんだよ。まったく太え野郎だ」

「あの男がですか」

多門は唸った。意外だった。予想だにしていなかった。

風間は色白の優男《やさおとこ》だ。多門よりも、三つ若い。親しくはなかったが、何度か話をしたことはあった。

「風間は陰気な野郎で、何を考えているのかわからないようなところがあったが、まさか組の銭や品物《ブツ》をかっぱらって逃《フ》げるとは思ってもみなかったよ」

「覚醒剤《クスリ》の分量は？」

「二十キロだよ。極上の品物《ブツ》なんだ。韓国ものだよ」

「ナマエフですか？」

「そう。純度百パーセントの塩酸エフェドリンだ。十キロはアンナカをまぶして、いつものルートに流すつもりだったんだが……」

組長は、いかにも悔しげだった。

俗にアンナカと呼ばれている薬剤は、安息香酸《あんそくこうさん》ナトリウムカフェインのことだ。強心剤の一種である。この薬を混ぜた覚醒剤には興奮を高めるだけではなく、催淫作用もあるようだ。

そんなことから、暴力団員や水商売関係者、芸能人などに人気が高かった。ナマエフのまま流通ルートに乗せるよりも、アンナカを混入したほうがはるかに儲けが多い。

持ち逃げされた金の回収だけではなく、覚醒剤もか。

多門は少し気が重くなった。

これまでは麻薬絡みのトラブルの依頼は、はっきりと断ってきた。やくざ時代に、覚醒剤中毒に陥《おちい》った若い組員や気のいい風俗嬢たちを数多く見てきたからだ。

できることなら、今回の仕事は引き受けたくない。しかし、そう思う一方で、少しまとまった金を手に入れたいという気持ちもあった。

自分が力《りき》んでみたところで、この国から麻薬が消えることはないだろう。それに、きれいごとを言える立場でもなかった。

多門は、去年の春に二人の暴力団員を闇に葬《ほうむ》っている。交渉がこじれたとき、相手の二人が多門の口を永久に封じるような動きを見せた。

むろん、最初から男たちを殺すつもりはなかった。抵抗しているうちに、つい力が入ってしまったのだ。いわば、過剰防衛による殺人だった。

その男たちの骨は、いまも丹沢《たんざわ》の奥の土中に埋まっているだろう。

いまさら紳士ぶっても、お笑い種《ぐさ》だ。金が欲しいことは欲しいわけだから、適当に自分と折り合いをつけてしまおう。

多門は、迷いを捩《ねじ》伏せた。

「どうした、急に黙り込んじまって……」

「いえ、なんでもありません。こちらさんは仲買いでしたよね？」

「ああ、そうだ。多門も知ってるだろうが、本家筋の熱川《あたがわ》組が卸元《ネタモト》なんだよ」

「確かそうでしたね。いま、卸しでグラム一万五千円前後ですか？」

「まあ、そんなとこだな。うちは、グラム二万二千円で流すことになってたんだ」

「二十キロで、四億四千万円か。現金《ゲンナマ》と併《あわ》せると、総額六億四千万ってことですね」

「そうなるな。その一部を上納金にするつもりだったんだ。飼い犬に手を噛まれるとは、おれもヤキが回ったもんさ」

矢尾板がそう言い、葉巻を歯で支えた。獅子《しし》っ鼻が一段と丸っこくなった。

「風間が持ち出した金と品物《ブツ》を回収しろってことですね？」

「そう。うちも事業を広げすぎたもんだから、遣り繰りがきつくてな。だから、何がなんでも回収してもらいてえんだ。報酬は折半《オレ》ってわけにはいかねえけどな」

矢尾板組も先代の組長の代までは、純粋な博徒集団だった。

しかし、現組長になってからは新興暴力団と似たような稼ぎ方をしていた。金融業、風俗店、アダルトグッズショップ、重機リース業、観葉植物のレンタル、ゲームセンター、立体駐車場、芸能プロダクション、貸ビル、語学学校などを多角的に経営し、さらに裏では御法度《ごはっと》のはずの覚醒剤の密売もしている。

「六百人近い若い衆を抱えてると、何かと大変でしょうね」

「そうなんだ。まさか組員に女のかすりで喰えとも言えんしな。上に立つのも楽じゃねえよ」

矢尾板が余裕ありげに笑った。虚勢を張ったのだろう。

多門は釣り込まれて、口許《くちもと》を緩めた。

矢尾板の陽気な高笑いは、それなりにビジネスに役立っているようだ。関東義誠会の三十近い傘下組織の中で、矢尾板組は出世頭だった。

「よろしいですか？」

若頭の長谷部が組長に断ってから、多門に語りかけてきた。

「実はな、クマ。もうひとつ頼みがあるんだよ」

「何です？」

「恥を晒《さら》すようだが、風間の野郎はおれの愛人《レコ》を連れ去りやがったんだ。おそらく行きがけの駄賃のつもりだったんだろうよ」

「おれの知ってる女性《ひと》かな？」

「いや、クマは知らねえだろう。この女なんだ」

長谷部が上着の内ポケットから、幾枚《いくまい》かのカラー写真を抓み出した。

多門は写真を受け取った。印画紙の中の女は目鼻立ちがくっきりとして、頽廃《たいはい》的な色気を感じさせる。ファッションセンスも悪くない。現代的な美人だった。二十四、五歳だろうか。

「美人じゃないですか。長谷部さんも隅《すみ》に置けないな」

「いやあ、たいした女じゃねえよ。古女房と較《くら》べりゃ、少しは見られるけどな」

「素《す》っ堅気《かたぎ》じゃないんでしょ？」

「ああ。赤坂の高級クラブで、ナンバーワンを張ってた女だよ。おれが世話するようになってから、店はやめたけどな」

「そうですか。それにしても、いい女だなあ」

「野町保奈美《のまちほなみ》って名なんだ」

「風間はまたどうして、この彼女を……」

「時々、野郎を保奈美のマンションに使いにやってたんだよ」

「それで、惚《ほ》れてしまったわけか」

「みてえだな。半年ぐらい前から奴が保奈美に粘っこい目を向けるようになってたんだが、強引にかっさらうとは考えてもみなかったよ」

「風間が保奈美さんを拉致《らち》したことは、間違いないんですね？」

「そいつは間違いねえよ。マンションの管理人が、風間に力ずくで連れ去られる保奈美の姿を見てんだ」

「そうなのか。なんだって風間は大それたことをやらかしたんでしょう？」

多門は首を捻《ひね》って、煙草に火を点《つ》けた。

「奴は、てめえの貫目《かんめ》をよく知ってたんじゃねえのか」

「どういうことなんです？」

「野郎は商学部出だから、経理面の才はあったが、稼業人としてはどっか迫力がなかったな。度胸もなかったし、素手《ステゴロ》の喧嘩ひとつできねえ奴だった」

「確かに、腕っぷしはもうひとつって感じでしたね」

「そんなこんなで、野郎は足を洗う気になったんだろうよ。それだから、組の銭と覚醒剤《シャブ》に手をつけやがったんじゃねえか。それに、奴はまとまった金を欲しがってたようなんだ」

「なぜです？」

「新潟にいる奴の実弟が砂利《じゃり》採取の事業にしくじって、億単位の借金をこさえたらしいんだよ」

「なるほど。風間が消えたのは、いつなんです？」

多門は問いかけて、口の端から煙を細く吐き出した。

「一昨日《おととい》の夜だよ。あの野郎は覚醒剤《ナマエフ》をどこかで金に換えたら、保奈美を連れてフィリピンかタイにでも高飛《トブ》びする気なんだろう」

「ええ、考えられますね。ところで、風間の絶縁状は？」

「関東義誠会の傘下組織はもちろん、友好関係にある全国の各組織に通達済みだよ」

「となると、品物《ブツ》を引き取ってくれそうなのは敵対関係にある組織だけだろうな」

「風間は沖縄に行ったようなんだ」

「何か根拠でもあるんですか？」

多門は、短くなった煙草を灰皿に捻りつけた。ベネチアングラスだった。

灰皿の中で、矢尾板の葉巻が燃えくすぶっていた。臭《にお》いが少々きつい。女性たちが顔をしかめそうな香りだった。

「消える数日前に、風間が電話で航空券の予約をしてたらしいんだ。たまたま組の若いのが、その声を聞いたっていうんだよ」

「当然、予約は二人分でしょうね？」

「ああ、そうらしい。あのくそったれが！　風間は、ついでにホテルの手配も頼んでたっていうんだ」

「どこのホテルかわかります？」

「残念ながら、そこまではわからねえんだよ。ただの駆け落ちなら、万座《まんざ》ビーチあたりのホテルにしけ込むだろうが、目的は覚醒剤《クスリ》を売り捌《さば》くことだろうからな」

「換金が目的なら、那覇《なは》市か沖縄市といった都市部のホテルに泊まってそうですね」

「おおかた、そのあたりに潜《ひそ》んでやがるんだろう」

長谷部がいったん言葉を切り、すぐに言い重ねた。

「あの野郎は、いい所に目をつけやがったよ。去年の秋から、沖縄じゃ血の抗争がつづいてるからな」

「そうですね。もう十人近い人間が死んでる。巻き添えを喰った市民や警官《マッポ》も何人かいたっけな」

「ああ。いつかの神戸《こうべ》連合会の分裂騒ぎにだんだん似てきた。あれだけ結束の固かった極琉会《きょくりゅうかい》が内輪揉めして分裂しちまったんだから、人間を束《たば》ねていくってのは難しいな」

「そうでしょうね」

多門は相槌《あいづち》を打った。

極琉会は昨秋まで、沖縄県内で最大の暴力団だった。というよりも、唯一の組織だったと言えるだろう。沖縄が本土に復帰する半年前に、それまでの二大勢力が大同団結したのである。内地の暴力団の進出を阻《はば》むための苦肉の策だった。

それはともかく、約千人の組員はまがりなりにも足並を揃えてきた。ところが、神戸の最大組織の傘下に入るか否《いな》かを巡って内部対立が生じてしまったのだ。

その結果、およそ六百人の組員が組を脱け、新たに沖縄極琉会を結成した。数の上では反主流派が、主流派を凌《しの》ぐ形になった。

両派はそれぞれ本家を名乗り、抗争を繰り返している。

「もともとは二派に分かれてたんだから、自然の成り行きだろう」

矢尾板が口を挟んだ。多門は組長に顔を向けた。

「関東義誠会は、どっちを助《ス》けるんです？」

「神戸連合会なんかは三代目極琉会に肩入れしてるようだが、うちの会は理事会で中立路線を取ることに決定したんだ」

「それじゃ、風間直樹の絶縁状は双方に出したんですね？」

「そう。しかし、どちらも軍資金が欲しいときだ。格安な品物《ブツ》が手に入るなら、協定を破るかもしれないな」

「考えられないことじゃありませんね」

「それに両派が本家争いをしてることをいいことに、弱小組織が手を組んで勢力を伸ばしはじめてるらしいんだよ」

「そうなんですか」

「それから、九州の武闘派組織も進出しはじめてるようだな。そういう連中なら、おそらく風間の話に飛びつくだろう。その前に何とか手を打っておかないとな」

「わかりました」

「着手金が四百万で、成功報酬は三千万円でどうだい？　諸経費は実費で別途《べっと》払うよ。条件は悪くないと思うがな」

「それで結構です」

「そうかい。それじゃ、よろしく頼むぜ」

「はい。それで、風間の扱いですが……」

「そうだなあ」

矢尾板は即答を避け、かたわらの長谷部を見た。長谷部が目顔《めがお》でうなずき、すぐに口を開いた。

「保奈美と一緒に東京に連れ戻してくれ。決着《オトシマエ》をつけんといかんからな」

「わかりました。風間の写真があったら、預からせてもらいたいな」

「ちゃんと用意してあるよ。奴の実家や交友関係の資料も揃ってる」

長谷部がそう言い、上着の内ポケットから角封筒を抓み出した。多門はそれを受け取って、保奈美の写真を封筒の中に収めた。

数秒後、ドアが控え目にノックされた。

矢尾板が大声で応じた。

「なんだ？」

「お客さまにお酒のご用意をしましたのですが、そちらにお運びしてもよろしいでしょうか？」

ドア越しに、女の声がした。組長の若い後添《のちぞ》いらしかった。多門は、五年前に病死した最初の組長夫人しか知らなかった。

「ちょうど話が終わったところだ。入ってもかまわないよ」

「それでは失礼します」

ドアが開き、三十歳前後の楚々《そそ》とした美人が顔を見せた。チャコールグレイのワンピース姿だった。

薄化粧だが、整《ととの》った瓜実顔《うりざねがお》に微妙な陰影をつけている。どことなく理智的な雰囲気を

やってたんだよ」
「多門、新しい女房の佐世子《さよこ》だ。こいつは東日本女子大を出て、国際線の客室乗務員《キャビンアテンダント》を
漂わせていた。

矢尾板が自慢げに言った。

佐世子が困惑顔で、夫を甘く睨んだ。多門は立ち上がって、佐世子に会釈《えしゃく》した。佐世子が折目正しく挨拶し、深々とおじぎをした。育ちのよさをうかがわせる所作《しょさ》だった。

「すぐにご用意いたしますので」

佐世子は廊下に出て、誰かに小声で何か言った。

待つほどもなく、お手伝いの女性が酒と肴《さかな》を運んできた。多門はローストビーフやキャビア・カナッペを見て、思わず喉《のど》を鳴らした。夕方、一ポンドのステーキを二枚胃袋に収めていたのだが、早くも腹が空《す》きはじめていた。

佐世子が大ぶりの鮨桶《すしおけ》を持ってきた。

箸《はし》や銘々《めいめい》皿を手際《てぎわ》よく置いていく。ほっそりとした白い指は、しなやかだった。パーリーピンクのマニキュアが美しい。

多門は佐世子の美しさに見惚《と》れながらも、彼女の翳《かげ》りが気になった。

何か重いものを背負っているのではないのか。なぜ、寂しげに見えるのだろうか。

佐世子は何か事情があって、矢尾板の後妻になったのだろう。一度は寝てみたくなるような女だ。しかし、まさか組長夫人を口説《くど》くわけにはいかない。

「おい、ちょっと」

矢尾板が若い妻を呼んだ。何か耳打ちされると、佐世子は静かに応接間から出ていった。身ごなしが優美だった。

「二人とも遠慮なく飲《や》ってくれ」

矢尾板が卓上に目を向けて、顎《あご》をしゃくった。

スコッチ・ウイスキーやブランデーのほかに、ビールもあった。多門は遠慮しなかった。ビールを飲みながら、握り鮨を頬張る。

ウイスキーのオン・ザ・ロックに切り替えたとき、ふたたび組長夫人が姿を現わした。

佐世子は、紫色の風呂敷に包んだものを手にしていた。それは、着手金の四百万円だった。多門は札束を受け取り、無造作に上着の二つの内ポケットに突っ込んだ。二百万円ずつだった。佐世子が目礼し、部屋から消えた。

「おれも少し飲むか」

矢尾板が上機嫌に言って、キャビア・カナッペを抓み上げた。腕の刺青《いれずみ》がちらついた。

長谷部も、背中に昇り龍の彫《ほ》りものを入れている。

だが、多門は肌を汚していなかった。田上組の幹部たちは、なぜだか刺青を入れることを一度も強《し》いなかった。いま、そのことをありがたいと思う。

長谷部が最高級のブランデーを舐《な》めながら、佐世子の美しさを称《たた》えた。

あながち社交辞令とは言えないような口ぶりだった。矢尾板は相好《そうごう》をくずし、ますます上機嫌になった。

多門は酒とオードブルを交互に口に運びながら、佐世子の哀しげな表情を思い起こしていた。彼女が矢尾板に組み敷かれる情景を頭に浮かべると、なにやら胸を塞《ふさ》がれた。

佐世子は誰かに似ていた。

とっさには思い出せなかったが、やがて遠い記憶が蘇《よみがえ》った。その女性は、多門が二十代の半ばに関わりを持った人妻だった。

当時、彼は千葉県習志野《ならしの》にある陸上自衛隊第一空挺団の特殊部隊に所属していた。

特殊部隊の訓練はハードだった。腕立て伏せを千回もやらされた後《あと》、パラシュート降下、崖登り、綱渡り、銃剣道、拳法といったトレーニングが待っていた。毎夜、泥のように眠った。

休日の外出だけが唯一の楽しみだった。

多門は人妻と密会を重ねた。だが、一年も経《た》たないうちに破局が訪れた。女は夫が多門の上官であることを告白し、彼の許《もと》から去っていったのだ。

若かった多門は、女への未練を断ち切れなかった。

雨の降りしきる晩、女性の自宅を訪問した。上官はまだ帰宅していなかった。多門は胸の熱い想いを打ち明け、相手に駆け落ち話を持ちかけた。その最中に、運悪く上官が帰ってきた。

上官はひどく取り乱したが、なぜだか多門を詰《なじ》らなかった。自分の妻だけを罵《ののし》り、しまいには暴力を振るった。多門は黙って見てはいられなかった。ふと気がつくと、上官を半殺しの目に遭《あ》わせていた。女性は泣き叫び、なんと多門に庖丁を突きつけた。予想外だった。

急速に想いが萎《しぼ》んだ。

多門は人妻に言われるままに速《すみ》やかに表に出た。部隊に戻る気はなかった。その足で東京に向かい、新宿に流れ着いた。

泥酔した多門はささいなことで、田上組の組員たちと大立ち回りを演じた。そのことがきっかけで、やくざの世界に足を踏み入れることになったわけだ。

「クマ、いつ沖縄に行ってくれる？」

長谷部が問いかけてきた。

「明日から動きます」

「そうかい。時々、経過報告をしてくれや」

「わかりました。それじゃ、おれはこれで失礼します」

多門は腰を上げた。オードブルは、あらかた食べ尽くしていた。

「若い者《もん》に代官山の自宅マンションまで送らせよう」

「いえ、結構です。ちょっと寄りたい所もあるんでね」

「これだな？」

長谷部が武骨な小指を突き立てた。

笑いでごまかして、多門は応接間を出た。矢尾板邸を辞去し、閑静な住宅街を急ぎ足で歩く。商店街にぶつかると、折よく空車が通りかかった。そのタクシーを捕《つか》まえ、渋谷に向かう。

数十分で目的地に着いた。

多門は、百軒店の入口の近くで車を降りた。足は、ひとりでに馴染みの酒場に向かっていた。金さえあれば、多門は夜ごと高級クラブを飲み歩く。しかし、仕上げの一杯は『紫乃』で傾けることが多かった。

『紫乃』のドアを引く。

客の姿はなかった。ママの留美《るみ》が所在なげに煙草を吹かしていた。名前は若々しいが、もう六十歳近い。

若いころのジュリエット・グレコに似ていなくもなかった。それを自覚しているから か、いつも黒い服を着ている。三十代の後半までは、新劇の女優だったらしい。

「そろそろクマちゃんが現われるころかなって思ってたのよ」

「そう。ここに来ると、なんか気持ちが落ち着くんだ」

多門は、中ほどのスツールに腰を落とした。

ママが喫《す》いさしの煙草の火を消して、椅子から立ち上がった。突き出しの用意に取りかかる。

「客が寄りつかなきゃ、店は潰《つぶ》れちまうな。ストックのボトルをおれが全部、キープしてやろう」

多門は言った。思いがけなく大金が入り、いくらか気が大きくなっていた。

彼は時たま、数カ月分のツケを溜めることがあった。そんなとき、ママは決して金の催促はしなかった。そのことへの感謝の気持ちも少しはあった。

「クマちゃんの気持ちだけいただいておく」

「ママは、そんなふうに欲がねえから……」

「ストレートな思い遣《や》りは、かえって他人《ひと》を傷つける場合もあるのよ」

「おれ、なんか気に障《さわ》ることを言ったかい？」

「あっけらかんとそんなことを言って。クマちゃんは得な性分ね。何を言われても、憎めないもの。いつものやつでいい？」

「いや、今夜はそいつをもらおう。中途半端《ちゅうとはんぱ》な飲み方をしたんだ」

多門は酒棚のアブサンの罎《びん》を指差した。強い酒だった。アルコールの含有率は七十パーセント近い。

「ボトルごと？」

「そう」

多門はボトルを受け取ると、アルミニウムのキャップを外した。

そのまま、三分の一ほど一気に喇叭《らっぱ》飲みする。さすがに喉が灼《や》けた。胃のあたりも、ちりちりする。そのハードな感じが何とも快《こころよ》い。

「そんな飲み方したら、体に毒よ」

「これぐらいの酒、どうってことない。それより、焼きうどんでも作ってよ。いつものように三人前ね」

多門は手の甲で口許を拭《ぬぐ》って、ママに言った。

その直後、ドアが開いた。入ってきたのは、ビリヤード屋で叩きのめした元力士の愛人だった。女の表情は強張っている。

「花村は外にいるのか？」

「彼は入院したわ。全治二カ月だそうよ」

「たいした怪我じゃねえのに」

「………！」

「ちょっと出てくるよ」

多門はママに断って、妖艶な女と表に出た。風が強まっていた。

向き合うと、女が先に言葉を発した。

「彼の腸《ちょう》は千切《ちぎ》れてたそうよ。いくらなんでもひどすぎるわ」

「牧原組の奴らは、どこに隠れてる？」

多門は言いながら、あたりを素早く見回した。それらしき人影は見当たらなかった。

「仕返しにきたんじゃないわ。彼の腕時計を返してもらいに来たのよ」

「どうせ花村が工面した銭じゃねえんだろ？」

「はい、三十万！」

女がハンドバッグから、剝《む》き出しの札束を摑み出した。多門はレザージャケットのポケットを探《さぐ》って、オーデマ・ピゲを取り出した。

「早く受け取ってよ」

「時計は返してやるよ。銭はしまってくれ」

多門はオーデマ・ピゲを女の掌《てのひら》の中に押し込んだ。

「受け取ってちょうだい！」

「女の金は受け取らないと言ったはずだ」

「善人ぶらないでよっ」

女は憎々しげに言い募《つの》り、多門の胸に札束を叩きつけた。ほとんど同時に、身を翻《ひるがえ》していた。

一万円札が乱舞し、路面に散った。見る間に女は遠ざかっていった。

女を怒らせるつもりはなかったのだが、仕方がないか。多門は立ち尽くしたまま、胸中で呟いた。

初老の酔っ払い男が足を止め、路上の紙幣をじっと見つめていた。物欲しげな目つきだった。いま、懐《ふところ》は温かい。三十万円に執着する気はなかった。相手が問いかけてきた。

「この万札、おたくの？」

「欲しけりゃ、あんたにやるよ」

多門は酔どれ男に言って、店に戻った。

3

女の悲鳴が耳に届いた。

それに、男の喚《わめ》き声が重なった。那覇空港のロビーだ。背後で、人の争う気配がする。

多門は立ち止まった。

ついいましがた、東京からの直行便で到着したばかりだった。多門は、右手に赤茶のトラベルバッグを提《さ》げていた。高級な革製だった。矢尾板邸で着手金を受け取ったのは、昨夜のことだ。

多門は振り返った。

目の醒《さ》めるような美人が走ってくる。二十四、五歳だろうか。長い栗色の髪をなびかせながら、必死に駆けていた。

彫りの深い顔立ちで、かなり背が高い。百七十センチはありそうだ。サンドベージュのスーツに身を包んでいる。スタイルは申し分なかった。

抱いてみたくなるような美女だ。多門は舌嘗《なめず》りした。

彼女は、四十代後半の男に追われていた。

追っ手はサラリーマン風だった。地味な色の背広を着て、安物のトラベルバッグを小脇に抱えている。中背だが、極端な猫背だった。

「救《たす》けて、救けてください！」

女が走る速度を落とし、不意に多門の右腕に取り縋《すが》った。中年の男は、すぐ近くまで迫っていた。

多門は無言で女を背の後ろに庇《かば》い、追っ手の前に立ちはだかった。

「なんで女を追ってる？」

「そいつは性質《たち》の悪い女なんだ。警察に突き出してやる！」

男が肩を弾《はず》ませながら、腹立たしそうに息巻いた。

「それだけじゃ、説明不足だな」

「その女は、美人局《つつもたせ》の常習犯にちがいないよ。わたしを言葉巧《たく》みに妙なホテルに誘い込んで……」

男は途中で言い澱《よど》んだ。遠巻きに人だかりができはじめていた。多門の背に隠れた女は荒い息を吐くだけで、何も喋ろうとしなかった。

「どうなんだ?」

多門は振り返って、小声で美女に問いかけた。

「そ、そんなことしていません」

「そうか」

「本当です。わたし、美人局なんかしてないのに」

女が下唇を噛んで、うつむいた。と、男が腹立たしげに声を荒《あら》らげた。

「嘘つくな! おまえは若い男とつるんで、わたしから金を強請《ゆす》りとろうとしたじゃないかっ」

「何を言うんです! 弟はわたしのことを心配して、様子を見に来ただけじゃないですかっ」

「あいつが弟だって⁉ 笑わせるな。そんな嘘が通用すると思ってんのか。さっきの男はおまえと違って、純粋の……」

「わたしたち、異父姉弟《きょうだい》なんです」

「いいかげんなことを言うなっ」

男が多門の横に回り込み、女に摑みかかろうとした。

多門は黙ってグローブのような大きな手で、男の細い手首を摑んだ。男が顔をしかめる。

「あんた、どうしたいんだ？」

多門は問いかけた。

「その女を交番に突き出してやる」

「警察に行ったら、素姓《すじょう》を明かさなきゃならなくなるぞ。それでもいいのか？」

「そ、それは困る。沖縄には、会社の出張で来たんだ。出張中に遊んでたと思われるのはまずい」

男が思案顔になった。

「誰か証人がいなけりゃ、あんた恥をかくだけだろう。それでもよけりゃ、お巡りを呼んできな」

「実害があったわけじゃないから、もういいよ。くそっ！　きみ、その女にゃ気をつけたほうがいいぞ」

男が忌々《いまいま》しげに言って、搭乗ゲートの方向に駆けていった。野次馬たちも散った。

多門は女に顔を向けた。

「救けていただいて、ありがとうございました」

女が深々と頭を下げた。

多門は小さくうなずいたきりで、何も言わなかった。

女が顔を上げた。鼻梁《びりょう》が高く、肌が抜けるように白い。大きな瞳は、ヘイゼル・ナッツ色だった。睫毛《まつげ》が驚くほど長かった。マッチ棒の二、三本は載《の》りそうだ。白人の血が流れているのか。

「わたし、さっきの男にホテルのロビーで声をかけられたんです」

「そう」

多門は短い返事をして、目で相手の体をなぞった。

バストが豊かだった。二つの隆起は誇らしげに突き出ている。ウエストのくびれは、悩ましいほどに深い。腰は、まろやかに張っている。女王蜂のような体型だった。

女が急にシルクブラウスに手をやった。襟元《えりもと》を掻《か》き合わせるような仕種《しぐさ》をした。どうやら無遠慮な視線を気取《けど》られてしまったようだ。多門は、笑ってごまかした。

「東京からですか？」

「そう」

「この時刻だと、三時着の便でいらしたんですね」

「よくわかるな。きみは、こっちの女性《ひと》なんだ？」

「ええ。でも、わたし、一年半前まで東京の中野《なかの》に住んでいました。だけど、東京では芽が出なかったので、沖縄に戻ってきたんですよ」

「東京では何を？」

「売れないモデルをやっていました。あら、わたしったら、どうかしてるわ。初対面の方に、こんなことまで喋ってしまって」

女が目を伏せ、両手で長い髪を後ろに撥《は》ねた。その仕種《しぐさ》が女っぽかった。

この女には何か事情がありそうだ。第一、ここで別れるのは惜しい。ふた押しぐらいすれば、何とかなるのではないか。

多門は頭の中で、話の接《つ》ぎ穂《ほ》を探しはじめた。

この年頃の素人《しろうと》女は、どんな話題に興味を示すのか。見当もつかない。

「沖縄には、ご旅行ですか？　それとも、お仕事かしら」

女が先に短い沈黙を破った。

「仕事を兼ねた遊びってところだね」

「何か特殊なお仕事をされてるんでしょう？　たとえば、プロレスラーとか……」

「ホストクラブに勤めてるんだ」

「ほんとですか⁉」

「冗談だよ。それより、迷惑じゃなかったら、おれのガイドをやってくれないかな」

「ガイドですか⁉」

「そう！　沖縄には五、六年前に一度来てるんだが、そのときは歓楽街で飲んだきりだったんだよ」

多門は言って、相手の顔をうかがった。

「沖縄本島なら、どこでもご案内できると思います。でも、わたし、琉球王朝の歴史も正確にはわからないんです。ですので、守礼門《しゅれいもん》や園比屋武御嶽《そのひゃんうたき》なんかをお見せしても、とてもガイドなんか務まりません」

「観光名所の類《たぐい》には興味がないんだ」

「それでも……」

「うまい酒と喰いもんがある所に連れてってくれりゃ、それでいいんだよ。もちろん、ガイド料は払う」

「ガイド料なんかいただけません。かえって、こちらが何かお礼をしなければ……」

「ガイド嬢の名前ぐらい知りたいね」

「島袋《しまぶくろ》エミリーといいます。余計なことですけど、まだ独身《シングル》です。年齢は、お肌の曲がり角に差しかかっています」

「おれは多門、多門剛《ごう》だ」

「素敵なお名前ですね。なんだか昔のお侍さんみたいだわ」

「おれの先祖は農民さ。明治維新になって、ちょっと気取った姓を思いついたんだろう。それまでは、冴《さ》えねえ屋号しかなかったんじゃないかな」

多門は喋りながら、気持ちが浮き立ちはじめるのを自覚していた。

ふだんは口が重いほうだった。特に男に対しては、ぶっきらぼうな返答しかできない。しかし、口説きたい女と接するときは少しばかり口数が多くなる。時には舌が縺《もつ》れ、方言も出てしまう。

「ガイドということじゃなくて、ただのお供ということなら……」

「それでもいいよ。よし、決まりだ」

「それじゃ、とりあえず那覇市内をタクシーで回ってみましょうか？」

「任《まか》せるよ」

二人は肩を並べて歩きはじめた。

国内線ターミナルビルを出て、タクシー乗り場に向かう。多門は歩きながら、腕時計を見た。ちょうど三時半だった。

空は、コバルトブルーに染め抜かれている。千切れ雲ひとつない。

陽射《ひざ》しが強かった。尖《とが》った光が多門の瞳孔を射《い》る。自然に目を細めてしまう。

蒸し暑いほどだった。気温は、東京の初夏とあまり変わらないのではないか。陽光に炙《あぶ》られていると、首筋のあたりが汗ばんできた。

多門たちはタクシー乗り場に着いた。

客の列に加わる。多門はトラベルバッグを足許に置いた。オリーブグリーンのジャケットを脱いだとき、内ポケットから帯封《おびふう》の掛かった札束が滑り落ちた。

百万円の束だ。着手金の一部だった。残りの三百万円は、そっくりバッグの底に入っている。

エミリーが驚きの声をあげ、札束を拾い上げた。

「リッチなんですねえ」

「東京で、銀行強盗をやってきたんだよ」

多門は軽口をたたいて、受け取った札束をキャメルのスラックスのヒップポケットに捩《ねじ》入れた。

そのとき、前に立った老女が恐る恐る振り返った。それでいて、多門の顔をまじまじと見ている。まるで彼の顔の特徴を脳裏《のうり》に刻《きざ》みつけているような目つきだった。どうやら冗談を真《ま》に受けたようだ。

二人は六、七分待って、タクシーに乗り込んだ。

狭い車内に入るのがひと苦労だった。長い手脚《てあし》を思い切り縮めても、頭や額をぶつけてしまう。やっとの思いで、シートに坐る。多門は不恰好だと思いながらも、脚を大きく開いた。そうしなければ、長い脚が前の座席の背凭《もた》れにつかえてしまう。

エミリーが沖縄の方言で、初老の運転手に何か言った。二人の遣《や》り取りは、まるで外国語を聞いているようだった。

タクシーが発進すると、エミリーが小声で訊《き》いた。

「ウチナーグチ、何かわかります？」

「沖縄弁のことだね」

「そうです」

「一つだけ知ってるよ。確かメンソーレってのは、いらっしゃいませって意味だったよな？」

「ええ、そうです。こちらの方言は訛《なまり》がひどいから本土《ヤマトンチュー》の人には難しいかもしれませんね。なにしろ、『こんにちは』が『ハイサイ』ですので」

「ハイ、サイですか。いまのはB級の駄洒落だったな」

多門は自分で吹いてしまった。

エミリーは、曖昧《あいまい》な笑みを卵形の整った顔に浮かべたきりだった。

多門は窓の外に視線を放った。タクシーは、米軍施設の建ち並ぶあたりを走っている。中途半端な時刻のせいか、車量は割に少ない。

少し走ると、左手前方に細長い海が見えてきた。

那覇港だ。海の色は、それほど青くない。ヨットハーバーの向こうに、建設中の高層マンションの骨組みが見える。リゾートマンションの開発の波は、この地にも押し寄せているのだろう。

運河を渡ると、国際大通りに入った。

那覇市のメインストリートだけあって、人も車も多い。飲食店や土産物屋《みやげ》がひしめき合うように軒《のき》を並べている。それらの店にのしかかるような感じで、背後に高層ホテルやオフィスビルが林立していた。

このあたりの風景は、以前とあまり変わっていない。

タクシーは国際大通りを走り抜けると、国道五八号線に入った。

とたんに、横文字の看板が目につくようになった。道路沿いには、アメリカ風のダンスクラブ、ショットバー、ステーキハウスなどが連《つら》なっている。米軍放出品だけを売っている店も少なくない。通行人の中には、白人や黒人の姿も混じっていた。

数分進むと、右手に洒落《しゃれ》た洋風の家々が見えてきた。

米軍住宅だった。巨大なヒップを振りながら、赤毛の若い女がベビーカートを気だるそうに押している。子供の夜泣きで、睡眠不足なのかもしれない。

住宅が途切れたあたりで、エミリーがタクシーを右折させた。

数十分走ると、風景が一変した。あたりは高台で、沖縄独特のたたずまいが色濃い。

「多門さんは名所巡りがお好きじゃないようだけど、このあたりも見ていただきたいんですよ。首里《しゅり》です」

「古い家の屋根が本土とはちょっと違うな」

「ええ、そうですね。このあたりは、かつて琉球王朝の都だったんです。第二次大戦でいったん廃墟になったらしいんですけど、いまは守礼門も再建されて、王朝時代の面影《おもかげ》もあるんですよ。守礼門のあたりをちょっと歩いてみます？」

「沖縄のシンボルには悪いが、いまは歴史のお勉強をする気にはならないな」

「うふふ。それじゃ、このあたりをひと回りしてもらいましょうか」

「そうだな。そろそろ酒のお勉強もはじめたいね」

多門は冗談めかして言ったが、早く観光客のいる場所から遠のきたかった。

タクシーは守礼門、龍潭池《りゅうたんいけ》、沖縄県立博物館の前を緩《ゆる》やかに巡り、やがて国際大通りに戻った。いつの間にか、陽が大きく傾いていた。

二人はタクシーを降りた。

国際大通りと平和通りの交差するあたりだった。エミリーの案内で、沖縄料理の店に入る。いくらか格式張った店だった。客は誰もいなかった。琉球更紗《さらさ》の着物をまとった女性従業員たちが四、五人、所在なげにたたずんでいる。

二人は奥のテーブル席に着いた。

地元のオリオンビールで乾杯し、琉球時代の宮廷料理をつつきはじめる。コース料理で、ちょうど十品だった。素材のわからない料理が多かったが、色とりどりで目を愉《たの》しませてくれる。しかし、味のほうは特にどうということもなかった。

アルコールが入ると、エミリーはぐっと打ち解《と》けた。

喜ばしい変化だった。エミリーは、自分の父親がアメリカ人であることや母親が数年前に病死したことを問わず語りに喋った。養父も一年数カ月前に事故死してしまったらしい。

生まれ育った場所は、沖縄本島の中部に位置する名護《なご》市だという。いまは那覇市に隣接する浦添《うらそえ》市で、父親の異《こと》なる二十二歳の弟とアパート住まいをしているという話だった。

行きずりの自分に、なぜこんな話までするのだろうか。何か企《たくら》んでいるのか。自分をひとまず安心させておいて、美人局か枕探しのカモにでもする気なのかもしれない。

多門は、ふと訝《いぶか》しく思った。空港のロビーで怒声を張り上げた中年男の顔が脳裏に浮かんで消えた。

疑いはじめると、きりがなかった。

どうしてエミリーは空港のロビーにいたのか。旅行の帰りという感じではなかった。誰かの見送りに空港を訪れたのだろうか。ひょっとしたら、間抜けなカモを物色していたのかもしれない。気のせいか、タクシー乗り場で札束を拾ってくれたときのエミリーの目は何か物欲しげに見えた。

「奥さんのことでも思い出してるんですか?」

エミリーが、茶化すような口調で問いかけてきた。

「妻なんかいないよ」

「あら、そうなんですか。てっきりもう……」

「おれは鼾《いびき》がすごいんだ。だから、結婚は諦《あきら》めてるんだよ」

「多門さんって、面白《おもしろ》いことばっかり」

「きょうはちょっと浮かれてるんだ」

「どうしてですか?」

「そのへんの女優が廃業したくなるような超美女と差し向かいで飲んでるんだから、どうしたって浮かれちまう」

「わたしなんか、駄目ですよ。女としては背が高すぎるみたいで、男性がちっとも寄りついてくれないの」

「そいつは、上背《タッパ》のせいじゃないな。きみが美しすぎるから、野郎どもがビビっちゃうんだよ」

「多門さんって、女をいい気持ちにさせるのがうまいのね」

「それは下手《へた》だが、体をいい気持ちにさせるのはうまいぜ」

「え？　いやだ、多門さんったら！」

エミリーが多門をぶつ真似《まね》をした。刷毛《はけ》で撫《な》でたように頬に紅《くれない》が差した。項《うなじ》のあたりまで桜色に染まっていた。あまり擦《す》れてはいないようだ。

ひと押ししたところで、河岸《かし》を変えることにした。

多門は目顔でエミリーを促《うなが》して、先に立ち上がった。エミリーも腰を上げる。

二軒目に案内されたのは、ごく庶民的な居酒屋だった。

店内は割に混んでいた。大柄な二人が店に足を踏み入れると、先客たちの視線が一斉に注《そそ》がれた。小さなどよめきも起こった。

多門たちは、中ほどのテーブルに落ち着いた。

「もうお腹がいっぱいだわ。何か軽いものにします」

エミリーはそう言って、ビールと豆腐のチャンプルーだけしか注文しなかった。

多門は泡盛《あわもり》とハブ酒を豪快に飲みながら、珍しい沖縄料理を次々に胃袋に収めた。

苦瓜《にがうり》の油炒めと糸瓜《へちま》の味噌煮は思いのほかうまかった。豚の角煮《かくに》は、チーズのように舌の上で蕩《とろ》けた。

食欲を満たしながら、多門はエミリーの気持ちをくすぐりつづけた。

お世辞とわかっていても、誉《ほ》められて怒り出す女性はいない。ただ、美人は男たちに誉められ馴《な》れているから、ひたすら誉め千切るだけでは逆効果だ。

時には突き放した物言いもし、素っ気ない態度をとる必要があった。押して、引いて、また押す。

それが、多門の口説きのテクニックだった。百発百中というわけにはいかないが、その手でたくさんの女性と肌を重ねてきた。今夜はどうなるのか。期待で胸が膨《ふく》らむ。

店を出たのは、およそ二時間後だった。

陽が完全に落ち、街は暮色の底に沈んでいた。

「大人向きのダンスクラブがあるんですけど、ちょっと踊りに行きません?」

エミリーが言った。

「おれはチークしか、踊れないんだ」

「いきなりチークですか？」

「そう、いきなり！」

「そういうの、ちょっと困ります」

「なら、ナイトクラブに行こう」

「女性のいる店はよく知らないんですよ。ホテルの洒落たカクテルラウンジじゃ、駄目ですか？」

「お子様コースだな。でも、つき合ってやろう」

「ありがとう。多門さんって、優しいのね」

エミリーは嬉しそうに言って、腕を絡《から》めてきた。

顔は赤くなかったが、少し足の運びが心許《こころもと》ない。あまり飲める体質ではないのだろう。

エミリーに導かれて、近くの高層ホテルに入る。

カクテルラウンジは、最上の十二階にあった。海側は、嵌《は》め殺しのガラス窓になっていた。二人はカウンターに並んで坐った。

街の灯《ひ》の向こうに、東シナ海が横たわっている。

海は暗かった。ところどころに船の舷灯が光っていた。幻想的な眺めだった。

エミリーは速いピッチで、カラフルなカクテルを飲みつづけた。どれも甘口で飲みやすいようだ。

多門は一杯だけギムレットを飲み、その後《あと》はテネシーウイスキーのロックを呷《あお》った。銘柄はジャック・ダニエルだった。

小《こ》一時間が流れたころ、エミリーが酔い潰れてしまった。カウンターに突っ伏して、そのまま動かない。バーテンダーは迷惑顔を隠さなかった。

酔ってしまったのか。それとも、撒き餌《まえ》なのだろうか。どちらにしろ、このままでは何もはじまらない。

多門はそう判断して、ホテルの従業員を呼んだ。空室があるかどうか確かめる。

十一階の続き部屋《スイートルーム》だけが空《あ》いているという返事だった。多門は、その部屋を取ることにした。客室係のボーイにトラベルバッグを渡し、エミリーを肩に担《かつ》ぎ上げる。柔らかな肌の感触がたまらない。

目覚めかけた欲望をなだめ、エミリーを部屋まで運ぶ。ベッドのある奥の部屋に達すると、エミリーが何か呟いた。あいにく、よく聞き取れなかった。

多門はエミリーをベッドに寝かせ、ボーイにチップをやった。

千円札を抓んだつもりだったが、うっかり一万円札を渡してしまった。一瞬、ボーイが信じられないというような顔つきになった。すぐに彼は最大級の愛想笑いをし、足早に歩み去った。チップを千円札に交換されることを恐れているような歩き方だった。

多門はドアをロックし、とっつきの部屋のソファに腰かけた。

煙草に火を点けたとき、ふと仕事のことが脳裏を掠《かす》めた。風間直樹と野町保奈美は、この沖縄のどこにいるのだろうか。二人のことは、ほどなく忘れた。

目下の最大関心事はエミリーの出方だ。

エミリーが美人局めいたことを企んでいるとしたら、どうも動きが腑《ふ》に落ちない。酔い潰れてしまうまで、彼女はどこにも電話をかけなかった。共犯者と思われる男の影も見かけていない。

面倒なことを考えるのはよそう。さっさとエミリーを抱いちまえばいい。

多門は自分をけしかけて、短くなったロングピースの火を消した。

エミリーを担ぎ上げたときから、無性《むしょう》に女を抱きたくなっていた。相手は小娘ではない。のしかかったところで、派手に泣き喚《わめ》いたりはしないだろう。

たとえ騒がれても、一気に貫《つらぬ》きたい気持ちだった。

相手の人格を踏みにじった分だけ、たっぷりと悦楽を与えてやればいい。過去に半ば強引に征服してしまった女性も何人かいたが、誰からも恨まれなかった。仮に恨まれても、かまわない。

多門はジャケットを脱ぎ、それをソファの背凭れに掛けた。立ち上がって、奥の寝室に急ぐ。

室内は明るかった。仰向けに横たわったエミリーは、かすかな寝息を刻んでいた。毛布の下で、量感のある乳房がひそやかに息づいている。

いい感じだ。魅力的な女の寝顔は、いつだって男の何かをそそる。

欲望が昂《たか》まった。多門はベッドに近づき、静かに毛布をはぐった。

エミリーは眠ったままだった。多門はベッドに浅く腰かけた。マットが小さく軋《きし》んだ。

エミリーが、はっと瞼《まぶた》を開けた。

驚きと戸惑いの色が交錯した。多門は片肘《かたひじ》をフラットシーツに落とし、唇を押し当てた。エミリーが、くぐもった呻《うめ》きを洩らす。体が強張《こわば》り、小さく震えた。

多門は、エミリーの唇を吸いつけた。

ルージュの味が甘い。数秒後、エミリーの体から強張りが消えた。どうやら応じる気になったらしい。エミリーがためらいがちに吸い返してくる。

多門は舌を絡め、エミリーの髪を優しくまさぐりはじめた。

エミリーの舌がおずおずと応《こた》える。

多門は舌を躍《おど》らせながら、エミリーの半身を抱き起こした。衣服を脱がせようとすると、エミリーの細くしなやかな指が伸びてきた。多門の指先をきつく掴んで放そうとしない。

多門は顔を離した。

「どうした？」

「シャワーを使わせて」

エミリーが辛《かろ》うじて聞き取れる声で言った。

「おれも一緒に汗を流そう」

「そ、そんな⁉　恥ずかしいわ。すぐに戻ってきます。だから、お願いです」

「わかったよ」

多門は両腕を放した。

エミリーが伏し目がちにベッドを降り、浴室に向かった。

多門はベッドに大の字に寝転がった。枕から、エミリーの髪の匂いがうっすらと立ち昇ってくる。いい香りだ。

少し経《た》つと、浴室で湯の音が響きはじめた。

多門は寝そべったままの姿勢で、汗を吸った長袖シャツとスラックスを脱ぎ捨てた。ソックスも剝《は》ぎ、ベッドの下に投げ落とした。

多門はその日の気分によって、トランクスとボクサー型ブリーフを穿《は》き分けている。きょうはボクサー型ブリーフだった。ベッドを降り、下着を脱ぐ。

さきほど昂まったペニスは、一段と肥大していた。全裸でバスルームに向かう。

ロッカーの前に、エミリーの脱いだ物がまとめて置かれている。きちんとしていた。ショーツやパンティーストッキングも食《は》み出してはいない。

多門は自分が粗野《そや》にもかかわらず、慎《つつし》みや嗜《たしな》みを忘れた女は抱く気にならなかった。男の身勝手であることは充分に弁えながらも、やはり、どこかで拘《こだわ》ってしまう。

多門は浴室のドア・ノブに手を掛けた。

ロックはされていなかった。静かにドアを押し開ける。浴室には湯気が籠《こも》っていた。

シャワーカーテンの向こうで、エミリーが体に湯を当てている。

多門は一刻も早く裸身を拝《おが》みたくなった。

シャワーカーテンを横に払う。エミリーが短く叫び、身を竦《すく》めた。

最初に腕で隠したのは、たわわに実った乳房だった。やや遅れて、もう片方で股間の翳《かげ》りを覆《おお》った。

「びっくりさせてしまったな」

多門は詫《わ》びながらも、瑞々《みずみず》しい裸身を眺め回した。

白い肌は薄紅色に染まっている。期待は裏切られなかった。ほどよく肉のついた肢体は煽情的《せんじょうてき》だった。

「そんなに見ないでください」

「洗ってやろう」

「もう洗いました。すみませんけど、バスタオルを取ってもらえます？」

エミリーが体を斜めにして、恥じらいを含んだ小声で言った。

多門はバスタオルを手渡した。

エミリーがシャワーを止め、後ろ向きになってバスタオルを体に巻きつけた。彼女は、猛《たけ》ったペニスには一度も目を当てようとしなかった。多門には、それが物足りなくもあり、新鮮でもあった。

エミリーが逃げるように浴室を出ていく。

多門はざっとシャワーを浴びて、ベッドのある部屋に戻った。部屋は仄暗《ほのぐら》かった。べッドサイドの小さな照明が灯《とも》っているだけだった。

エミリーはベッドの中にいた。仰向けに横たわり、鎖骨の近くまで毛布で裸身を覆っている。多門はベッドの左側に回り込み、毛布の端《はし》を捲《めく》った。そのまま宙に放つ。

エミリーが小さな声を洩らした。

多門は優しく胸を重ねた。

「いつも行きずりの男性《ひと》とこんなことをしてるわけじゃないんですよ。それだけは信じてくださいね」

エミリーは上擦《うわず》った声で細く言うと、激しく唇を求めてきた。その両腕は、多門の首に回されていた。

熱く長いキスになった。

二人は互いの肌を愛撫しはじめた。

多門は頃合を計って、唇をエミリーの首筋に移した。軽く肌を吸い上げ、舌をさまよわせる。エミリーの顎《あご》が徐々にのけ反《ぞ》っていく。

耳の後ろに舌を這《は》わせると、エミリーは切なげな呻きを零《こぼ》した。硬く痼《しこ》った乳首も敏感だった。エミリーは甘く呻きながら、多門の肩や背中を撫でつづけた。

指の動きは、どこか稚《おさな》かった。そのぎこちなさが初々《ういうい》しい。

多門は二つの乳首を交互に舌と唇で慈《いつく》しみながら、秘めやかな部分に指を進めた。和毛はビロードのように柔らかかった。どちらかと言えば、繁みは淡いほうだろう。

多門は指を踊《おど》らせた。

反応は悪くなかった。だが、なぜだか足踏みをしている感じだ。走りだしたいのに走れない。そんなもどかしさが伝わってきた。

多門は、エミリーがまだ女の悦《よろこ》びを極《きわ》めたことがないのを見抜いた。何か拾いものをしたような気持ちだった。男にとって、開発の歓《よろこ》びは捨てがたい。

多門はたっぷり時間をかけて、エミリーの快感を引き出すことに熱中した。感じやすい部分を的確に探り出し、そこに熱の籠った愛撫を施しつづける。

その努力は報《むく》われた。やがて、エミリーは高いうねりに呑まれた。体を震わせ、愉悦の声を轟《とどろ》かせた。優しく体を繋ぐ。正常位だった。

多門はリズムを刻みながら、腰を動かしつづけた。いつからか、エミリーは堰《せき》を切ったように憚《はばか》りのない声を放つようになっていた。

「い、いいのけ？」

弾《はじ》けそうな予兆を覚えたとき、多門は思わず岩手弁を口走っていた。

エミリーは何も答えなかった。息もたえだえの有様《ありさま》で、短い言葉は耳に届かなかったようだ。

突然、エミリーが啜《すす》り泣くような声をあげはじめた。その腰は、くねくねと動いていた。なんとも妖しい。

多門は獣のように唸り、勢いよく放った。

その瞬間、エミリーがスキャットのような声を発した。全身で多門にしがみついてくる。震えは鋭く、リズミカルだった。快感のうねりが凪《な》ぐと、エミリーは四肢を投げ出した。死んだように動かなくなった。初めて深い愉悦を味わい、疲れてしまったのだろう。

多門は結合を解き、エミリーのかたわらに身を横たえた。

五分ほど経《た》ったころ、エミリーが呟いた。

「なんだか恥ずかしいわ。でも、とっても嬉しい！」

「そいつはよかった」

多門は片腕を伸ばし、エミリーを横抱きにした。

エミリーは女としては大柄だが、巨大熊のような多門には小さな妖精のようなものだった。エミリーが、多門の肩に頭を凭《もた》せかけてきた。

「多門さん……」

「何だい？」

多門は訊いた。

「いいえ、何でもありません」

「厭《いや》なことは胸に溜めとかないほうがいいぞ」

「わたしって、どうしようもない女なんです。自分が情けなくて……」

エミリーが急に背を向け、喉の奥を軋《きし》ませた。すぐに嗚咽《おえつ》が洩れはじめた。

多門は胸を衝《つ》かれた。うろたえもした。

女に泣かれると、実際、どうしていいのかわからなくなる。何か慰めの言葉をかけてやりたかったが、とっさには気の利《き》いた台詞《せりふ》は頭に浮かばなかった。

エミリーの肩の震えが大きくなった。多門は横向きになって、エミリーの体を包み込んだ。

数分後、エミリーの涙が涸《か》れた。

「わたし、多門さんに謝らなければならないんです」

「謝る？」

「ええ。昼間の男の人の話、あれは事実なんです」

「美人局のことか？」

「はい。あの男をホテルに誘い込んだのは嘘じゃないの。だけど、いざとなったら、わたしも弟も怖くなって、お金を強請《ゆす》ることなんかできなかったんです」

「それじゃ、おれもカモにするつもりだったのか？」

多門は穏《おだ》やかに言った。

「は、はい。ごめんなさい。ピアジェの腕時計なんかしてるから、お金持ちだろうと思ったんです。それにタクシーを待っているとき、札束を見てしまったし」

「弟がそろそろ現われる手筈《てはず》になってるんだな？」

「いいえ、弟は来ません。二度目はわたしひとりで男の人に接近して、相手の隙を見て……」

「そうだったのか」

「わたしを警察に突き出してもかまいません」

エミリーが不意に上体を起こし、多門に顔を向けてきた。

「きみは、おれの金には手をつけてもいない。警察に行ったって、事件として扱ってくれないさ」

「でも、このままでは……」

「なんだって、そんなに銭を欲しがるんだ？」

多門も半身を起こした。

「お店の資金繰《ぐ》りに困ってるんです」

「店って、スナックか何かか？」

「いいえ。わたし、弟と一緒に浦添市でちっぽけなアメリカングッズのお店をやってるんです。もともと元手が少なかったので、経営は楽じゃなかったんですけど、半年ほど前からずっと赤字つづきなの」

「そうなのか」

「則文《のりふみ》は、弟はばかなんです。やくざのやってるソロなんかで儲けられるわけないのに」

「ソロって？」

「こっちのやくざたちが昔からやってるポーカーに似たトランプ賭博《とばく》のことです」

「そう」

「弟は最初は勝ったらしいんです。それで、ついつい欲を出してしまって、結局は二十万の元手を失った揚句《あげく》……」

「胴元から金を借りたんだな？」

「はい、その場で五十万ほど。ソロをやってる新城《あらしろ》組は金融業もやってるんです。すごい高利で、十日ごとに一割ずつ金利がつくの」

「トイチってやつだよ。元利併《あわ》せて、現在どのくらいになるんだ?」

「約百八十万円です。貸金の焦《こ》げつきが増えたからって、新城組はわたしたちに今週中に全額を返済しろと言ってきたんですよ。お金の用意ができなかったら、わたしを性風俗の店で働かせると脅《おど》しをかけてきました。それで追いつめられて、おかしなことを考えてしまったの」

「そんな脅しは無視しちゃえ。金利分だけ払っとけば、文句はないはずだ」

「でも、彼らには法律なんて通じないの。もういいんです。わたし、お店を閉めることにします。在庫品を処分すれば、何とか借金を返済できそうだし。店を持つことがわたしたちの夢だったんだけど、仕方ありません。運が悪かったと諦めることにします」

「その程度の借金で弱音を吐くなよ」

「だけど、金策の当てもありませんし。このままじゃ、金利が雪達磨《ゆきだるま》式に増えるばかりでしょ? 手許にあるお金を掻き集めても、やっと半分工面できるかどうかですので」

「足りない分は、おれが用立ててやろう」

「そんなこと、駄目です。多門さん、どうかしてますよ。わたしたち、知り合ってから、まだ十時間も経ってないのに」

「おれたちは、もう他人じゃないんだ」

「多門さん、さっきのことで妙な責任なんか感じないでくださいね。わたし、おかしな下心があって、こうなったわけじゃないんですから。多分、あなたの豪快さに惹《ひ》かれたんだと思います」

　エミリーが真剣な顔で言った。

「いいから、おれに任せておけって。新城組ってのは、どんな組織なんだ？」

「十年ほど前に結成された暴力団です。一応、右翼の政治結社の看板を掲《かか》げてるけど、単なるやくざ集団なんでしょうね」

「組員の数は？」

「詳しくはわからないけど、暴走族上がりの半グレなんかの面倒も見てるようだから、おそらく五、六十人はいるでしょうね」

「その程度じゃ、弱小も弱小だな」

「でも、極琉会の分裂騒ぎがあってから、急にのさばりだしたみたいなの。バックに九州の武闘派暴力団がついたなんて噂もあるんですよ」

「ふうん。おれが新城組の事務所に行ってやろう。弟が金を返しに行ったら、また何かで借金を負わされる羽目《はめ》になるかもしれないからな」

「どうして、そんなに親切にしてくれるの？」

「もう何も言うな」

多門はエミリーを抱き寄せ、唇を重ねた。

4

炎が躍《おど》り上がった。

借用証が、めらめらと燃えはじめた。すぐに指先が熱くなった。

多門は、火の点いた証文をクリスタルの灰皿の中に落とした。新城組の事務所だ。

翌日の夕方である。多門は島袋則文の代理人として、借金の返済に訪れたのだ。きのうの深夜に別れたエミリーは最後まで、彼の申し出を受け入れようとしなかった。

その潔癖《けっぺき》さが、いじらしかった。多門は何が何でも、島袋姉弟に手を差し伸べたくなった。

数時間前にエミリーを市内のカフェに呼び出し、説得にかかった。その結果、ようやくエミリーは百万円を借りるという形で多門の申し入れを受けた。

その場で彼女は弟の則文に連絡を取り、手許にある八十数万円を店に持ってこさせた。

現われた則文は陽灼《ひや》けした健康そうな青年だった。エミリーとは、あまり似ていなかった。だが、姉と同じように彼は好印象を与えた。

多門は則文が掻き集めてきた金をレザージャケットのポケットに突っ込み、ひとりだけ店を出た。いま島袋姉弟はカフェで待っている。

新城組の事務所は、那覇市前島《まえじま》三丁目の裏通りにあった。

建物はプレキャスト・コンクリート造りの三階建てだった。それほど大きくはなかった。付近には、三代目極琉会と沖縄極琉会の傘下組織の事務所が点在していた。

まさに呉越同舟《ごえつどうしゅう》といった趣《おもむき》だった。険悪な空気は漂っていなかった。どうやら抗争は、だいぶ鎮静化しているようだ。

借用証が燃え尽きた。

多門は煙草をくわえた。阿波根《あはごん》と名乗った男が札束を卓上で軽く弾ませ、紙幣の耳を揃えた。阿波根は三十代の前半だった。物腰から察して、幹部と思われる。色が真っ黒で、ひどく男臭い顔をしていた。

眉が太くて濃い。芋虫《いもむし》を黒く塗ったような形だった。典型的なぎょろ目で、鼻は丸っこかった。唇も厚めだ。

「これで、カタはついたわけだな」

多門は紫煙をくゆらせながら、阿波根を見据えた。

「そういうことですね。こちらは貸した金を返してもらえば、それで別に問題はないわけですので」

「堅気《かたぎ》の若い者に賭けごとの金を貸すってのは、どういうもんかね」

「多門さんとやら、そいつは言いがかりってもんじゃないんですかっ」

阿波根が不快そうに言って、眉根をぐっと寄せた。凄んだつもりなのだろうが、威圧感はなかった。

逆に多門は、笑いを堪《こら》えるのに苦労した。

「わんら、いや、わたしたち沖縄のやくざ者《もん》は決して堅気に迷惑をかけるようなことは……」

「ずいぶん取り立《キリトリ》てが厳しかったようじゃないか」

「そりゃ、こっちだって商売だからね。多少、きついことは言いますよ。それがなんだってんですっ」

阿波根が挑発するように、卓上の手提《さ》げ金庫の中に札束を放り込んだ。

多門は一瞬、むっとした。だが、感情を抑《おさ》えた。

「少し言いすぎた。悪かったな」

多門は口調を和《やわ》らげ、静かに煙草の火を消した。

別段、竦《すく》み上がったわけではない。阿波根から、風間と保奈美に関する情報を何か得られるかもしれないと思い直したのだ。

まさか風間たち二人の顔写真を持って、沖縄県内のホテルや旅館を虱潰《しらみ》しに調べ歩くわけにはいかない。それでは能率が悪すぎる。

那覇市内だけでも宿泊施設は百軒近くある。しかも風間たちが、この街にいるとは限らない。沖縄本島の主《おも》だった都市を回るとなれば、数日はかかるだろう。

裏社会の情報を手っ取り早く摑むには、その世界の人間に接触するに限る。

法律の届かない世界に身を置く連中は、他所者《よそもの》の動きには神経を尖らせるものだ。自分たちのテリトリーを侵《おか》されることを警戒するからだ。

風間が県内で覚醒剤を売り捌《さば》こうと動き出していれば、当然、彼らの目につく。もしかすると、すでに噂にのぼっているかもしれなかった。

「おたく、素人《トウシロ》じゃないやね？」

阿波根が探《さぐ》るような眼差しを向けてきた。

「わかるか」

「そりゃ、わかりますよ。こっちだって、駆け出しじゃないんだ」

「体臭ってやつか?」

「ええ。この世界にいったん入った人間にゃ、みんな同じ臭《にお》いが体の芯まで沁《し》み込んでるでしょ?」

「そいつは言えてるな。実は、あんたと同業なんだよ」

多門は、現役のやくざを装うことにした。元の稼業だ。化けることはたやすい。

「やっぱりね。東京から来たんでしょ?」

「そう」

「どちらのお身内なんです?」

「関東義誠会に多少の関わりがある者だよ」

「そうですかい。こちらには、極琉会の内輪揉めの一件で来られたんですか?」

「いや、そうじゃねえんだ。妙なことを訊くが、ここ数日の間に東京のやくざ者《もん》が女連れでこっちに流れてこなかったかな」

「どんな感じのカップルです?」

阿波根が興味を示した。多門は、風間と保奈美の年恰好などを大雑把《おおざっぱ》に話した。

「そういう二人連れは見かけたことないですね。男のほうが何かやらかしたんですか?」

「身内の不始末だから、具体的なことは勘弁してもらいてえな。ただ一日も早く、その二人を捜し出してえんだ」

「話によっては、ご相談に乗りますよ」

阿波根が卑《いや》しい笑い方をした。

「いくら欲しいんだ？」

「それは、こちらからは言えませんや。ただ、これだけは言えます。捜す気になりゃ、そう時間はかからないでしょう。沖縄の稼業人は昔っから、横の連絡があるんでね」

「なら、五十万でどうだ？　二人の居所《いどころ》を突き止めてくれるだけでいい」

「五十万ですか」

阿波根が唸って、ゴールドのブレスレットを意味もなく指でいじった。瀬踏《せぶ》みする気になったのだろう。

「駆け引きは好きじゃねえんだ。五十万で折り合えねえっていうんだったら、話はなかったことにしてくれ」

「わかりました、いいでしょう。その金額で協力しますよ。で、その二人の顔写真はお持ちなんですか？」

「ああ、持ってる。ただ、手持ちの枚数が少ねえんだ」

「だったら、誰かにコピーを取らせましょう」

阿波根が大声で若い組員を呼びつけた。

衝立《ついたて》の向こうから、二十歳そこそこの男がやって来た。髪を金色に染めている。眉は剃《そ》り落としてあった。おおかた暴走族上がりだろう。ジャージの上下をだらしなく着込んでいる。色は紫だった。指には、安物のデザインリングを三つも飾っていた。

多門はレザージャケットの内ポケットから、風間と保奈美の写真を一枚ずつ抓み出した。

阿波根が写真を受け取った。その瞬間、表情に小さな変化が生まれた。狼狽《ろうばい》のようだった。

「その男に見覚えは？」

多門は阿波根に訊いた。

「いや、知らないね。女のほうも見たことありません」

「そうか」

多門は深くは追及しなかった。阿波根が金髪の若者に写真を渡して、小声で指示した。

「この二枚の顔写真を五枚ずつ拡大複写してくれ」

「阿波根さん、この男はうちに……」

「寝ぼけたことを言うんじゃねえ！　宮良《みやら》、早くコピーを取ってこいっ」

阿波根が急に怒鳴った。怒鳴られた男が首を竦《すく》めて、急いで衝立の向こうに消えた。

風間は、この事務所に来ているようだ。商談は、まとまったのか。こんな小さな組では、二十キロの品物《ブツ》なんか引き取れるわけない。後で、ちょっと揺さぶりをかけてみるか。多門は阿波根を見ながら、そう考えていた。

「できたら、いくらか前金で貰えませんかね」

「いくら欲しい？」

「二十万ほど回していただけると……」

「多いな。とりあえず、これだけだ」

多門はポケットを探って、十万円だけ渡した。それでも阿波根が顔を綻《ほころ》ばせる。

「二人連れを見つけたら、すぐにご連絡しますよ。ホテルはどちらです？」

「国際大通りのエメラルドホテルにいる。部屋は一一〇五号室だ」

多門は短く迷ってから、そう答えた。スマートフォンの番号を教えたくなかったのだ。

少し経つと、さきほどの金髪男が戻ってきた。

二枚の写真を返してもらう。ほどなく多門は腰を上げた。阿波根に見送られて、狭い組事務所を出る。夕闇は一段と濃くなっていた。

五分ほど歩くと、ひめゆり通りに出た。通りに面したカフェで、エミリーと則文が待っているはずだ。

多門は、そのカフェに入った。

ラップが控え目に流れていた。客の姿は疎《まば》らだった。島袋姉弟は隅の席で、何か深刻そうに話し込んでいる。

その席の脇で立ち止まり、多門はどちらにともなく言った。

「もうカタはついたよ。借用証は、おれが勝手に燃やした」

「ニヘーデービル、ニヘーデービル」

姉弟が声を合わせた。謝意を表す土地の言葉だ。昨夜、覚えて知っていた。

「どうってことないさ。三人で何かうまいもんを喰いに行こう」

「わたしたちのアパートに来て。お昼前に、沖縄の家庭料理を少しばかりこしらえてみたんです」

「そういう気遣《きづか》いは必要なかったのに。けど、せっかくだから、ご馳走になるか」

「ええ、どうぞ」

エミリーが弟を促して、すっくと立ち上がった。果実を想わせる乳房が揺れた。

昨夜の熱い情事を思い起こしながら、多門は卓上の伝票を掬《すく》い上げた。

「あっ、それはわたしが払います」

「いいんだよ。おれは他人《ひと》に奢《おご》られるのが嫌いでね。先に出ててくれ」

エミリーと則文を軽く押しやり、多門はレジに足を向けた。

三人は店の前でタクシーに乗った。

姉弟の住むアパートは、浦添市の外れにあった。ありふれた軽量鉄骨造りのアパートだった。外観は割に洒落《しゃれ》ていた。出窓があり、外壁はミントグリーンだった。

エミリーたちの部屋は二階にあった。

間取りは2DKだった。ダイニングテーブルに着くと、エミリーの手料理が次々に運ばれてきた。珍しい料理ばかりだった。

やがて、三人は食べはじめた。

グルクン、石メバル、ミーバイといった熱帯性の魚の刺身は、どれも新鮮だった。豚肉の角煮はこってりとしていて、箸が進んだ。苦瓜《にがうり》と豆腐を油で炒めたチャンプルーの味も絶品だった。菜飯《なめし》もうまかった。

「いま、コーヒーを淹《い》れますね」

食事が済むと、エミリーがすぐに立ち上がろうとした。多門は、それを手で制した。

「少しじっとしてろよ」

「でも、テーブルが狭いから……」

「後片づけは、おれにやらせてくれ」

多門は素早く立ち上がり、さっさと食器を流し台に運びはじめた。

ついでに、食器を洗うことにした。茶碗や皿を洗いはじめると、エミリーが小走りに走り寄ってきた。

「お客さまに、そんなことまでさせられないわ。わたしが洗います」

「いいんだ、いいんだ。若い女の白い手が中性洗剤で荒れちまったら、悲しくなるからな」

「いくら何でも悪いわ」

「弟とテレビでも観《み》ててくれ」

多門はエミリーを追っ払って、食器を洗いつづけた。それが済むと、彼はパーコレーターを目で探した。コーヒーも自分で淹れるつもりだった。

コーヒーを飲み終えると、多門は暇《いとま》を告げた。阿波根か、金髪の男を締め上げる気になったからだ。

エミリーと一緒に部屋を出る。気を利《き》かせたつもりなのか、則文は玄関先で別れの挨拶をした。

アパートの前の路上で、エミリーが言った。

「お借りした百万円は必ずお返しします。ただ、少し時間をいただけませんか。多門さんの連絡先は昨夜《ゆうべ》、ホテルで聞きましたんで」

「おれ、金なんか貸したっけ？」

「多門さんったら……」

エミリーが声を詰まらせ、心持ちうつむいた。

こんな所で泣かれたら、どうしていいのかわからなくなる。多門は、ことさら軽い口調で言った。

「今夜もベッドの上で戯《たわむ》れたいところだが、ちょっと片づけなきゃならない仕事があるんだ。だから、きょうはこれでな」

「沖縄には、いつまで？」

「はっきりしたことは言えないんだよ。仕事の成り行きで、どうなるか」

「お仕事のこと、訊いてもいいですか？」

「まだ言わなかったっけな。フリーの調査員みたいなことをやってるんだ」

「そうだったの。それじゃ、こっちには何かの調査でいらしたんですね？」

「人捜しなんだ。夕飯《めし》、うまかったよ」

多門は言って、大股で歩きだした。

後ろで、エミリーが彼の名を呼んだ。その声には、愛惜めいた情感が込められているような気がした。多門は少しばかり揺れ惑《まど》った。

できれば、今夜もエミリーを抱きたかった。しかし、いまは遊びはお預けだ。足を速める。一度も振り返らずに表通りに出た。

そこで五、六分待つと、折よく空車が通りかかった。そのタクシーで、多門は新城組の事務所に舞い戻った。

車を降りたのは組事務所の六、七十メートル手前だった。

裏通りのせいか、人の往来は激しくない。それでも同じ場所にたたずんでいたら、不審に思われる。多門は夜道を往《い》き来《き》しながら、組事務所の出入口に目を配りはじめた。

まだ夜は浅い。

七時半を回ったばかりだった。多分、阿波根も髪を金色に染めた使いっ走りも事務所にいるだろう。それを期待して、多門は張り込みをつづけた。

十分が流れ、二十分が経過した。ちょうど三十分待ったとき、組事務所から見覚えのある若い男が現われた。宮良というチンピラだった。夜目にも、黄色っぽい髪は目立った。

宮良はジャージの上に、黒い特攻服のようなものを羽織っていた。こちらにやって来る。

多門は物陰に隠れた。

ほどなく宮良が目の前を通り過ぎていった。多門に気づいた様子はない。ごく普通の足取りで歩いている。

いくらか間《ま》を取って、多門は宮良を尾《つ》けはじめた。

数百メートル先で、宮良は右に折れた。多門は小走りに追い、脇道に入った。また歩きはじめる。

宮良は肩で風を切りながら、まっすぐ突き進んでいた。ぞろりとした上《うわ》っぱりが風を孕《はら》み、マントのように翻《ひるがえ》っている。

多門は、あたりを見回した。住宅やビルが密集しているが、路上に人の姿は見当たらない。多門は足を速め、一気に距離を詰めた。

数メートル走って、大きな手で宮良の肩口をむんずと掴んだ。宮良が小さく叫んで、立ち竦《すく》んだ。

「あんたは、さっき事務所に来た……」

「おまえ、小遣い稼ぐ気はねえか」

「小遣い？　どういう意味なんだよっ」

「まあ、取っとけ」

多門は、二枚の一万円札を宮良に握らせた。

「こんな煙草銭で、何を探り出す気なんだっ。あんた、おれをガキ扱いすんのか！」

「大人ってもんは、そんなふうにゃ喚《わめ》かねえもんさ」

「言いたいこと言いやがって」

「協力してくれりゃ、お風呂《ソープランド》で二、三度は遊べるぐらいの小遣いはやるよ」

「ほんとだろうな」

宮良が急に目を輝かせた。

「ああ」

「いったい何を知りたいんだよ？」

「さっき、おれが見せた写真の男のことだ」

「おれは何も知らねえよ」

「そうかい」

多門は言いざま、宮良の首の後ろに手刀《しゅとう》を叩き込んだ。宮良が呻いて、片膝をつく。

「な、何しやがるんだっ」

「吼《ほ》えるな。次は首の骨を折るぞ。歩け！」

多門は宮良を摑み起こして、膝頭で腰を蹴りつけた。宮良がしぶしぶ足を踏み出した。

一分ほど歩くと、割に大きな公園があった。園内のほぼ中央に池があり、その周囲には亜熱帯性の植物が植えられている。

園灯の淡い光が、真紅の花を浮き上がらせていた。ぞくりとするほど生々《なまなま》しい色だ。沖縄県花のデイゴらしかった。ガジュマルの太い樹も何本か見える。

多門は、宮良を池の畔《ほとり》に立たせた。好都合なことに、人影はまったく見当たらなかった。

「写真の男が組事務所を訪ねてきたのは、いつなんだ？」

「な、何の話だよ。おれにはさっぱり……」

「阿波根がそんなに怖《こえ》えか。だったら、ソープで遊ぶのは諦めるんだな。さっきの二万円も返せ！」

「ちょっと待ってくれよ」

宮良が二枚の札を掌《てのひら》の中に封じ込め、数歩退《さ》がった。

「喋る気になったか？」

「あんたが持ってる金を全部くれたら、喋ってもいいよ」

「チンピラが駆け引きする気か。上等だ！」

多門は左目を眇《すが》め、宮良の頰を平手ではたいた。肉と骨が高く鳴り、宮良が大きくよろけた。

すかさず多門は前蹴りを放った。三十センチのローファーが、宮良の右の太腿に深くめり込む。骨の砕ける音が鈍く響いた。

宮良は声をあげながら、ぶっ倒れた。二枚の万札が掌から零《こぼ》れ落ちた。

多門は、強烈なキックをもう一発見舞った。空気が縺《もつ》れた。靴は十センチほど宮良の脇腹に埋まった。宮良が重く唸って、転げ回りはじめた。

「写真の男は、いつ組事務所に現われた？　早くゲロしねえと、内臓が破れて腹全体が血袋になっちまうぞ」

「く、くそっ。知ってたって、言えねえんだよ！」

宮良が吼《ほ》えるように言った。血を吐くような声だった。

多門は無言で宮良の襟首を摑んだ。そのまま池の縁《ふち》まで引きずっていく。

宮良が怯《おび》えた表情で叫んだ。

「どうするんだよ、お、おれを⁉」

「池の水で頭《ペテン》を冷やしな」

多門は宮良を腹這《ば》いにさせ、背中を膝頭で押さえつけた。

宮良が手脚をばたつかせる。多門は無言で宮良の頭を池の中に押し沈めた。

ゆっくりと口の中でカウントしはじめた。池の中から、水泡が噴《ふ》き上げてくる。十まで数え、いったん宮良の顔を水面から出してやった。

宮良が激しくむせ、両腕を泳ぐように動かした。片手は水面を叩き、もう一方の手は水辺の泥を掻いた。

多門は、ふたたび宮良の後頭部をグローブのような手で押した。

宮良が首筋に力を入れて必死に抵抗する。だが、無駄な努力だった。じきに宮良の顔面は水の中に没した。

多門は同じことを五度ほど繰り返した。

回を重ねるごとに、宮良の声は弱々しくなった。泥水をたっぷり飲んでいた。

これくらいにしておくか。多門は宮良を池の畔に転がした。

宮良は苦しげに呻きながら、ひとしきり泥水を吐きつづけた。胸まで濡れていた。長い金髪は頭皮にへばりついている。呼吸が荒い。多門は、もう何も言わなかった。

三十秒ほど経つと、宮良が喘《あえ》ぎ喘ぎ言った。

「写真の男は、一昨日《おととい》の夕方、うちの事務所に来たよ」

「そいつは何か売りにきたはずだ」

「そ、そんな感じだったけど、おれはわからないよ。応対したのは、阿波根さんたち幹部だったからな」

「写真の男は、それっきり姿を見せなくなったのか？」

「うん、多分。あんた、何を考えてんだよ」

「阿波根は、まだ事務所にいるな？」

「いや、もういないと思うよ。行き先はわからない」

「それじゃ、阿波根の家《ヤサ》に案内してもらおう」

「ええっ。もう勘弁してくれよ。おれは知ってることを全部ゲロしたんだぜ」

「奴の家はどこにあるんだ？」

「古波蔵《こはぐら》って所だよ。タクシーなら、十分かそこらで行ける。だけど、おれ……」

「立つんだっ」

「わかったよ。さっきの二万円は治療代として貰うぜ。どうも骨に罅《ひび》が入ったみたいなんだ」

宮良が、のろのろと身を起こした。片脚を引きずりながら、遊歩道に向かった。そこに、二枚の一万円札が落ちていた。あの脚では、逃げられないだろう。

多門は、ゆっくりと宮良に接近した。

5

ホテルに戻ったのは深夜だった。

時刻は午前二時半近かった。多門は徒労感を味わっていた。虚《むな》しさも拭えない。

阿波根は自宅にはいなかった。家の近くで、三時間ほど待ってみた。しかし、無駄骨を折ることになってしまった。

宮良から探り出した阿波根の馴染みの飲み屋を五、六軒覗《のぞ》き、ふたたび組事務所にも行ってみた。だが、阿波根を押さえることはできなかった。

多門は、ひとまず引き揚げることにした。

宮良をすぐに解放することは危険に思えた。多門は宮良をタクシーに乗せ、人気《ひとけ》のない場所を探した。

糸満《いとまん》市の郊外に半ば朽《く》ちた廃工場があった。国道三三一号線から少し奥に入った所だった。その付近には、民家は数える程度しかなかった。

その廃工場に宮良を連れ込んだ。金型《かながた》関係の工場だったらしい。油圧機などは運び出され、がらんとしている。

多門は、宮良をトランクスだけにさせた。

特攻服に似た黒い上着を細かく引き裂き、それを縒《よ》って紐《ひも》を何本か作った。その紐で、宮良の両手首をきつく縛りつけた。もちろん、猿轡《さるぐつわ》もかませた。

宮良は観念したらしく、少しも逆《さか》らわなかった。

多門は宮良を置き去りにして、廃工場を出た。国道まで歩き、通りかかったライトバンに乗せてもらった。こうして彼は、ホテルの自室に帰り着いたのだ。

多門はルームサービスの軽食で腹を満たした。

食べ終えると、生欠伸《なまあくび》が出はじめた。足腰も少々だるい。シャワーを浴びるのは面倒だった。

多門はレザージャケットを脱いだだけで、ベッドに潜《もぐ》り込んだ。ほんの数分で眠りに落ちた。

部屋の電話が鳴ったのは二時間後だった。

多門は毛布を引《ひ》っ被《かぶ》った。眠くてたまらなかった。

着信音は意地悪く鳴り熄《や》まない。次第に眠気が殺《そ》がれていく。

「くそったれが！　何時だと思ってやがるんだっ」

多門は毛布を撥《は》ね除《の》け、サイドテーブルの上にある電話機に腕を伸ばした。

「わたしです」

阿波根の声だった。

金髪の男が、あの廃工場から逃げ出したのか。多門は息を詰めて、阿波根の言葉を待った。阿波根が弾んだ声で告げた。

「お捜しの二人が見つかりましたよ」

「こんなに早くか……」

「ええ。なにしろ、沖縄のやくざにはネットワークがあるからね」

「それにしても早いな」

多門は、罠《わな》の気配を嗅《か》ぎ取った。阿波根は、風間直樹に連絡を取ったのではないのか。

「写真の二人は、知念《ちねん》半島の外《はず》れにある民宿に泊まってました」

「民宿?」

多門は訊き返し、上体を起こした。阿波根が早口で言った。

「ええ、そうです。ホテルなんかだと目立つんで、民宿を選んだんでしょう。二、三日前から、そこにいるようですよ」

「知念半島ってのは、那覇から遠いの?」

「車で四、五十分ですかね」

「民宿の屋号は？」

「わたしが案内しますよ。ちょっとわかりにくい場所ですし、残りの謝礼も早く貰いたいんで」

「そうかい」

多門は阿波根が何か企んでいることを確信した。

この自分を知念半島に誘《おび》き出す気なのかもしれない。そこには、風間が待ち受けているのか。そうでないとすれば、阿波根は新城組の連中に自分を痛めつけてくれとでも頼んだのだろう。どちらにしろ、とぼけて罠に嵌《は》まった振りをしてみよう。

そう思いながら、多門は受話器を握り直した。

「多門さん、これから車でエメラルドホテルに迎えに行きますよ。二十分後に、表玄関の車寄せのあたりで待っててください」

「わかった」

多門は受話器を置き、ベッドを降りた。

寝室を出て、控えの間に移る。ソファに深く腰かけ、両脚をテーブルの上に投げ出した。ロングピースを二本喫《す》ってから、多門は静かに部屋を出た。

ドアは、カードロック式になっていた。いちいち鍵《キー》をフロントに預ける煩《わずら》わしさがなかった。便利になったものだ。

十一階の廊下は、ひっそりと静まり返っていた。

多門はエレベーターに乗り込んだ。一階に降り、表玄関に走り出る。

外は暗かった。車寄せには、まったく車の影はない。

考えてみれば、自分もお人好しだ。多門は自嘲しながら、煙草に火を点けた。

女に甘いせいか、妙な体験をよくさせられる。いつだったか六本木《ろっぽんぎ》のピアノバーで意気投合した女にホテルに誘い込まれたことがある。

相手は久しく男の肌に触れていなかったらしく、驚くほど積極的だった。多門をベッドに押し倒し、すぐに下半身を剝き出しにした。自分は全裸になり、彼の股間に顔を埋めた。欲望が膨らむと、女はせっかちに跨《また》がってきた。

そのまま切なげに腰をくねらせ、自分だけ極《きわ》みに駆け昇った。それも、たてつづけに二度だ。多門は弄《もてあそ》ばれた恰好《かっこう》だった。

結合を解くと、女は急に自分のパンティーを引き裂いた。

多門は呆気《あっけ》に取られて、ただ眺めていた。女は何も言わず一一〇番通報した。あろうことか、彼女は涙声でレイプされたと訴えはじめたのである。

多門は跳ね起き、大急ぎで電話のフックを押した。

驚きはしたが、怒りは湧いてこなかった。女には何か事情がありそうだった。問い詰めると、やはり女は金に困っていた。年下の夫に蒸発され、わが子のミルク代にも事欠く暮らしをしているらしかった。

多門は、男運の悪い女に同情した。進んで身に覚えのない慰謝料を払ってやった。女は泣きじゃくりながら、何度も感謝の言葉を口にした。多門は、それだけで充分に満足だった。

煙草の火を踏み消したとき、四輪駆動車が目の前に停《と》まった。レンジローバーだった。車体は黒だ。運転席には、阿波根が座っている。野暮《やぼ》ったい綿ブルゾンを着ていた。

多門は助手席に乗り込んだ。

車が走りだした。夜明け前のメインストリートは、ひっそりとしている。人っ子ひとりいなかった。

阿波根の素振《そぶ》りが妙に落ち着かない。自分の推測は見当外れではなさそうだ。

四輪駆動車は市街地を走り抜けると、国道三二九号線に入った。車の数は極端に少なかった。ごくたまに対向車と擦《す》れ違う程度だった。

「残りの謝礼、持ってきてくれましたよね？」

「心配するな。ちゃんと持ってきた。この目で風間たち二人の姿を見たら、すぐに払ってやるよ」

多門は答えた。

阿波根がおもねるように笑って、さらにスピードを上げた。

しばらく走ると、家並《やなみ》が途切れた。左右は、雑木林と丘陵地になった。

影絵のような風景が後方に流れていく。ところどころに、バス停があった。むろん、人影はなかった。

「この先に小さな漁港があるんですよ。民宿は、その少し奥ですんで」

阿波根が言った。多門は黙ってうなずいた。

それから二十分ほど経つと、レンジローバーはバス通りから脇道に入った。

あたりに民家は見当たらない。熱帯性の樹木が連なっている。椰子《やし》ではなかった。アダンかもしれない。

さらに数分走ってから、阿波根は車を駐《と》めた。熱帯林の途切れたあたりだった。

「ここから先は車が入れないんですよ」

「車が入れない？　風間たちのいる民宿は、そんなに奥まった所にあるのか？」

多門は、わざと訝《いぶか》ってみせた。

「民宿はもう一本、海寄りの道に面してるんですよ。ここから近道を通ったほうが早く着くんです。だから、歩いていきましょう。なあに、すぐそこですよ」

阿波根が言って、先に車を降りた。大ぶりの懐中電灯を手にしていた。

多門も外に出た。闇が深いせいだろうか、星の瞬《またた》きは鮮明だった。

空気も澄んでいる。肺の中が洗われる感じだ。

「さ、行きましょう」

阿波根が足許を懐中電灯で照らしながら、先に歩きはじめた。多門は後《あと》に従った。

少し歩くと、道が途切れた。

その先は、灌木《かんぼく》の生い繁った傾斜地になっていた。勾配は割に緩《ゆる》い。潮《しお》の香を含んだ風が下から吹き上げてくる。海の近くなのだろう。

斜面を下《くだ》り降りると、低い石塀が左右に延びていた。

阿波根は塀の中に入っていった。無言だった。いつからか、口数が少なくなっていた。

多門も進んだ。

歩きながら、周囲に目をやる。動く人影は見当たらない。あちこちに、亀の甲羅を連想させる石が積んであった。目を凝《こ》らすと、碑銘が刻まれていた。

墓だった。沖縄地方独得の亀甲墓《かめこうばか》だ。

多門は用心しつつ、一歩ずつ進んだ。前後左右に目を向けるが、闇の中からは何も出てこない。

突然、前を行く阿波根が立ち止まった。

いよいよ仕掛けてくる気らしい。多門は石畳の上にたたずんだ。

「偽情報《ガセネタ》に引っかかったな。風間さんは、民宿になんか泊まってねえんだ」

阿波根が勝ち誇ったように言った。

「てめえらの罠ぐらい、とっくに見抜いてたよ。金髪のチンピラが風間のことを吐いてくれたんでな」

「あいつを締め上げやがったのか。宮良をどうしたんだ⁉」

「糸満の廃工場の中で、いまごろ夢でも見てるだろうよ。風間から品物《ブツ》を買ったのか？」

「さあな」

「風間に頼まれて、おれを痛めつけようってわけか」

「察しがついたか」

阿波根が小さく笑って、懐中電灯の光を向けてきた。

多門は小手を翳《かざ》して、棘《とげ》のある光を遮《さえぎ》った。そのとき、後ろで靴の音がした。複数の足音だった。

多門は体を半分だけ捻《ひね》った。

暗がりの奥から、二人の男が現われた。ひと目で、暴力団員とわかった。新城組の組員にちがいない。

口髭《くちひげ》をたくわえた男は、三十六、七歳だろうか。頬骨が高く張り、眼光が鋭い。中肉中背だ。もう片方は、まだ若い。

二十五、六歳だろう。戦闘服に似たジャケットを着ている。がっしりとした体軀《たいく》で、髪は角刈りよりも短かった。四角張った顔は、何やら蟹《かに》を連想させた。

「命ば惜しかったら、風間ち男のことば忘れろや」

口髭の男が九州の方言で喋り、前に勢いよく進み出てきた。その右手には、木刀が握られている。

「てめえらは九州のヤー公か。三代目極琉会と沖縄極琉会が戦争してる隙に、こっちに進出の拠点を作った薄汚え野郎どもの仲間だな」

「さっき忠告ばしおっとやろうもんに！」

「てめえら、風間からいくら貰ったんだ？　奴はどこにいる？」

「つまらんことば言うとっと、大怪我ばすっぞ」

男が怒声を張り上げ、不意に右腕を大きく泳がせた。

木刀が夜気を鋭く断《た》った。

多門は動かなかった。距離が遠すぎることをすでに目で測《はか》っていた。

戦闘服の男が多門の横に回った。三方を塞《ふさ》がれた。阿波根も間合いを詰めてくる。

多門は丸腰だった。しかし、ほとんど恐怖は感じなかった。これまでに彼は、うんざりするほど修羅場を潜《くぐ》ってきた。

「多門さんよ、早く東京に帰るんだな。風間さんを追っても、なんの得にもならねえぜ」

阿波根が言って、近づいてきた。

「品物《ブツ》は、まだ風間が持ってんだな？」

「そういうことは考えねえことだ」

「それじゃ、てめえらの体に訊《き》くことにしよう」

多門は語尾とともに、突進《ダッシュ》した。巻き上がった風が縺《もつ》れ合う。阿波根に組みつくのに、三秒もかからなかった。

円《まる》い光が激しく揺れた。

払い腰で、阿波根を投げ飛ばす。懐中電灯が跳《と》んだ。一条の光が闇を掃《は》いた。阿波根は亀甲墓の囲い石に腰を強く打ちつけ、野太く唸った。多門は阿波根の脇腹を蹴り込み、素早く懐中電灯を拾い上げた。

「わりゃあ！」

蟹男が、背の後ろで高く喚《わめ》いた。

多門は振り向きざまに、回し蹴りを放った。空気が鳴った。スラックスの裾もはためいた。蹴りは相手の腰を砕いた。

肉と骨が派手に軋《きし》んだ。男は体を回転させながら、五、六メートル吹っ飛んだ。多門は踏み込んで、ふたたびキックを浴びせた。

男が地面の上を幾度か跳《は》ね、石畳の上に倒れた。

前のめりだった。倒れた瞬間、凄まじい声をあげた。どうやら蟹男は、まともに顔面を擦《こす》りつけてしまったらしい。

「おい、見とけ。たったいま、叩っ殺してやるけんな！」

口髭の男がいきり立ち、木刀を振り被《かぶ》った。

多門は男の目に懐中電灯の光を当て、阿波根と蟹男を見た。二人とも、まだ身を起こしていなかった。

木刀が振り下ろされた。

風が湧いた。多門は斜めに跳んだ。風を切る音につづき、木刀が地面を叩く音が聞こえた。泥が跳ねる。

口髭の男が口の中で長く呻《うめ》いた。両手に痺《しび》れを感じたにちがいない。

多門は、分厚い肩で男を弾《はじ》いた。

男がよろけた。よろけながらも、木刀を振り回した。

多門は左腕で払った。相手の体が開く恰好になった。懐中電灯で、男の眉間《みけん》を力任せに撲《なぐ》った。鈍い音が跳ね返ってきた。

男がいったん反り身になり、すぐに前屈みになった。

多門は左のショートアッパーで、男の顎を掬《すく》った。手から木刀が落ちる。男が大きくのけ反り、後ろに倒れた。そのまま二、三度、後転した。

多門は右手の懐中電灯を見た。

頭の部分がひしゃげ、ガラスに細かい亀裂が走っていた。電球は無傷だった。

多門は懐中電灯を足許に捨て、木刀を拾い上げた。すぐに口髭の男に走り寄る。

男がぎょっとして、上体を起こした。鼻と口から血が出ている。

多門は木刀で、男を打ち据《す》えた。

倒れた男の頭髪を鷲掴《わしづか》みにする。髪を強く引き絞りながら、膝頭で相手の胸を蹴った。男が怪鳥《けちょう》のような叫びを迸《ほとばし》らせた。

後ろに倒れた。多門の手に、夥《おびただ》しい量の髪の毛が残った。

男が這って逃げようとする。逃がさなかった。

多門は男の体を軽々と引きずり、その顔面を墓石の角に幾度も叩きつけた。男の鼻が潰れ、歯が何本も折れた。顔全体が血みどろになるまで容赦《ようしゃ》しなかった。

男はぐったりとなり、地に俯《うつぶ》せになった。そのとき、阿波根が何か叫んだ。

振り向くと、すぐ近くにハンドガンを握った阿波根が立っていた。暗くて、型《タイプ》まではわからない。おおかた、中国でパテント生産されているトカレフか何かだろう。

「木刀を捨てろ！」

阿波根が拳銃のスライドを引いた。

その瞬間、多門は羆《ひぐま》のような巨体を跳躍させた。

銃声が轟《とどろ》いた。赤い火が一瞬、あたりを明るませる。放たれた銃弾は、的《まと》から大きく逸《そ》れていた。衝撃波すら感じなかった。

多門は木刀で阿波根の額をぶっ叩いた。

西瓜《すいか》を力一杯に地面に叩きつけたような音が響いた。阿波根が鳴き声に近い悲鳴を発し、朽ち木のように後方に倒れた。前頭部が深く沈み、額は血塗《まみ》れだった。

拳銃は遠くまで飛んでいた。蟹男が目敏《ざと》く拳銃を見つけ、這って拾いにいった。

多門は走った。

男が銃把《グリップ》に手を掛けた。その瞬間、多門は両手で木刀を振り下ろした。男の肩の上で、木刀が大きく弾んだ。

多門は隙を与えなかった。

たてつづけに数度、男の後頭部を打ち据える。男は両手で頭を抱え、のたうち回りはじめた。多門は拳銃を拾い上げた。

やはり、中国製のトカレフだった。原産国は旧ソ連だが、中国でライセンス生産されているノーリンコ54だ。二十数年前から、それらの拳銃が中国大陸経由で日本に大量に流れ込んでいた。

多門は木刀を左手に持ち替え、右手にノーリンコ54を握った。

大股で阿波根に近寄る。阿波根は弱々しく唸っていた。横向きだった。

多門は木刀を垂直にし、切っ先を阿波根の首根っこに押し当てた。そのまま腕に力を入れる。

阿波根が苦痛に満ちた声をあげた。

「新城組は、風間が持ち込んだ品物《ブツ》を買い取ったのか？」

多門は訊いた。

「買ってねえよ。風間さんは、うちの組に覚醒剤を売りにきたわけじゃねえんだ」

「どういうことなんだ？」

「そいつは、ちょっと言えねえな」

阿波根がうそぶいた。

多門は、にわかに血が逆流するのを感じた。木刀の先で、阿波根の傷口を執拗《しつよう》に突く。こじりもした。それでも、阿波根は口を割ろうとしない。

「な、なめんでねっ。お、お、おめ、殺されてえのけ？　い、いいべ、殺《や》ってやる！」

多門の内部で、何かが勢いよく爆《は》ぜた。

頭の芯と腸《はらわた》が煮えたぎっている。憤《いきどお》りは頂点に達していた。いつものように舌が縺れ、郷里の訛が口から零《こぼ》れた。

阿波根が呻きながらも、きょとんとした顔つきになった。

多門は阿波根を足で仰向けにさせ、喉に木刀の柄の部分を宛《あ》てがった。すぐに横に寝かせた木刀の上に、巨大な靴を乗せた。

体重を掛けて木刀を踏みつける。阿波根が白目を剝いて、四肢をばたつかせた。

多門は、それを無視した。踏みつけるたびに、木刀は大きくしなった。阿波根が必死に木刀を浮かせようと試みる。だが、一ミリも浮かない。

足の甲で木刀から右足を外した。

多門は木刀を跳ね上げる。木刀は高く舞い、阿波根の頭の近くに落下した。

多門は屈《かが》んで、銃口を阿波根の眉間に押し当てた。阿波根が体を硬直させた。

「しゃ、喋れ！」

「おれたちは、風間さんに品物《ブツ》の買い手を見つけて欲しいって頼まれたんだよ。それから、あんたを少し痛めつけてくれともな」

「や、や、野郎の居場所《いばしょ》さ早ぐ教えろ！」

「あの人は、もう沖縄にゃいねえ」

「ど、どごにいる？」

「あんたがうちの事務所に来たときは、まだ市内のホテルにいたんだよ。でも、身内に不幸があったとかで、急いで新潟の長岡《ながおか》に……」

「身内に不幸？」

「弟が死んだらしいんだ、ちょっとした事件を起こしてな。そのことをテレビのニュースで知って、風間さんはひとまず品物を持って新潟に向かったんだ」

「お、お、女《おなご》も一緒け？」

「ああ」

「や、奴の連絡先さ教えろ！」

「そいつはわからねえんだ。落ち着いたら、風間さんがうちの事務所に連絡してくることになってんだよ」

「そ、そうかい。く、くたばっちめえ！」

多門は銃把《グリップ》で阿波根の額を打ち据え、おもむろに立ち上がった。

口髭の男と蟹男は横たわったまま、重く呻きつづけていた。

多門はノーリンコ54をハンカチで拭って、思い切り遠くに投げ放った。墓地を走り出て、斜面を駆け上がる。

レンジローバーのある場所に戻ると、多門はすぐに運転席に乗り込んだ。

キーは差し込まれたままだった。車を発進させる。

那覇市に戻ったのは小一時間後だった。

車を裏通りに放置し、歩いてホテルに向かう。東の空は、まだらに明け初《そ》めていた。

ホテルのロビーには、まだ人影はなかった。

多門はエレベーターで十一階まで上がった。

部屋には、全国紙と地元紙の朝刊が届いていた。ホテルのサービスだ。

多門はとっつきの部屋のソファに坐って、全国紙を拡げた。社会面のセカンド記事に目が吸い寄せられた。風間直樹の実弟らしい男が引き起こした惨殺事件が、大きく報じられていた。

その記事を貪《むさぼ》るように読む。

新潟県長岡市に住む風間彰彦《あきひこ》なる人物が、きのうの正午過ぎ、借金の返済を強く迫っていた金融業者とその家族四人を鉈《なた》で撲殺し、自《みずか》らも命を絶った——。

それが記事のあらましだった。

多門はトラベルバッグを引き寄せ、長谷部から渡された資料を掴み出した。風間の家族の中には、確かに彰彦の名があった。

多門は新潟に行くことに決めた。

まず飛行機で大阪に行き、そこで新潟空港行きの直行便に乗り換える。待ち時間を含めても、半日もあれば長岡市に入れるだろう。

ひと眠りしたら、このホテルを出るつもりだ。多門はソファから立ち上がり、奥のベッドルームに足を向けた。

第二章　逃亡者の死

1

見通しは悪くなかった。

風間家に出入りする人々がよく見える。

多門は小料理屋の小上《こ》がりで、酒を飲んでいた。地酒の〝朝日山《あさひやま》〟だった。

店のはす向かいに、風間直樹の実家がある。

商家風の構えだが、看板も屋号も見当たらない。だいぶ前に商売をやめてしまったようだ。この店で飲みはじめて、かれこれ二時間になる。

だが、風間はまだ姿を見せていない。かたわらの障子戸は十センチほど開けてあった。通夜の弔《とむら》い客をチェックするためだ。

阿波根たちを痛めつけてから、十五、六時間は経《た》っていた。

多門はエメラルドホテルの続き部屋《スイートルーム》のベッドで仮眠を取ると、予定通りに郡覇空港で大阪行きの便に乗り込んだ。機を乗り換え、新潟空港に降り立ったのは午後四時近い時刻だった。

多門は空港ロビーで、風間の実家に電話をかけた。

風間が帰省《きせい》しているかどうか、確かめたのだ。風間は実家には戻っていなかった。電話連絡もないという話だった。

多門は空港からタクシーで長岡市に入り、長岡駅の東口にある十二階建てのシティホテルにチェックインした。

ニューオータニの直営ホテルだった。

多門は七階のシングルルームを取った。部屋から街が見渡せた。江戸時代には牧野《まきの》家の城下町として栄えたらしいが、その面影はなかった。

多くの地方都市と同じように駅前の中心街に銀行、ホテル、大型スーパーマーケットなどが建ち並び、その背後には商店や民家が連なっていた。

多門は矢尾板組の長谷部に電話で経過報告をすると、部屋でひと休みした。それからホテルのレストランで、日本海で獲《と》れた魚介類の盛り合わせをたらふく食べた。

どの刺身も新鮮だった。わけても甘海老《あまえび》は絶品だ。だが、越後《えちご》名産のずわい蟹は期待したほどの味ではなかった。

ホテルを出たのは七時過ぎだった。

風間の実家は造作なくわかった。関越《かんえつ》自動車道の長岡ＩＣ《インターチェンジ》から、それほど離れていなかった。弔問《ちょうもん》客は、きわめて少なかった。犯罪者の死を悼《いた》むことに、人々はためらいを覚えるのだろうか。

酒がなくなった。

多門は徳利《とっくり》を高く掲《かか》げ、軽く振った。四十六、七歳の女将《おかみ》が大きくうなずいた。色白だが、小太りだった。板場には、女将の夫らしき五十年配の男がいた。細身で、寡黙《かもく》だった。

客は多門を含めて、わずか三人しかいない。

二人の中年男がカウンターで枡酒《ますざけ》を傾けていた。ともに身なりが地味だった。サラリーマンだろうか。

少し待つと、女将が二合徳利を運んできた。

卓上には、十本近い徳利が並んでいる。肴《さかな》も、かなりの量を食べた。五人前の刺身の盛り合わせ、寄せ鍋、鯛《たい》の粗塩《あらじお》蒸し、帆立《ほたて》のバター炒《いた》め、鰤《ぶり》の照り焼き、和風ステーキなどが腹の中に入っている。

「お客さん、お強いんですね」

酌《しゃく》をしながら、女将が言った。標準語だったが、アクセントが微妙に異《こと》なる。

多門は曖昧《あいまい》に笑い返し、田舎《いなか》煮を注文した。三人前だった。女将が一瞬、呆《あき》れ顔になった。だが、すぐに愛想笑いを浮かべて豊かな尻を上げた。

女将が遠ざかると、多門は煙草に火を点《つ》けた。

深く喫《す》いつけたとき、脈絡もなくエミリーの顔と裸身が脳裏《のうり》に浮かんだ。島袋姉弟には何も告げずに沖縄を離れてしまった。旅先で知り合った女を思い出すことは稀《まれ》だった。

エミリーに特別な感情を懐《いだ》きはじめているのか。

エミリーの残像を追い払って、多門はガラス越しに外を眺めた。風間家は静まり返っていた。相変わらず、訪れる客もいない。

風間は亡くなった実弟の通夜には現われないのか。だとしたら、明日の告別式に顔を出す気なのだろう。

煙草の火を揉《も》み消したとき、田舎煮が運ばれてきた。大鉢に盛られている。素材は里芋《さといも》、蕗《ふき》、椎茸《しいたけ》、人参《にんじん》、隠元《いんげん》、筍《たけのこ》、身欠《みが》き鰊《にしん》と盛りだくさんだった。

「おたくさん、風間さんの遠縁の方か何かですか？」

女将が遠慮がちに問いかけてきた。

「え？」

「ほら、はす向かいの風間さんですよ」

「その家がどうかしたの？」

多門は空とぼけた。

「あら、そうじゃなかったのね。てっきり風間さんの通夜にいらした方だとばかり思ってたけど。だって、おたくさん、風間さんの家の方ばかり見てましたもの」

「ぼんやり外を眺めてただけだよ」

「そうだったんですか。どうも失礼いたしました」

「いや、いいんだ。通夜って、誰が亡くなったの？」

「風間さんとこの次男坊が亡くなったんですよ。その人、きのうの昼過ぎに五人も人を殺して、自分も首吊《つ》り自殺しちゃったの」

女将が言った。すると、板場の男が女将を短い言葉で窘《たしな》めた。

「いいこてや。事件のことは、新聞やテレビで派手に報道されたんだすけ」

女将は土地の言葉で言い返し、多門の方に顔を戻した。

「金融業者の一家が惨殺された事件、ご存じじゃありません？」

「その事件のことなら、新聞で読んだよ」

「そうですか。自殺した彰彦さんはちょっと短気なとこがあったけど、気さくな善《い》い人だったの。まさかあんな大それた事件を引き起こすなんて、いまだに信じられない気持ちだわ」

「新聞によると、砂利採取の事業に行き詰まって、犯行に及んだみたいだね」

「そういうことも少しはあるんだろうけど、彰彦さんは殺された関商事《せき》の社長に騙《だま》されたんですよ」

「その関とかいう奴は、確か金融業者だったね？」

「ええ、そうです。関社長は新津《にいつ》市の人間なんだけど、悪名がこっちまで届いてたの。そいつは他人《ひと》においしい話をちらつかせて、事業を興《おこ》させるんですよ。それでね、相手に事業資金をどんどん貸しつけるの。それも、たまげるような高利で」

「ふうん」

多門は箸で身欠き鰊を抓《つま》み、口の中に放り込んだ。思いのほか身は軟《やわ》らかかった。味も、よく沁《し》み通っている。

「とにかく関のやり方は、ひどいらしいんですよ。期日までにお金を返さないと、やくざ者を使って、ありとあらゆる厭《いや》がらせをするっていうの。彰彦さんのお嫁さんも、おっかない取り立て屋に犯されそうになったそうですよ。それで彰彦さんはつい逆上して、あんな事件を……」

「それは、ひどい話だな。しかし、金融業者も大変だと思うよ。借りた金を平気で踏み倒す連中がいるみたいだから」

「そうかもしれないけど」

女将が鼻白《はなじろ》んだ表情になった。

多門は酒を飲み干した。女将が言葉を発する。

「風間さんちは悪いことばかりつづいて、本当にお気の毒だわ」

「悪いことばかり？」

「ええ。直樹さんって跡取《あとと》り息子がいるんですけど、東京でやくざになっちゃったんですよ。何があったのか知らないけど、証券会社をやめて、そんな暮らしにね。それで、勘当されてしまったの」

「それじゃ、その長男は弟の通夜や告別式にも顔を出せないわけか」

「家の敷居は跨《また》がないかもしれないけど、長男は何らかの方法で弟さんの弔いをしに来ると思いますよ。死んだ彰彦さんとは内緒で連絡を取り合ってたようですからね」

「そうなのか。彰彦という男は山の中で首を吊ったとか記事に出てたが、この近くなのかな？」

多門は、努《つと》めて何気ない口調で訊《き》いた。風間が、弟の自殺した現場に姿を見せるかもしれないと考えたのである。

「風間さんのお宅の横の道をまっすぐ行った先にある小さな山ですよ。丘といってもいいくらいの低い山なの」

「そう」

「そこは、ここらの子供たちの遊び場なんですよ。直樹さんや彰彦さんもちっちゃいころは、あそこで遊んだんじゃないかしら？」

女将はそう言うと、カウンターの方に走っていった。二人連れの客がレジの前に立っていた。

多門は酒を呷《あお》った。

男たちを送り出すと、女将が戻ってきた。

「お客さん、どうぞごゆっくりね」

「そうしたいところだけど、急に用事を思い出したんだ。そろそろおれも勘定してもらおうか」

「あら、まだいいじゃありませんか。わたしでよければ、お相手しますよ。大年増は、

「女はいくつになっても、観音菩薩《かんのんぼさつ》ですよ。神々《こうごう》しくて、見てるだけで気持ちが和《なご》む」

「下の観音さまだけ拝んでるんじゃないの？」

女将が若やいだ声で、際《きわ》どい冗談を言った。常連客相手の商売に少々、退屈しているのかもしれない。

多門は調子を合わせて、わざと好色そうな笑い方をした。女将がさらに艶《つや》めいた話を口にしかけたとき、板場の男が顔をしかめた。

女将は小娘のように舌を出し、レジの方に戻っていった。

多門は心の中で無口な亭主に感謝しながら、レザージャケットを摑み上げた。小上がりから降り、勘定を済ませた。

店を出る。四月も半ばだが、だいぶ気温は低い。

午後十時を過ぎていた。多門はカシミヤのセーターの上に、レザージャケットを羽織った。車道を横切り、風間家の脇にある細い道に入る。

多門は、裏山に行ってみる気になったのだ。数百メートル進むと、登り坂になった。

そのあたりで、民家が途絶えた。

坂を登り切った所がほぼ頂上だった。

そこから先は道がない。道祖神《どうそじん》があるだけで、周囲は雑木林《ぞうきばやし》だ。多門はダンヒルのライターを数秒おきに点火しながら、林の中に踏み入った。

少し進むと、灌木《かんぼく》と下生《したば》えが踏み倒されている場所に出た。その六、七メートル先に、太い樫《かし》がそびえていた。

ライターの炎で、その根方《ねかた》を見る。

いくつかの花束と供物《くもつ》があった。線香の燃え滓《かす》も残っている。足跡もくっきりと残っていた。風間直樹の実弟が命を絶った場所だろう。

ロープは張られていなかった。警察の現場検証は、とうに終わったはずだ。

多門は暗がりに身を潜《ひそ》めた。

風間がここに現われるかどうかはわからない。勝算のない賭けかもしれなかった。しかし、待ってみるほかない。

標高は、せいぜい百数十メートルだろう。

それでも、だいぶ風が強い。樹々の小枝が踊るように揺れ、葉擦れの音が絶え間なく響いている。葉の鳴る音は、どこか潮騒《しおさい》に似ていた。

多門はレザージャケットの襟《えり》を立てて、冷たい夜風を防いだ。小さく足踏みをしながら、時間を遣《や》り過ごす。

数十分が流れた。多門は無性に煙草を喫いたくなった。

ロングピースをふた口ほど喫ったとき、かすかな靴音が聞こえた。慌てて多門は、煙草を樹皮に押しつけた。火の粉が散って、足許に落ちた。

折れた吸殻を捨て、姿勢を低くする。

足音が少しずつ高くなった。間違いなく、こちらに近づいてくる。下生えを踏みしだく音が荒々しい。男の歩き方だ。多分、風間だろう。

多門は気持ちを引き締めた。目を凝《こ》らす。

黒々とした樹林の間から、光るものが見えてきた。

ペンライトの灯《ひ》だった。光は弱々しかった。それでも、足許を照らすには役立つのだろう。蛍の発光体に似た物が近づいてくる。

多門は飛び出したい衝動を抑《おさ》えて、じっと動かなかった。人影が鮮明になった。

やはり、男だった。残念ながら、顔はまだ確認できない。

男は、紙袋のようなものを胸に抱えていた。体型が風間に似ている。しかし、まだわからない。緊張が高まる。

男が立ち止まった。

太い樫の前だった。ペンライトの仄《ほの》かな明かりが、男の顔を浮き上がらせた。まさしく風間直樹だった。黒っぽいスーツ姿だ。コートは手にしていなかった。

風間がペンライトの光を太い幹に当てた。

光輪が徐々に這《は》い上がっていく。すぐに光は静止した。太目の枝が照らし出された。

風間が長く息を吐いた。彼は、その枝に弟がロープを掛けて人生にピリオドを打ったと確信したようだ。

多門は、なぜか気持ちが重くなった。

風間がペンライトを歯で支え、紙袋の中から何か抓《つま》み出した。しゃがみ込んで、彼は何やらはじめた。

一分ほど経つと、風間の手許が明るんだ。

ろうそくに火が灯《とも》されていた。ペンライトが消される。

風間は紙袋から、缶ビールや煙草などを取り出した。それらの品は、樫の巨木の根方に手向《たむ》けられた。さらに火の点いた線香が土中に突き立てられる。

煙がたなびきはじめた。儚《はかな》げな煙だった。

ふたたび風間は太い溜息をついた。合掌し、身じろぎひとつしない。

多門は走りだしかけて、すぐに思い留《とど》まった。

何も急いで風間を押さえることはない。二億円と覚醒剤のありかを突き止めることが先だ。風間を締め上げても、吐くとは思えなかった。インテリやくざだが、掟《おきて》を破った男だ。それなりに粘るにちがいない。

保奈美の居所は風間を尾行すれば、たやすく判明するだろう。

風間は、いつまでも合掌を解かない。そのうちに肩が震えはじめた。インテリやくざは、声を嚙み殺して泣いていた。笑っているような嗚咽《おえつ》だった。

数分で、風間は泣き熄《や》んだ。

缶ビールの栓を開け、しばらく梢を振り仰《あお》いでいた。それから風間はビールを幹に振り掛け、ろうそくの火を手で払い消した。線香はそのままだった。

風間がペンライトを握り、来た道を戻っていく。充分に間《ま》を取ってから、多門は尾行しはじめた。林を抜け出ると、すでに風間は坂道をだいぶ下《くだ》っていた。思いのほか靴音が高く響く。多門は、なるべく抜き足で歩いた。

風間が尾行に気づいた様子はうかがえない。

多門は歩度を速めた。表通りに出た所で、風間がつと足を止めた。そのすぐ横が実家だ。風間は何かを断ち切るように、急に左に曲がった。

多門は走って追った。表通りに出ると、ちょうど風間が白いクラウンのドア・ロックを解いたところだった。車に乗られたら、どうすることもできない。

多門は全力疾走した。気配で、風間が振り返る。目がまともに合ってしまった。

「風間、ちょっと待て！」

多門は大声を発した。

風間がうろたえ、あたふたと運転席に乗り込んだ。

多門は車道に飛び出し、懸命に駆けた。癖のある髪が逆立《さかだ》ち、レザージャケットが胸にへばりつく。

クラウンのエンジンが唸《うな》った。

多門はリア・バンパーに片足を掛けた。そのとき、クラウンが猛然と走りだした。多門は片足で路面を蹴り、リア・ウインドーのフレームに両手でしがみついた。

風間が蛇行運転をしはじめた。

とたんに、体が不安定に揺れた。多門は指先に力を込めて、必死に体を支えた。クラウンが加速する。

「車を停めねえと、ぶっ殺すぞ！」

多門は声を張り上げた。

その直後だった。クラウンが急カーブを切って、道を折れた。

多門はあっさり振り落とされ、路上を転がった。受け身を心得ていたので、どこも傷《いた》めなかった。

多門は身を起こし、クラウンのナンバープレートを見た。

プレートには、蛍光塗料が施《ほどこ》されていた。〃わ〃という文字が目に入った。レンタカーだ。風間の車は、また道を折れた。癪《しゃく》だが、追いつける距離ではなかった。

「くそっ！」

多門は右の拳《こぶし》で、左の掌《てのひら》を強く打った。自分を罵《ののし》りたかった。

2

柩《ひつぎ》が運び出された。

出棺だった。厳《おごそ》かな空気が流れた。

喪服姿の若い女が玄関から走り出てきて、柩に取り縋《すが》った。

死んだ風間彰彦の妻だろう。号泣が痛ましい。色白で、器量は悪くなかった。

多門は物陰から、会葬者の顔を目で追っていた。思った通り、風間直樹の姿はない。

きのうの通夜と同じように、列席者は少なかった。故人の身内とごく親しい知人しかいないようだ。ただ、沿道には夥《おびただ》しい数の野次馬が群れていた。

その中に、気になる人物が混じっていた。

三十代前半の男だった。ずんぐりとした体躯《たいく》で、肩幅がやけに広い。胸も厚かった。男は黒い礼服を着ていたが、決して会葬者の列には加わろうとしない。

堅気には見えなかった。

体全体にふてぶてしさと凄みが漲《みなぎ》っている。おそらく男は、法律の向こう側に棲《す》む人間なのだろう。

多門は、その男と葬儀の模様を交互に眺めつづけた。

葬儀委員長が短い挨拶をした。会葬者は一様《いちよう》にうつむいていたが、涙ぐんでいるのは故人の若い妻だけだった。親族たちは、素直に悲しみを表すことを憚《はばか》っているように見受けられた。

柩が霊柩車に納められた。

未亡人になってしまった若い妻が、またもや悲痛な泣き声を響かせた。

多門は胸を締めつけられた。喪服の女に駆け寄って、強く抱きしめてやりたい気持ちになった。たとえ縁もゆかりもない者でも、若い女性が悲しみに打ちひしがれる姿は見るにしのびない。

それにしても、美人の喪服姿は何とも男の欲情をそそる。黒い着物が襟足や項《うなじ》の白さを生々《なまなま》しく際立《きわだ》たせるから、妖《あや》しさが増すのだろうか。

年配の男が、故人の妻をしっかと抱きとめた。

会葬者が散って、大型乗用車やマイクロバスに乗り込む。バスの座席は、半分も埋まらなかった。

やがて、霊柩車が走りはじめた。

地を這うような進み方だった。後続の車が次々にスタートする。沿道の野次馬たちが、少しずつ散っていく。

多門は、やくざらしい礼服の男に目を据えた。男が人波を掻き分けながら、風間家の方に歩きはじめた。いったい何者なのか。故人の知り合いなら、会葬の列に加わるはずだ。風間直樹の知人なのか。

「あら、昨夜《ゆうべ》のお客さんじゃないの」

近くで、女の声がした。

多門は振り返った。すぐそばに、小料理屋の女将が立っていた。黒のワンピース姿だった。そのためか、いくらか細く見えた。

「きのうはどうも！」

「こんな所で何してるの？　おたく、何か隠してるんじゃない？」

「実はわたし、フリージャーナリストなんですよ」

多門は嘘をついた。

「そうだったの。それで、事件のことをいろいろ調べてたのね」

「ええ、まあ。それはそうと、あの男は誰なんです？」

多門は声をひそめ、黒い礼服の男に視線を投げた。

女将が目を細める。近眼なのだろう。

「あの男は、直樹さんの高校時代の友達よ」

「何をやってる男なんです？」

「ちょっと前までは本間《ほんま》組の組員だったんだけど、いまは足を洗ってスナックか何かやってるみたいよ。お店がどこにあるのかは知らないけどね」

「本間組ってのは？」

元やくざの多門も知らない組織だった。おそらく組員は少ないのだろう。

「新潟市内を縄張りにしてる暴力団よ。確かあの人、久住《くすみ》とかいう名だったわ」

「ありがとう」

多門は礼を言って、女将の胸元に一万円札を滑《すべ》り込ませた。

「何なの、このお金？」

すよ」

「取材の謝礼です。シルクのパンティーでも買ってください。穿《は》き心地がいいらしいで
「そんなのを穿いたら、父ちゃんに男ができたと疑われちゃうわよ」

女将が、くすぐったそうに笑った。垂れ気味の乳房がゆさゆさと揺れた。

多門は小さく笑って、男を目で追った。久住という男が風間家の中に入っていった。

久住は風間に頼まれて、香典《こうでん》を届けにきたのではないのか。そうだとすれば、風間の居場所は摑めるかもしれない。

「このへんじゃ、流しのタクシーは拾えないんでしょ？」

「まず無理ね。ここらの人はみんな、無線タクシーを電話で呼んでるの」

「そう。悪いけど、お店でタクシーを呼んでもらえないだろうか。そろそろ次の取材先に行かなければならないんですよ」

「いいわよ。いますぐ車を呼ぶ？」

「ええ。なるべく早く来てもらってください」

「わかったわ。縁があったら、また会いましょう」

女将はそう言い、自分の店に駆けていった。

多門は煙草を喫いはじめた。

一服し終えたころ、タクシーが到着した。車に乗り込んで、そのまま待機する。

数分後に、久住が風間家から出てきた。

「あの男を尾《つ》けてくれないか」

多門は、五十年配の運転手に言った。

運転手が短い返事をした。久住は車道に沿って五十メートルほど歩き、路上に駐《と》めてある黒いクライスラーの運転席に乗り込んだ。

一般市民の好む車ではない。地方の暴力団関係者が好む車種だ。大都会のやくざ者は、ベンツやロールスロイスに憧《あこが》れる傾向が強い。

大型米国車は勢いよく走りだした。タクシーが追尾していく。

地方の道路では、クライスラーはひどく目立つ。しかも、真っ昼間だ。間違ってもマークした車を見失うことはないだろう。

多門はシートに深く凭《もた》れた。

久住の車は長岡ICから、関越自動車道に入った。北へ向かっている。どうやら新潟市に戻るらしい。

予想した通り、クライスラーは新潟黒埼《くろさき》ICで降りた。

しばらく国道を走り、新潟市の郊外にあるドライブインの広い駐車場に入った。その店は国道に面していた。多門はタクシーを同じ駐車場に滑り込ませた。

久住は、中ほどに車をパークさせた。多門は数台離れた場所にタクシーを駐《と》めさせた。走路を挟んでクライスラーと向き合う位置だった。

久住が車を降りた。

急ぎ足で、ドライブインに向かう。多門は店内に入るかどうかで迷った。久住が店で風間と落ち合うとしたら、入らないほうがいいだろう。

「ここで待っててくれ」

多門はレザージャケットを車内に残し、急いで外に出た。

駐車場は、半分ほどしか埋まっていない。

大きく駐車場を迂回《うかい》し、ガラス張りのドライブインに近づく。多門は植え込みの陰から、店の中を覗いた。久住は奥まった席に坐っていた。

後ろ向きだ。久住の前には、風間がいた。風間のかたわらには、サングラスをかけた女性が腰かけている。

写真の保奈美と似ていた。多分、本人だろう。やはり、思った通りだった。

多門は、ほくそ笑《え》んだ。

すぐに店を離れ、クライスラーに歩み寄る。

多門は近くに人影がないのを見届けると、ごく自然に屈《かが》み込んだ。後輪のエアを半分近く抜き、素早く車から離れた。

今度は、クラウンを探す。きのうの晩、風間が乗っていたレンタカーがあるのではないか。目を凝らしてみたが、クラウンは一台も見当たらなかった。別の車に借り替えたのかもしれない。

念のため、〝わ〟か〝れ〟の付いたナンバーの車があるかどうか調べてみた。二台あった。

二台とも、タイヤの空気を抜いてしまうか。

多門は一瞬、そう思った。しかし、ドライバーが女性であることも考えられる。理由はどうあれ、女性を困らせることは避けたい。

多門は、二台のレンタカーには手を触れなかった。タクシーに戻って、レザージャケットを着る。

三人は、いっこうに店から出てこない。

おおかた風間が覚醒剤の換金方法について、久住に相談しているのだろう。

関東義誠会は、全国の広域暴力団とはあらかた友好関係を保っている。それらの組織には、すでに風間の絶縁状が届いているはずだ。そうした組織は、問題のある品物には手を出さないだろう。掟破りには厳しい世界だ。

となると、風間は地方の弱小暴力団に盗んだ麻薬を持ち込むしかないだろう。それとても二十キロを売り捌《さば》くことは難しそうだ。

風間は、沖縄の新城組がすんなり買い手を見つけ出してくれるとは思っていないだろう。それで、久住に相談してみる気になったのではないか。

三十分が経過した。

店から三人が現われたのは、それから間もなくだった。なぜか、保奈美はサングラスを外していた。風間は、彼女の片腕をしっかと摑んでいる。保奈美は無表情だった。

久住が軽く手を挙げ、自分の車に駆け寄った。

風間たち二人は、出入口近くの灰色のプリウスに乗り込んだ。さきほど見たレンタカーのうちの一台だった。

「店のそばのプリウスにカップルが乗り込んだよね？」

多門は、運転手に話しかけた。

「ええ」

「あの車が走りだしたら、ゆっくりと尾行してほしいんだ」

「わかりました」

運転手が緊張した顔つきになった。

その直後、風間の運転する車が発進した。タクシーの運転手が焦《あせ》って追おうとする。

「まだ早いな。もう少し間《ま》を取ってくれないか」

「は、はい」

「よし、出してくれ」

十数秒してから、多門は指示した。

タクシーが走路に出た。次の瞬間、車体に鈍い衝撃があった。リア・バンパーが不快な音をたてた。運転手が急ブレーキをかけた。

多門は前にのめった。すぐさま振り返る。

リア・シールドのすぐ向こうに、クライスラーの広いフロントグリルが見えた。久住が薄笑いを浮かべている。わざと軽く車をぶつけたにちがいない。

「このままプリウスを追ってくれ」

「でも、お客さん、このままでは……。こちらに落ち度はないんですから」

「車の修理代は、おれが出す。だから、早くプリウスを追ってくれよ」

「お客さん、少しだけ待ってください。後ろの車のドライバーの名前と住所をメモしたいんですよ」

運転手は早口で言うと、慌《あわ》ただしく表に出た。

少し遅れて、久住も車から飛び出してきた。

多門は目でプリウスを探した。風間の車は、早くも国道に出ていた。もう間に合わない。

多門は舌打ちした。すぐにオートドアではない側から、タクシーを降りる。久住が運転手の胸倉《むなぐら》を締め上げていた。

「乱暴はよしなさいよ。あんたのほうが悪いんでしょうが！」

「うるせえっ」

久住が息巻き、運転手の顔面に頭突きを浴びせた。軟骨の砕ける音がした。運転手は膝《ひざ》から崩《くず》れた。

久住が向き直った。

「てめえ、長岡から尾行してきやがったな」

「バレてたのか。それで風間を逃がしたってわけか」

多門は、久住を睨み据えた。

「沖縄で風間を襲った仲間は、どうしたんだよ？」

「寝呆《ぼ》けるんじゃねえ。おれにゃ、仲間なんかいねえ」

「それじゃ、さきおととい、那覇で風間を撃《ハジ》こうとした二人組は誰なんだっ。矢尾板組の若い者なのか？」

「そんなこと知るけえ！」

「なら、仕方がねえな」

久住がダブルブレストの上着のボタンを外した。匕首《あいくち》を懐に呑んでいるらしい。

「こんな所で匕首《ドス》なんか振り回したら、すぐにパトカーが吹っ飛んでくるぜ」

多門は言った。

久住が迷った顔つきになった。その隙を衝《つ》いて、多門は久住に接近した。

八つ手の葉のような手で久住の喉を締めつけ、すかさず腹に膝蹴りを入れた。多門の椰子《やし》の実のような膝頭が、久住の腹に深く埋まる。

久住が呻いて腰を沈めた。

多門は素早く相手の腰を探った。ベルトの下に白鞘《しらさや》が差し込んであった。柄の部分は、手垢《てあか》で黒ずんでいる。刃渡りは三十数センチだろうか。

それを鞘ごと引き抜き、多門は丸太のような脚で久住の向こう臑《ずね》を蹴った。久住が奇妙な声を響かせ、その場にうずくまった。

「こっちに来てくれ」

多門は、走路に坐り込んでいるタクシーの運転手に声をかけた。

運転手が立ち上がり、恐る恐る近寄ってきた。

多門は短刀を自分のベルトの下に挟み、レザージャケットの内ポケットを探った。裸の万札をまとめて摑み出し、そのまま運転手に渡す。

運転手は何度も礼を言って、自分のタクシーに乗り込んだ。

多門は久住を軽々と摑み起こし、クライスラーまで歩かせた。

運転席と後部座席のドアを大きく開け、久住を先に車内に押し込む。運転席だ。自分も素早く後部座席に入り、匕首を引き抜いた。

「どうしようってんだっ」

「騒ぐな。車を出せ！」

多門は凄《すご》んで、久住の首に匕首の刃を密着させた。

久住の厳《いか》つい肩が、ぴくっと震えた。

「言う通りに走りな！」

多門は命じた。

久住がエンジンを始動させた。車が走りはじめた。後輪のエアを半分近く抜いてしまったので、ひどく乗り心地が悪い。

多門はドライブインの駐車場を出ると、新潟市方面と標示されている方向に向かわせた。しばらく走ると、田や畑が多くなった。

国道から、県道に入らせる。十分ほど走ると、ちょっとした丘陵地があった。その丘の中腹あたりに車を停めさせた。周囲は雑木林だった。裾野に田圃《たんぼ》が拡がり、その向こうに農家と思われる家々が点在している。

「降りろ！」

多門は匕首で、久住の首筋をぴたぴたと叩いた。

「ここで話《ナシ》をつけようってのか」

「粋がるんじゃねえっ」

多門は声を荒《あら》らげ、久住の頭を強く押した。筋肉質の太い左腕は、発条《ばね》のように伸びた。

久住が前に大きくのめった。ステアリングに胸部をぶつけ、フロントガラスに額を打ちつけた。久住は二度、短く呻いた。

「キーはそのままにしておけ」

多門は短刀を握ったまま、先に車を降りた。

運転席側に回り込み、久住を外に引きずり出す。額が赤く腫《は》れていた。多門は久住の肩を突きながら、林の奥に連れ込んだ。久住は抗《あらが》わなかった。

平坦な場所を見つけると、多門は久住の腰を蹴りつけた。

久住が草の上に転がった。雑草の上には、病葉《わくらば》が落ちていた。起き上がった久住が、腰のベルトを引き抜いた。黒革の細目のベルトだった。

多門も匕首を構えた。厚い肩と腕が筋肉の瘤《こぶ》で大きく膨れ上がる。問合いは三メートルもない。対峙《たいじ》したまま、二人は短く睨み合った。

「血塗れになりたくなかったら、風間の居所を言うんだな」

「直樹は、おれの親友《マブダチ》だぜ。そんなこと言えるかよっ」

「そうかい」

多門は、やや腰を落とした。

その瞬間、久住がベルトを泳がせた。ベルトは大きくしなって、風切り音をあげた。

多門には届かなかった。久住が後退する。多門はのっしのっしと踏み込んで、匕首を斜めに振り下ろした。

刃風《はかぜ》の唸りが重い。よく磨き込まれた匕首の切っ先が、久住の鼻先を掠《かす》める。

久住が、ひっ、と声をあげた。

顔から血の色が失せていた。多門は太い眉を片方だけ攣《つ》り上げ、口の端で笑った。

「てめえ！」

久住がいきり立ち、ベルトを振り回しはじめた。

腕を動かしながら、一歩ずつ後ずさりしていく。少し後ろには太い樹木が数本、横に並んでいる。久住はそれに気づいて、横に動いた。

「手間をかけさせるなって」

多門は前に進んだ。数歩進んだとき、足許で何かが動いた。草も揺れた。

目を落とす。蛇だった。赤茶っぽい色で、頭が三角型に近い。蝮《まむし》だ。

多門は背筋が凍った。

足も竦《すく》んで動かない。怖いものなしの多門も、蝮だけは苦手だった。子供のころに家の裏山で遊んでいて、叢《くさむら》に潜んでいた蝮にいきなり左の脹《ふく》ら脛《はぎ》を咬《か》まれたことがあるせいだ。

あのときの熱い痛みは、いまも忘れていない。母の勤めていた救急病院で解毒《げどく》注射を射ってもらっても、一晩中、血管の中で暴れ回る蝮の毒液に苦しめられた。

肉を抉《えぐ》られるような鋭い痛みがつづき、むやみに脂汗《あぶらあせ》が出た。死への怯《おび》えも頭から去らなかった。幸い回復が早く、小さなひきつれが残っただけだった。

蝮は身をくねらせながら、叢の中に消えた。

多門は、ほっとした。

だが、まだ気持ちが落ち着かない。蝮がそのうち戻ってくるような気がした。多門は足許を見ながら、蝮の出現した場所から少しずつ離れはじめた。

その直後だった。

突然、右手首に痛みを覚えた。ベルトで、短刀を叩き落とされていた。それは、すぐ目の前に転がっていた。

多門は巨身を屈めた。

次の瞬間、ベルトが襲いかかってきた。バックルが右の頰に当たった。かなり痛かったが、多門は右腕を匕首に伸ばした。柄を摑む寸前に肩を蹴られた。

体のバランスが崩れ、尻が落ちそうになった。

長い腕で、辛うじて体を支えた。そのとき、右側の雑草が小さく動いた。

多門は、そちらに目を走らせた。蝮に気を奪《と》られている隙に、久住が抜け目なく自分の匕首を拾い上げた。

多門は敏捷《びんしょう》に立った。

すぐそばに久住がいた。匕首を斜めに構えている。木洩《こも》れ陽《び》を受けて、刃が白く光っていた。ベルトは後ろに落ちていた。

「あんた、矢尾板組からいくら貰えることになってんだ？」

「てめえにゃ、関係ねえっ」

「直樹を、風間の奴を見逃すわけにはいかねえのか」

「奴を押さえるのがおれの仕事だ」

「それじゃ、追えないようにしてやらあ」

「そんな握り方じゃ、一発の蹴りで匕首《ドス》は吹っ飛んじまうぞ」

多門は久住を挑発し、間合いを目で測《はか》った。

三メートル弱だった。相手に跳躍力があれば、充分に刃先が届く距離だ。それを承知で、多門は一歩も動かなかった。

命の遣り取りをする場合は、絶対に弱気になってはいけない。気弱になると、そこから何かが綻《ほころ》びはじめる。一度、隙を見せたら、なしくずしに闘う気力が萎《な》えてしまう。

久住が半歩踏み出した。

目が落ち着かない。早く勝負をつけたがっている目だ。相手は沈着さを失っている。

多門はほくそ笑んで、大きな背をいくらか丸めた。

久住が焦《じ》れて、大きく跳《と》んだ。多門は初めて退《さ》がった。

白い光が斜めに走った。

空気が裂けた。力強い一閃《いっせん》だった。

だが、それは虚《むな》しかった。多門はわずかに上体を傾けただけで、なんなく匕首を躱《かわ》した。蝮のいた場所から離れる。

毒蛇に対する恐怖心は、いつしか薄れていた。

今度は匕首が横に泳いだ。多門はいったん跳びすさり、すぐ右斜め前に転がった。久住が右腕を引き戻した瞬間だった。

体が回りきったとき、多門は相手の両足首を摑んだ。そのまま力任せに掬《すく》い上げる。

「うわっ」

久住が仰向《あおむ》けに引っくり返った。

地響きがした。枯葉が飛び散る。多門は素早く立ち上がり、久住の右手首を蹴った。

匕首が三メートルほど飛んだ。久住がたじろぐ。たじろぎながらも、半身を起こした。

多門は風のように駆け寄り、久住の襟首と右腕を摑んだ。

相手を釣り込んで、腰を大きく捻《ひね》った。釣り込み腰だ。技《わざ》は、きれいに極《き》まった。

久住が頭から落ち、重く唸った。多門は仰向けになった久住の両脚を割り、左膝で相手の太腿の自由を封じた。その姿勢で、喉の軟骨を圧《お》し潰す。

久住が白目を剝《む》いた。眼球の毛細血管が膨《ふく》れ上がった。

多門は、相手の胃に強烈な肘打《ひじう》ちを見舞った。肘が深く沈む。肉の潰れる鈍い音がした。久住が呻いて、烈《はげ》しくむせた。

多門は立ち上がった。久住のこめかみを五、六度蹴りつける。次に脇腹を集中的にキックした。久住は血反吐《ちへど》を撒《ま》き散らしながら、死にかけの獣のように転げ回った。地面に紅葉《もみじ》模様が描かれる。血の臭いが空気に混じった。

「は、早ぐ立て！」

多門は刃物を拾い上げてから、久住に岩手弁で命令した。

久住が唸りながら、上半身だけを起こした。目が憎悪で暗く燃えている。黒い礼服は血と泥で汚れていた。

「か、か、風間と女《おなご》は、どごにいる？」

「そんなこと言えるかっ」

久住がそう言い、口の中に溜まった血をぺっと吐いた。

多門は無言で久住の顎を蹴り上げた。骨の砕ける音と悲鳴が交錯した。

久住は達磨《だるま》のように後ろに倒れた。両脚が高く跳ね上がった。靴の底に、湿った病葉がへばりついていた。

多門は踏み込んで、相手の急所を蹴りつけた。

的《まと》は外さなかった。久住が女のような悲鳴を洩らした。しばらくは口も利《き》けなかった。

多門は中腰になった。久住の顎を指の先で上向かせ、口の中に短刀の切っ先を素早く潜《くぐ》らせた。そのとたん、久住が身を震わせはじめた。歯が刃に当たり、小さく鳴りつづけた。硬質な音だった。

多門は、寝かせた匕首を横に薙《な》いだ。少しもためらわなかった。

久住が絶叫した。右の頰の肉が内側から、耳の近くまで裂けていた。切り口から、真紅の血がどっと噴いた。血の糸は喉元を伝って、ワイシャツの襟を染めた。

あまりのショックで、久住はあまり痛みを感じないらしい。全身をわなわなと震わせるだけだった。

多門は匕首を引き抜いた。久住の口の中には、粘り気のある血糊が溜まっていた。舌も歯も真っ赤だった。

「ち、ち、血こで、ベロさ滑らかに動くようになったんでねえのけ?」

「風間たちは……ドライブインから、あ、秋田に……」

久住が嗽《うがい》をしているような濁った声で、途切れ途切れに答えた。ひどく不明瞭な声だった。口の中に多量の血が溜まり、裂けた傷口から声が洩れるせいだろう。

「秋田のど、ど、どごだ?」

「し、市内……だよ」

「お、おめ、反対側の頬も耳まで裂かれてえのけっ」

「や、や……めて……くれ」

久住が烈《はげ》しく首を振った。

次の瞬間、股の間から湯気が立ち昇りはじめた。尿失禁だ。恐怖に堪《た》えられなくなったのだろう。

なぜ風間は、秋田に向かったのか。考えられるのは覚醒剤《シャブ》の買い手探しだろう。

「な、直樹は追分組《おいわけ》の……若菜《わかな》さんの所に、れ、例の品物《ブツ》を持って……」

「わ、わ、若菜って、若菜康隆《やすたか》のことけ？」

「そ、そうだ。あんた知ってんのか⁉」

「若菜さんとは、ど、どういうつき合いなんだ？」

「きょ、去年の春……新潟競馬場で知り合って、そ、それから目をかけてもらうように……」

「風間は、お、お、追分組に覚醒剤《シャブ》売りに行ったんだべ？」

「おれは……若菜さんに会ってみろと言っただけで……」

「おめは、ほ、ほ、本間組を脱けたんだべ？」

「だ、誰から……それを……」

「堅気《ネス》さなったんだったら、ド、ド、匕首《ドス》なんか持ち歩くんでねえっ」

多門は言うなり、匕首の背で久住の頭頂部を思うさまぶっ叩いた。

久住が頭を両手で抱え、身を丸める。口から血の塊《かたまり》が垂れた。

沖縄で、風間が二人組に撃たれそうになったという先ほどの話が気になった。地元の組織が現金や覚醒剤を強奪しようとしたのか。

多門は身を翻《ひるがえ》した。

叢を小走りに走り抜ける。ふたたび蝮に対する恐怖感が湧いてきたのだ。

雑木林を出て、血みどろの短刀を道端に投げ捨てる。

縁は妙なものだ。多門はステアリングを操《あやつ》りながら、若菜康隆の顔を思い出していた。

若菜と知り合ったのは、およそ四年前だった。

そのころ、多門は府中《ふちゅう》刑務所で服役《ふくえき》していた。傷害罪で起訴されたのである。刑期は一年三カ月だった。

独居房から雑居房に移されると、そこに若菜がいたのだ。若菜は追分組の大幹部だった。しかし、東京で恐喝罪で逮捕されて実刑を喰らっていた。

若菜は、多門とはひと回り以上も年齢が違う。

それでも割に気が合った。木工班の作業場でも、同じ組立ての仕事をしていた。

若菜は人が好《よ》かった。大食漢の多門がいつもひもじい思いをしていることを知って、よく自分の食事をこっそり分けてくれた。仮出所は若菜のほうが早かった。

ホテルに戻ったら、すぐ秋田に向かおう。

多門はそう思いながら、県道まで歩いた。

3

「お客さま、ご指名は？」

銀ラメの派手な上着を着た男が遜《へりくだ》った口調で訊いた。店長のようだ。

多門は何も言わずに奥に向かった。秋田市の繁華街にあるキャバクラだ。店内の造りは、見るからに安っぽい。

凄まじい音量のロックが流れている。

レディ・ガガのヒットナンバーだった。どうやらショータイムらしい。

「お客さま、どなたかとお待ち合わせでしょうか？」

銀ラメの男が追ってきて、怒鳴るような語調で言った。店内の音量が高かったからだ。

「追分組の若菜さんが来てるな？」

「失礼ですが、お名前は？」

「多門だ。若菜さんに取り次いでくれ」

「はい、ただいま……」

男が意味のない笑みを浮かべ、急ぎ足で奥に向かった。どうやら現役の筋者《すじもの》と思われたようだ。

多門は男の後《あと》に従った。歩きながら、腕時計を見る。午後十時近かった。

新潟駅で羽越《うえつ》本線の列車に乗ったのは、二時を少し回ったころだった。

秋田には六時前に着くことになっていた。

ところが、人身事故で足止めを喰うことになってしまった。秋田市内に入ったのは八時半過ぎだった。

店内は騒々しかった。

ステージでは、トップレスの若い女たちが踊っていた。どの娘も肌の色が浅黒い。

ホステスの多くが、フィリピン人やタイ人らしかった。女たちは片言《かたこと》の日本語と訛の強い英語を駆使して、客の男たちをもてなしていた。

揃ってスカート丈《たけ》が極端に短かった。

客席の床《フロア》には、星を象《かたど》った大小の鏡が埋め込まれている。鏡面は強化ガラスで保護されていた。ホステスたちのパンティーが映《うつ》る仕掛けになっているらしい。あざとさもここまで露骨だと、かえって小気味いいくらいだ。

銀ラメの男が奥のボックス席のそばに立ち止まった。

その席に若菜がいた。舎弟分らしい二人の男と二人のホステスが、若菜を取り囲んでいる。ホステスは二人とも日本人だった。どちらも三十歳近い感じだ。

店長らしき男が若菜に何か言った。

若菜が腰を浮かせ、びっくりしたような顔を向けてきた。すぐに懐かしそうな笑顔になった。多門は会釈《えしゃく》し、若菜の席に急いだ。若菜が腰を上げる。

「よう、クマ！　しばらくじゃねえか」

「ついさっき、事務所のほうにお邪魔して、ここにいると聞いたもんですから」

多門は若菜と握手した。

「クマ、ちっとも変わらねえな。また、背が伸びたんじゃねえのか？」

「まさか。若菜さんもほとんど変わってない」

「おれは、すっかり年取ったよ」

若菜がそう言い、白くなった前髪を抓《つま》んだ。

「十分ほど二人だけで話をしたいんですがね」

「おう、いいとも。それじゃ、人払いをしよう」

若菜がホステスと追分組の組員らしい男たちを別の席に移らせた。

多門は、ゆったりとしたソファに腰を沈めた。若菜も坐った。多門は小声で、事の経過と来訪の目的をかいつまんで話した。経緯《いきさつ》を打ち明けることに、迷いがなかったわけではない。

追分組は一応、関東義誠会とは友好関係を保っているが、本音の部分では面白くない感情を持っている組織だ。

いつ敵に回るかもしれない追分組の大幹部に矢尾板組の不始末を洩らすことは、ある意味では仁義に反する。また、危険を招くことにもなりかねない。

だが、多門は若菜の人柄と口の堅《かた》さを知っていた。それで、話す気になったわけだ。

「そいつなら、夕方、西岡《にしおか》って偽名を使って組の事務所に電話してきたよ」

「それで?」

「外のレストランで会ったんだ。ナマエフを二十キロ捌きたいって、サンプルのパケを持ってたな。確かに極上物《マブネタ》だったよ」

「で、品物《ブツ》を引き取ったんですか?」

「いや、買わなかった。あんな若いのが飛び込みで持ち込んでくる話は、だいたい危《ヤバ》いからな」

「まあ、そうでしょうね」

「奴は名古屋《なごや》の生駒《いこま》組の依頼で動いてるなんて言ってたが、ちょっと突っ込んでみたら、オタオタしてやがったよ」

「そうですか」

「あいつが風間って野郎だったのか。そういえば、何日か前に矢尾板組から奴の絶縁状が事務所に届いてたな。しかし、幹部じゃなかったんで、おれはろくに見もしなかったんだ」

「そう」

「風間って野郎は命知らずだな。てめえの絶縁状が回ってるとこに、のこのこやって来るんだからよ。それだけ切羽詰まってるんだろう」

若菜が言って、煙草に火を点けた。

風間は追分組なら買ってもらえるかもしれないと考えて、危険を承知で博奕《ばくち》を打ってみる気になったのではないか。多門は、そう推測した。

「正直なところ、ちょっと惜しい品物《ブツ》だったよ。関東義誠会を敵に回す度胸がありゃ、買っちまうんだがな。半分、冗談だぜ」

若菜が煙草の煙を吐きながら、慌《あわ》てて最後の台詞《せりふ》を付け足した。

「風間は、あっさり引き下がりました？」

「いやあ、だいぶ粘ってたよ。なかなか買い手がつかなくて、困ってたようだったな」

「奴は、どこにいるんです？」

多門は問いかけた。

「そいつはわからねえな。でも、今夜は市内のホテルに泊まるつもりだとか言ってたよ。おそらく、ほかの組を回ってみる気なんだろう。しかし、まず秋田じゃ、買い手はつかねえと思うぜ」

「もしかしたら、風間はもう一度、若菜さんに泣きつくかもしれないな」

「だとしても、わけありの品物《ブツ》は買えねえよ。たとえ半値でいいと言われても、おっかねえもん」

「若菜さん、ちょっと頼みがあるんです」

「なんだい、改まって。府中の同窓生なんだから、おれにできることだったら、相談に乗るよ」

若菜がにこやかに言い、飲みかけのブランデーをひと息に干《ほ》した。ヘネシーだった。

「風間がまた取引を持ちかけてきたら、奴に『いい買い手を紹介するよ』って言ってほしいんですよ」

「つまり、そっちが買い手に化けるってわけだな」

「ええ、そうです。協力してもらえます？」

「おやすいご用だ。で、そっちの連絡先は？」

「まだ泊まる所も決めてないんですよ」

「だったら、うちの姐《あね》さんがやってる割烹《かっぽう》旅館に泊まるといい。うまい庄内《しょうない》料理を喰わせてくれるよ」

若菜は返事を待たずに、二つ離れた席に移った若い組員のひとりを手招きした。そして、その割烹旅館に予約の電話をさせた。

「何から何まで面倒をかけちまって……」

「なあに。危《ヤバ》い話はこのくらいにして、飲もうや」

若菜は追い払った二人の日本人ホステスを呼び戻し、多門にウイスキーの水割りを振る舞ってくれた。水割りは薄すぎて、酒を飲んでいる気がしなかった。

「若菜さん、ここの勘定はおれに払わせてくれませんか。昔、世話になったからね」

「別に世話した憶《おぼ》えなんかないぜ」

「とにかく、そうさせてほしいんです」

多門は言って、横に坐ったホステスの耳に口を近づけた。二十一年もののスコッチと店で最高級のブランデーをボトルごと持ってくるよう耳打ちした。

さらに、ありったけのオードブルを注文する。オーダーした物は次々に運ばれてきた。

多門は若菜やホステスたちと陽気に騒ぎながら、浴びるようにロックを呷《あお》りつづけた。

「すごい飲みっぷりね。なんだか頼もしい感じだわ」

知佳《ちか》という源氏名のホステスが、多門にしなだれかかってきた。
二十八、九歳だった。典型的な狸《たぬき》顔で、口許も締まりがない。お世辞にも、秋田美人とは言えないマスクだ。岩手弁でいえば、〝見だぐなし〟の部類に入るかもしれない。
だが、肉体《ボディー》は悪くなかった。出るべきところは、ちゃんと出ている。感度もよさそうだった。

「あんたは女っぷりがいいよ」

「あら、お上手ねえ。こっちのほうも、お上手なんでしょ？」

知佳がだしぬけに多門の股間をまさぐって、大仰《おおぎょう》な声をあげた。

「どうした？」

「すっごくビッグなんで、たまげたの。片手じゃ、とても摑みきれなかったわ」

「なんの、たいしたことねえさ。いぐらおれでも、馬こにゃかなわねえ」

多門はおどけて、生まれ育った土地の言葉を口にした。

「もしかしたら、東北の方？」

「生まれは岩手だよ。早池峰山《はやちね》の北側の区界《くざかい》って所だ」

「区界なら、盛岡《もりおか》から山田《やまだ》線ね？」

「ばかに詳しいな」

「昔、同棲してた男が陸中《りくちゅう》山田の出身だったのよ。あたしは、秋田の横手《よこて》生まれだけどね」

「その男とは、どうして別れたんだ？」

「新しい女つくって、東京に逃げちゃったの。あたしって、なんか男運が悪いみたい。目一杯、尽くすんだけどねえ」

知佳があっけらかんと言い、バージニアスリム・ライトをくわえた。

「悪い野郎がいるもんだ。同県人として、ちょっと責任を感じるな」

「だったら、今夜、責任取ってくれる？」

「どういう意味なんだ？」

「ここんとこ、深夜営業のほうがさっぱりなのよ。フィリピンやタイの娘《こ》たちは珍しがられて、引っ張り凧《だこ》なんだけどね。国産は、もう飽《あ》きられちゃったみたい」

「そういうことなら、いつでも責任取るよ。店は何時に終わるんだ?」

「途中で抜けてもいいことになってるの。もちろん、お店にピンを撥《は》ねられちゃうけどね」

「そうか。なら、店の前で待ってるよ」

多門は知佳に囁《ささや》いた。生き方が下手な女性には、できるだけ優しく接したい。それが男の務《つと》めではないか。

知佳が急に目を輝かせ、すぐに立ち上がった。店長に、副業の客がついたことを告げに行くのだろう。

「何やら相談がまとまったらしいな」

若菜がにやついて、多門の脇腹を指でつついた。

「なんとなく成り行きでね。悪いけど、先に失礼させてもらいます」

「引き止めたいところだが、野暮《やぼ》はよそう。風間が何か言ってきたら、すぐにそっちに連絡するよ」

「よろしく。これで、ここの支払いを頼みます」

多門は懐《ふところ》から無造作に札束を取り出し、三十万円をテーブルの上に置いた。

「クマ、ここは田舎なんだ。多過ぎるよ」

「足りなかったら、ご勘弁を……」

「なんだか済まねえな。姐さんの旅館は、ここからそう遠くねえんだ」

若菜がそう前置きして、詳しい場所を説明した。それを聞いてから、多門は腰を上げた。もうひとりのホステスに一万円のチップをやり、出口に向かった。

店の前で、知佳を待つ。

数分後、知佳が店から走り出てきた。嬉しそうな表情だった。

原色のミニドレスは、私服に替わっていた。流行遅れのスーツが、何やら野暮ったく見えた。

「どうもお待たせ！」

知佳が腕を絡《から》めてきた。小柄な彼女は、ほとんどぶら下がるような感じだった。

二人は歩きだした。店の裏手の暗い通りに、七、八軒のラブホテルが並んでいた。知佳に導かれて、シャトー風の安っぽいホテルに入る。

知佳が客室案内のパネルボックスを覗き込み、赤いランプの灯《とも》っているプレートを押した。ランプが消え、パネルボックスの下部にカードキーが落ちてきた。

二人はエレベーターで三階に上がった。

4

頭が重い。
瞼《まぶた》もよく開かない感じだ。

多門は頭を振った。夜具の上だった。割烹旅館の一室である。知佳を抱いたあと明け方近くまで庄内料理をつつきながら、板長《いたちょう》と地酒を酌《く》み交《か》わしたのだ。

いまは正午近い。だが、ほんの数分前まで多門は寝具の中にいた。若菜の電話で叩き起こされたのである。二十分ほど前に、風間が追分組の事務所を訪れたという話だった。間もなく、若菜がここにやってくることになっていた。

多門は夜具を離れた。

はだけた寝間着のままで、隣室に移る。鍋や皿などは片づけられていたが、室内には酒と煙草の匂いが残っていた。

多門は漆《うるし》塗《ぬ》りの座卓の前に坐り込み、ロングピースに火を点けた。

舌の先がざらついている。明らかに、煙草の喫い過ぎだった。半分ほど喫って、煙草の火を揉み消した。

その直後、若菜が部屋に入ってきた。昨夜とは別の背広を着ている。いかにも仕立てのよさそうなスーツだった。

「わざわざ申し訳ありません」

多門は軽く頭を下げ、若菜を正面の座蒲団に坐らせた。

「さっき電話で言ったように、風間が覚醒剤《シャブ》の値を大幅に下げるから、引き取ってもらえないかって泣きついてきたんだ」

「それで、こっちのことを奴に話してくれました？」

「ああ、話したよ。そっちは、昔の知り合いってことにしといた。関西の極道ってことになってるから、そのつもりでな。風間は、ここに泊まってるそうだ」

若菜がそう言い、小さなメモを卓上に置いた。

それには、秋田市内にあるグランビューホテルの電話番号が記されていた。多門は紙切れを抓《つま》んで、すぐに立ち上がった。自分のスマートフォンを使うのは、なにかと都合が悪い。電話機は部屋の隅にあった。0《ゼロ》発信で外線電話もかけられるようになっていた。

多門は、風間のいるホテルに電話をした。

女性の交換手が出た。風間の部屋に電話を繋いでもらう。少し待つと、男の低い声が流れてきた。

「もしもし……」

「風間さんやね？」

多門は作り声で確かめた。

「そうだが、おたくは？」

「わし、大下《おおした》という者《もん》や。追分組の若菜さんの知り合いやねん」

「おたくのことは聞いてますよ」

「そうでっか。ほな、さっそく本題に入らせてもらうで。取引する前に、まず品物《ブツ》を見せて欲しいねん。わし、いまから、ホテルに行ってもかまひんけど」

「ここは、まずいな」

「それやったら、どこぞ外で会おうやないか」

「その前に、ちょっと確認しておきたいことがあるんです」

「なんやねん？」

「大下さん、取引は現金《キャッシュ》ですよ。一キロ一千万だから、総額で二億円ってことになるが……」

「金のことやったら、心配せんでもええわ。それより、早う落ち合う場所を決めてんか」

「いま、大下さんはどちらに？」

「市内の旅館や。昨夜《ゆうべ》から、ここに泊まってんねん」

「なんて旅館なんです？」

「『福《ふく》の家《や》』いうとこや。こっちに来てくれまんのか？」

「いや、ちょっと念のためにうかがっただけなんです。ついでに、そこの電話番号を教えてくれませんか。十分ぐらいしたら、自分からご連絡しますよ」

風間が言った。どうやら警戒して、大事を取る気らしい。

多門は、あたりを眺め回した。手の届く場所に、旅館のマッチがあった。印刷されている代表番号を教える。

ほどなく風間が先に電話を切った。多門も受話器を置き、すぐに若菜に通話内容を話した。すると、若菜が言った。

「そりゃ、手を打っとかないとな」

「女将さんは帳場にいました？」

「いたよ。電話は帳場にかかってくることになってんだ。姐さんにうまく調子を合わせてくれって頼んでくる」

若菜が立ち上がり、慌ただしく部屋を出ていった。

風間は、自分の声色を見破ったのか。それは考えすぎだろう。風間とは、それほど親しいわけではない。

多門はそう思いながらも、不安を拭い切れなかった。自分自身が直《じか》に風間に電話をかけたのは、少しばかり軽率だったか。

待つほどもなく、若菜が部屋に駆け戻ってきた。

「こっちはオーケーだ」

「どうもお手数をかけまして」

「どうってことねえよ」

若菜が座蒲団に腰を落とした。

その直後、部屋の電話機が鳴った。多門は若菜と顔を見合わせてから、おもむろに受話器を取った。

「大下さんですね？」

風間の声だった。

「あんた、わしのことを疑《うたご》うてるんちゃうか。なんや気色《きしょく》悪いわ」

「気を悪くしないでください。大きな取引だから、失敗《ドジ》を踏みたくないんですよ」

「まあ、ええわ」

「それじゃ、商談に入りましょう。夕方の六時に千秋《せんしゅう》公園の門の前で落ち合いましょうか？」

「千秋公園てどこやねん？」

「秋田駅から歩いて十分ぐらいの所にある公園ですよ。秋田藩主だった佐竹《さたけ》氏の居城跡が公園になってるそうです」

「さよか。なんぞ近くに目印みたいなもんはないんやろか？」

「秋田キャッスルホテルの向かいですよ」

「そのあたりやったら、なんとか行ける思うわ」

「大下さん、何か服装とか体の特徴なんかを教えてくれませんか。ほら、どちらも会ったことがないわけですから」

「わし、約束の時間になったら、口笛を吹くさかい、あんさん、声かけてんか。ほな、夕方六時にな！」

多門はことさら陽気に言って、先に電話を切った。

座卓の前に戻ると、若菜が言った。

「クマ、おれも一緒に行こうか？」

「せっかくですが、おれひとりのほうが……」

「そうかい。それじゃ、何かあったら、遠慮なく声をかけてくれ。いつでも助けらあ《ス》」

若菜が腰を上げ、部屋を出ていった。

多門は寝具に潜り込んだ。

ひと眠りしてから、旅館を出た。午後三時過ぎだった。多門は焼肉レストランで腹ごしらえをして、風間のいるグランビューホテルに向かった。様子をうかがって、隙があったら、部屋に押し入る気になったのだ。

ホテルに着いた。多門は、さりげない足取りで風間の部屋に直行した。九階の角部屋だった。

多門はホテルの従業員を装って、九〇八号室のドアをノックした。

応答はなかった。ドアに耳を押しつける。

室内に人のいる気配はうかがえない。風間は保奈美を連れて、どこかに出かけたようだ。

多門は階下のロビーに降り、隅のソファに腰を下ろした。

新聞を読む振りをしながら、風間たち二人の帰りを待つ。しかし、二人はなかなかホテルに戻ってこない。苛立《いらだ》ちが募《つの》った。

だが、多門は辛抱強く待ちつづけた。煙草を何本も灰にした。

やがて、約束の時間が迫った。

風間は出先から、そのまま千秋公園に向かうつもりらしい。これ以上待っても、おそらく無駄だろう。

多門はホテルを出た。

夕闇が濃かった。街路灯が灯りはじめている。十五、六分歩くと、目的の公園が見えてきた。園内の桜は、まだ七分咲きだった。

それでも黄昏《たそがれ》の底を仄《ほの》明るく染めていた。躑躅《つつじ》の数も多いようだ。園内には、美術館まであった。すでに閉館時間を過ぎているらしく、人影は疎《まば》らだった。

多門は正門の少し手前で立ち止まった。

周囲を見回す。風間の姿は見当たらない。多門は物陰に隠れた。風間が姿を見せても、もちろん声をかけるつもりはなかった。多門は風間を尾《つ》け、ホテルの部屋に強引に押し入る気だった。

六時を過ぎた。

依然として、風間は現われない。彼はどこかに身を潜め、こちらの様子をうかがっているのだろうか。そう思ったときだった。

公園の斜め前あたりで、重い衝撃音がした。三、四十メートル離れた所だ。すぐに男の悲鳴があがった。どうやら車が人間を撥《は》ねたらしい。

多門は車道に目を向けた。

ちょうど黒っぽい塊《かたまり》が路面に落下したところだった。横倒しに転がっているのは、男のようだ。身じろぎひとつしない。

十数メートル離れた所に、無灯火のトラックが停まっていた。

二トン車だった。エンジンはかかったままだ。

車道に倒れた男が、わずかに手脚を動かした。まだ生きていたのだ。

無灯火のトラックが急発進した。路上の男をタイヤで轢《ひ》き潰し、そのままフルスピードで走っていく。

単なる事故ではない。トラックの運転手は、わざと男を撥ねたようだ。ヘッドライトを消していたことが、そのことを裏づけている。

ひょっとしたら、轢かれたのは風間かもしれない。

多門は車道に飛び出した。

遠ざかるトラックのナンバーを読んだ。数字は二字しか見えなかったが、岩手ナンバーだった。荷台の後ろには、鈴江《すずえ》土木建設という社名が書かれていた。

盛岡の鈴江一家の関連会社の車なのか。

多門は頭の隅でちらりと考え、倒れている男に駆け寄った。やはり、風間直樹だった。胸から下は、タイヤで圧《お》し潰されていた。

しかし、顔は不思議なほど傷ついていない。とはいえ、とても長くは正視していられなかった。街路灯の光が、拡がる血溜まりを鈍く照らしている。肉片が思いのほか遠くに散っていた。回転するタイヤから、何かの弾みで剝《は》がれ落ちたのだろう。

風間は何も手にしていなかった。

ここには、ただ麻薬の買い手の様子をうかがいにきただけだったようだ。いつの間にか、血みどろの死体は人垣に取り囲まれていた。

「轢き逃げだ。誰か一一〇番してやってくれ」

多門は怒鳴って、歩道に戻った。

人波から抜け出ると、彼は風間の泊まっていたホテルまで突っ走った。エレベーターで九階に急ぐ。九〇八号室のドアは細く開いていた。

悪い予感がした。

多門は部屋の中に躍《おど》り込んだ。化粧品の匂いが残っていたが、保奈美の姿はなかった。ドアのそばに、彫金のイヤリングが片方だけ落ちていた。保奈美の物だろう。多門はそれを拾い上げ、ポケットに入れた。

奥に進む。クローゼットの扉が開け放たれ、室内も乱れていた。フロアスタンドが倒れ、ソファセットも歪《ゆが》んだ形で置かれている。

多門は一応、室内を検《しら》べ回った。

案の定《じょう》、風間が拐帯《かいたい》していた大金と二十キロの覚醒剤はどこにもなかった。何者かが、その両方を強奪したにちがいない。単独ではなく、複数の人間の犯行だろう。

運悪く部屋に居合わせた保奈美は、襲撃者たちに連れ去られたと考えられる。手口が荒っぽい。暴力団関係者の仕業《しわざ》のようだ。

多門は廊下に出た。

そのとき、エレベーターホールの方から中年の男と若い女性客室係が走ってきた。立ち止まると、男が問いかけてきた。

「失礼ですが、どの部屋をお訪ねなんでしょう?」

「九〇八号室です。部屋の中が荒らされてるようだけど、何かあったのかな?」

「どうもそうらしいのです。わたし、当ホテルの支配人でございます。彼女が、この部屋でトラブルがあったというものですから、様子を見に参ったわけです」

男はかたわらの女性客室係を見ながら、丁寧な言葉遣《づか》いで説明した。

「もう少し詳しい話を聞かせてくれませんか」

「はい。報告によりますと、三人のやくざ風の男たちが九〇八号室に押し入って、お客さまの女性とジュラルミンケース、それからキャスター付きのサムソナイト製のキャリーケースを奪ったようです。ケースは、カメラマンなどが持っているボックス型のものだったそうです」

「そいつらは、どんな様子だったのかな？」

多門は、女性客室係に顔を向けた。

「男のひとりが刃物か何かで、お客さまの女性を脅かしているみたいでした。女性は、とっても怯《おび》えているような感じでしたので」

「男たちは何か喋ってなかった？」

「お客さまの女性には何も言っていませんでしたが、仲間同士では小声で喋っていました。話の内容は、よく聞こえませんでしたけど」

「この土地の言葉で喋ってた？」

「秋田弁とは、ちょっと違う東北弁でした。多分、盛岡あたりの方言だと思います」

「盛岡か」

多門は唸った。

風間を轢き殺したのは、岩手ナンバーの二トン・トラックだった。

多門は二人に礼を述べ、エレベーターホールに向かった。後ろで、支配人たちが九〇八号室に入る気配が伝わってきた。

まさか追分組の若菜が妙な気を起こしたのではないだろう。若菜がそんなことをするわけがない。第一、自分は若菜には二億円のことは何も話していない。しかし、彼は品物《ブツ》を欲しがっているようだった。そのことが気になることは気になる。ひょっとしたら、風間は岩手の暴力団に品物の話を持ちかけていたのかもしれない。それで、逆に覚醒剤と二億円を強奪されたのだろうか。

多門は混乱する頭で考えながら、エレベーターで一階に降りた。そのまま外に出る。足は、ひとりでに追分組の事務所に向いていた。

十分ほどで着いた。運よく若菜は組事務所にいた。多門は、応接室に通された。若菜が先に口を開く。

「なんか浮かねえ顔をしてるな。風間に逃げられたのか？」

「奴《やつ》は殺られました」

多門は前置きして、経過を手短に話した。と、若菜が呻くように言った。

「いったい、どこの奴らがそんなことをしやがったんだっ」

「まさか追分組の仕業じゃないでしょうね？」

多門は揺さぶりをかけてみた。若菜が、むっとした顔つきになった。

「クマ、なんてことを言い出しやがるんだっ。いったい、どんな根拠があるんだ！」

「なんか風間の持ってた品物を欲しがってたようですから、ちょっとね」

「欲しかったことは欲しかったさ。けどな、そんな汚え手を使ってまで、手に入れてえとは思わねえよ。てめえは、おれを怒らせにきやがったのか！」

若菜が声を張った。すぐにドアが開き、数人の組員が血相を変えて飛び込んできた。

「ガタつくな。おめえらは引っ込んでろっ」

若菜が一喝《いっかつ》した。若い組員たちは首を竦《すく》め、すぐドアの向こうに消えた。若菜は本気で腹を立てている。どう見ても、芝居ではなさそうだ。

「疑ったりして申し訳ない。おれは考える前に、突っ走っちまうほうだから」

「それにしても、ひでえ話じゃねえか。そっちを見損なったぜ」

「気が済むようにしてください。なんだったら、小指《エンコ》飛ばしましょうか。匕首《ドス》を貸してくれりゃ、この場で……」

多門は真顔《まがお》を作って、若菜をまっすぐ見つめた。失敗《ドジ》を踏んだときに、よく使うはったり《ブラフ》だった。若菜は、ちょっと面喰らったようだ。

「何もおれは、そこまでやれとは言っちゃいねえよ」

「どうすりゃ、水に流してもらえます？」

「もういいって。考えてみりゃ、そっちがおれを疑うのは当然かもしれねえ。値さえ折り合えば、業界の不文律《ふぶんりつ》を無視してでも、風間の品物《ブツ》をこっそり買っちまおうなんて気も少しはあったからな」

「いや、早とちりしたおれがいけないんですよ。だから、誠意をもって詫びようと思ってね」

「その話は、もうよそうや」

若菜の表情は柔らかい。短気な性格だが、気性はさっぱりしている。

多門は、本気で小指を落とす気などなかった。若菜の怒りが鎮《しず》まらなかったら、金で解決しようと考えていた。

若菜の気持ちが変わっては面倒なことになる。多門は抜け目なく、話題をすり替えた。

「どこか思い当たる組織はありませんか？」

「風間は、岩手ナンバーのトラックに轢き殺されたんだったよな」

「ええ。あのトラックは、かっぱらったものかもしれませんがね」

「死んだ風間は、岩手の稼業人にも取引を持ちかけてたんじゃないか。岩手に行ってみちゃ、どうだい？」

「実は、おれも若菜さんと同じことを考えてたんですよ。どうもお騒がせしちまって」

多門は頭を掻いて、そそくさと立ち上がった。

いまが退散するチャンスだ。若菜が話を蒸し返さないという保証はどこにもない。

多門は逃げるように追分組の組事務所を出た。

その足で、割烹旅館に戻る。部屋に入ると、多門は東京の矢尾板組の事務所に電話をかけた。受話器を取ったのは若い男だった。若頭の長谷部に換《か》わってもらう。

「クマ、ずっと連絡を待ってたんだぞ。風間の野郎をふんづかまえてくれたか？」

電話の向こうで、長谷部が言った。

多門は、追跡行の経過をつぶさに語った。

「なんてこった。保奈美まで、そいつらに連れ去られるなんて」

「ちょっと手間取ってますけど、依頼されたことは必ずやり遂げますよ」

「頼むぜ、クマ。まさか警察《サツ》に泣きつくわけにはいかねえからな」

「きっちりカタをつけますよ。そりゃそうと、奥羽兄弟会は、いまも関東義誠会としっくりいってないのかな？」

多門は訊いた。

奥羽兄弟会というのは、東北地方最大の暴力組織だ。傘下団体は二十近い。

二つの広域暴力団の蜜月関係が崩れたのは、およそ五年前だった。

そのころ、関東義誠会が福島県の地方都市に下部組織を結成した。そのことが火種《ひだね》となって、双方は反目し合うようになったわけだ。

「いまは表立った動きはねえけど、水面下じゃ、いろいろあるんだよ。去年も奥羽兄弟会は関東義誠会に挨拶《ロウズ》なしで、フィリピンのセブ島からコピー拳銃を大量に買い付けやがったんだ」

「関東義誠会の卸元《ネタモト》から直取引したんですか」

「そうなんだ。その件は一応、手打ちになったんだが、肚《はら》の中じゃお互いに……」

「でしょうね」

「奴らは関東義誠会に、スパイを送り込んでるんじゃねえかと思うくらい、こっちの情報を正確に摑んでる」

「どんな世界にも裏切り者はいますからね。敵の人間に身内の誰かが抱き込まれたのかな」

「そうかもしれねえ」

「まだ断定はできませんが、鈴江土木建設ってのは盛岡の鈴江一家の企業舎弟《フロント》じゃないかって気がしてるんですよ」

「クマ、その通りだよ！　鈴江一家は、奥羽兄弟会の中核組織だ。きっと鈴江一家が、矢尾板組《うち》の不始末を嗅《か》ぎつけて……」

長谷部が断定口調で言った。

「考えられないことじゃないでしょうね。おれ、これから盛岡に行ってみますよ」

「そうしなよ。おまえ、岩手生まれだったな。ついでに、おふくろさんに会ってこいや」

「おふくろは、もう死んでしまったんですよ。おれが二十四のとき心筋梗塞《しんきんこうそく》で呆気なくね」

「そうだったのか。だけど、親父さんか兄弟があっちにいるんだろう？」

「いや、誰もいません。おれは、ずっと母ひとり子ひとりだったんでね」

ふと多門の脳裏に、ありし日の母の笑顔が浮かんだ。

気の優しい母親だったが、その生き方は烈《はげ》しかった。家庭のある男に命懸けで惚れ、あえて未婚の母になる道を選んだ。

男の経済的な援助は、いっさい受けなかった。自分の親兄弟に甘えることもしなかったようだ。自然体で生涯、看護師として働き通した。

多門は口にこそ出したことはなかったが、そんな母を誇りに思ってきた。横顔が渋谷の『紫乃』のママに似ていなくもない。あの小さな酒場に通い詰めているのは、無意識に母親の面影《おもかげ》を求めているからなのか。

「とにかく、盛岡に行ってみろや。秋田から盛岡までは、それほど遠くねえんだろう？」

「特急なら、二時間弱です。これから、すぐに向かいますよ」

「落ち着き先が決まったら、なるべく早く連絡先を教えてくれ。金や品物《ブツ》のこともそうだが、保奈美のことが心配でな」

「わかりました。それじゃ、また！」

多門は受話器をフックに戻すと、すぐに旅仕度に取りかかった。

5

背中に他人の視線を感じた。

どうやら誰かに尾行されているらしい。多門は立ち止まった。盛岡の駅前通りだ。北上川《きたかみがわ》に架かった開運橋《かいうんばし》を渡ったばかりだった。

多門は煙草をくわえた。

火を点けながら、小さく振り返る。橋の上に、三十歳前後の男が立っていた。男はわざとらしく、川面《かわも》を覗き込んでいる。

薄茶のスーツを着ていた。

柄のネクタイが少々、派手だ。そこだけが浮いた感じだった。

一見、若いサラリーマン風だが、どことなく崩れている。といって、筋者特有の体臭も漂《ただよ》ってこない。正体不明の男だ。

多門は、くわえ煙草で歩きだした。

男の気配は消えなかった。尾《つ》けられていることは間違いない。腹ごなしに、ちょっと暴れるか。

多門は足を速めた。腹が重ったるい。奥羽本線・田沢湖《たざわこ》線の車中で二つの駅弁と半ダースの缶ビールを喰らい、さらに盛岡駅ビルの郷土料理の店で鮭の親子丼と〝ひっつみ〟を掻っ込んだのである。

ひっつみとは水団《すいとん》のことだ。亡母がよく作ってくれたものとは大違いだった。水っぽくて、まるでこくがなかった。何やら騙《だま》されたような気持ちになった。

多門は大通りを突き進み、歓楽街に足を踏み入れた。

色とりどりのネオンやイルミネーションが瞬《またた》いている。懐かしさが胸に拡がった。遊び盛りの高校生のころに、このあたりをよく徘徊《はいかい》したものだ。

通っていた公立高校は山田線の沿線にあった。盛岡と自宅のある区界との中間地点に位置していた。どちらも、学校からは電車で二十数分の距離だった。

多門はバーや小料理屋のひしめく路地に駆け込み、暗がりの奥で足を止めた。

走る靴音が近づいてきた。

ほどなく尾行者の横顔が見えた。その瞬間、多門はトラベルバッグを投げつけた。バッグは、薄茶のスーツの男の側頭部を直撃した。重く鈍い音が聞こえた。

男が横倒しに転がった。まるで強風に薙《な》ぎ倒されたような感じだった。

多門は男に走り寄った。

バッグと男の襟首を同時に掴む。多門は男を暗がりに引きずり込み、腹を蹴りつけた。一度ではない。二度だった。男が身を波打たせながら、血の混じった胃液を吐いた。

「おい、何者だ？」

多門は詰め寄った。

返事はなかった。多門は眉ひとつ動かさずに、男のこめかみをキックした。靴の先に、肉と骨の感触が伝わってきた。男の体が吹っ飛ぶ。くすんだ色の歯茎《はぐき》を見せて、男は太く唸った。頬の肉が痙攣《けいれん》している。

多門は、左手のトラベルバッグを泳がせた。

バッグの角が男の顔面を捉《とら》えた。男が声をあげ、仰向けになった。鼻血が垂れていた。

「なんで尾けてきやがったんだ？」

「尾けるって、なんのことなんだよっ。たまたま同じ方向に歩いてただけじゃないか」

男が喘ぎ声で言った。

多門は片膝をついて、男の上着の内ポケットを探った。黒革の名刺入れを抓《つま》み出し、中身を調べる。真っ先に、鈴江土木建設という社名が目に入った。

男は、第一営業部の平泉弘《ひらいずみひろし》という人物らしかった。同じ名刺が二十枚ほど入っていた。

「あんた、どういうつもりなんだっ。他人《ひと》のポケットを勝手に探ったりして！」

男が肘《ひじ》を使って、上体を起こす。多門は言い返した。

「他人を付け回すのは感心しねえな。なあ、平泉さんよ」

「…………」

男が顔を背《そむ》けた。

多門は名刺を一枚抜き取り、自分のポケットに移した。さらに男のポケットを探る。

財布、ハンカチ、煙草、ブックマッチ、領収証などを次々に取り出した。

そのとき、路地の向こうから数人の男たちが千鳥足でやって来た。一一〇番されたら、何かと面倒だ。

何かの役に立つかもしれない。多門はブックマッチだけをポケットに突っ込み、数十メートル先の路地に駆け込んだ。

角にあるホルモン焼き屋の陰に身を潜め、平泉という名らしい男の様子をうかがう。

男は路上に散った自分の所持品を掻き集めると、発条《ばね》仕掛けの人形のようにぎこちなく起き上がった。そして左右を見てから、のろのろと歩きはじめた。多門のいる場所とは逆方向だった。

多門は充分に距離を取ってから、逆にスーツの男を尾行しはじめた。

男は少し歩いては振り返る。どうやら尾行を警戒しているようだ。男が振り向くたびに、多門は建物の陰に隠れなければならなかった。

数百メートル歩くと、男が急に走りだした。

多門は小走りに追った。だが、表通りに出ると、男の姿は掻き消えていた。

鈴江土木建設の人間が、なぜ、自分を尾行しなければならないのか。風間を轢き殺して逃げたトラックのドライバーが、自分にナンバーを読まれたと思ったのか。もしかすると、秋田からずっと尾けられていたのかもしれない。

多門はレザージャケットのポケットから、薄っぺらなマッチを摑み出した。

黒地に『トルネード』という店名が白抜き文字で記《しる》されている。バーか、クラブだろう。中《なか》ノ橋《はし》通りという文字が見える。この店に行けば、逃げた男のことがわかるかもしれない。

多門は表通りを歩きはじめた。

盛岡の繁華街は、北上川と中津《なかつ》川に挟まれている。駅前の大通りは右にカーブする形で延び、それにほぼ並行するように中央通り、本町通りがある。それらのメインストリートに沿って、ホテル、デパート、銀行、オフィスビル、商店などがびっしりと建ち並んでいる。

中ノ橋通りは中津川寄りにある。そのあたりには飲食店が多かった。

『トルネード』は、中津川を渡って数百メートル先にあった。中ノ橋通りに面していた。九階建ての雑居ビルの地下一階だ。ミニクラブだった。

平泉の単なる行きつけの店なのか。それとも、鈴江一家に関わりのある店なのだろうか。少し情報を集める必要がある。

多門は、『トルネード』の五、六軒先にある鮨屋に入った。

店内は、それほど広くなかった。右側にカウンター席があり、通路の左手にテーブル席が三つあるだけだ。客は、ほんの数人しかいない。

多門は、レジに近いカウンター席に腰を下ろした。

付け台の向こうには、店主と思われる四十七、八歳の男がいた。多門は地酒〝岩手川〟の冷やを注文した。

「何か握りましょうか？」

男が愛想よく言った。

「さっき、飯を喰っちゃったんだ。何かつまみを適当に頼むよ」

「承知しました。少々、お待ちを！」

「いい客じゃなくて悪いね」

多門は言って、ロングピースに火を点けた。

そのとき、若い鮨職人が酒と突き出しを運んできた。突き出しはホヤの酢の物だった。

付け台は清潔で気持ちがいい。そこに熊笹《くまざさ》が敷かれ、三陸《さんりく》沖ものらしい魚介の刺身が並べられた。山葵《わさび》は紛《まが》い物ではなかった。本《ほん》山葵は香りでわかる。

多門はカウンターを挟んで数十分、男と世間話をした。店主らしき男は、かなり話好きだった。

三杯目のコップ酒を半分ほど空《あ》けたころ、多門はさりげなく切り出した。

「この並びに『トルネード』って店があるよね。どんな店なの？」

「落ち着きのあるいい店ですよ。なにしろ、ママさんがいい女ですんでね」

「いくつぐらいのママなのかな？」

多門は、たちまち興味を示した。

「二十八、九でしょうね。気品のある美人ですよ。こっちの言葉で、そういう女性のことを〝おごらみ〟っていうんですが、まさにその通りですね」

「ぜひ会ってみたいな。しかし、そんなに美人じゃ、ちょっと近寄りがたい気もするなあ」

「そのご心配はありませんよ。ママは東京の下町育ちだから、とっても気さくなんです」

「ふうん。なんか気持ちが動くな」

「でも、ママに妙な気持ちは持たないほうがいいと思いますよ」

「パトロンが、こっちの関係なのかな？」

多門は声をひそめ、自分の頰を人差し指で斜めに撫でた。男が当惑した表情になり、いくぶん目を伏せた。図星だったらしい。

「なんだかおっかなそうだから、近寄らねえほうがよさそうだな」

「あの店の経営者は確かに堅気じゃありませんけど、分別《ふんべつ》のある方ですよ」

「このあたりの組関係者というと、鈴江一家あたりかな？」

「……………」

相手は否定しなかった。肯定の沈黙だろう。多門はストレートに言った。

「それじゃ、ママはその経営者の愛人なんだ？」

「愛人なんかじゃなく、奥さんですよ。もっとも法律上は、常盤《ときわ》さんの内妻ってことになるんでしょうがね」

男が言葉を澱《よど》ませた。すぐに悔やむ顔つきになった。

「常盤って男は、鈴江一家の幹部なんじゃないの？」

「お客さん、なんでそんなことばかり……」

「別に深い意味はないんだ。ついでに、もう一つ教えてくれないか。鈴江土木建設って会社は、鈴江一家がやってるんだよね？」

「もういいかげんにしてくださいよっ」

男が迷惑顔で言い、すっと離れた。

多門は立ち上がった。勘定を多めに払って、そそくさと表に出る。十時半を過ぎていた。

塒《ねぐら》も決めなければならないが、ちょっと美人ママの顔を見ておくか。鈴江一家の幹部の内妻なら、何か探り出せるかもしれない。平泉という男のことも探ってみることにした。

多門は警戒心を抱きながらも、いい女に会いたいという誘惑には克《か》てなかった。大股で『トルネード』まで歩いた。

木製の重厚な扉を手繰《たぐ》ると、紫色のドレスを着た女性が走り寄ってきた。二十二、三歳か。ホステスだろう。化粧が濃かった。安い香水の匂《にお》いが鼻腔《びこう》を衝《つ》く。

「いらっしゃいませ。おひとりさまですね？」

「そう」

多門は素早く店内を眺め渡した。

やくざ風の男の姿はない。二人のホステスが、それぞれボックス席の男たちの相手をしている。

カウンターの端《はし》で、和服の女性が受話器を握っていた。後ろ向きだった。ママだろう。多門は見当をつけながら、奥の席に着いた。

こぢんまりとした店だった。ボックスシートは四つしかない。ほかは短いカウンターがあるきりだ。三十三、四歳のバーテンダーが、カウンターの向こうでブランデーグラスを磨いていた。素《す》っ堅気《かたぎ》ではなさそうだ。

多門は、ワイルド・ターキーをボトルで注文した。

未沙《みさ》と名乗ったホステスが遠ざかったとき、和服の女が電話を切った。

彼女は、すぐに多門に気がついた。

軽く会釈《えしゃく》した。しとやかな身ごなしだった。それでいて、どこかに意志の強さをうかがわせる。少なくとも、媚《こび》や卑《いや》しさは感じられなかった。

多門は目で挨拶した。

息を呑《の》むような美人だった。整った細面《ほそおもて》の白い顔には、熟《う》れた色気がにじんでいた。切れ長の大きな瞳は幾分、きつい印象を与える。すっとした細い鼻も、他人を寄せつけない雰囲気だ。

しかし、形のいい唇は女っぽい。小さめで、やや肉厚だ。そのせいで、官能的に見えるのだろう。

女性が微笑をたたえ、ゆっくりと近寄ってくる。

着物は綸子《りんず》だった。白っぽい地に、黒と錆朱色《さびしゅいろ》の花柄が散っている。抹茶色の帯が何とも粋《いき》だ。帯留は渋い利休　鼠《りきゅうねずみ》だった。

「いらっしゃいませ」

相手が改めて挨拶し、和紙を使った小型の名刺を差し出した。

多門はそれを受け取り、目で活字を追った。椎橋由紀《しいばしゆき》と刷《す》られている。源氏名《げんじな》ではなく、ママの本名だという。未沙が氷の入ったアイスペールやグラスなどを運んできた。

「ママに話があるんだ」

多門は由紀と未沙の顔を等分に見ながら、にこやかに言った。

由紀が未沙に目配《めくば》せし、ソファに浅く腰かけた。未沙は必要なものだけをテーブルに運ぶと、先客の席に戻った。

由紀が馴《な》れた手つきで、バーボンのオン・ザ・ロックをこしらえはじめた。多門は話を切り出した。

「常盤さんは、今夜はまだ来てないらしいな」

「誰ですの、その方は？」

「とぼけるなよ。ママと常盤さんの関係はわかってるんだ。常盤さんは、鈴江一家の幹部なんだろ？」

「あなた、何者なんです？　出し抜けにそんな話を持ち出して、失礼じゃありませんかっ」

由紀が黒目がちの瞳に強い光を溜めた。

だいぶ気が強いらしい。多門はたじろぐどころか、かえって嬉しくなった。勝ち気な美人は好みのタイプだった。なんとか口説いてみたい。

「そう怒るなって。ちょっと鈴江一家の関係者に訊きたいことがあるんだよ」

「訊きたいこと?」

「そう。実は、さっき駅前通りで妙な野郎に付け回されてね」

「それが、うちとどういう関係があるんです?」

「三十ぐらいの奴だったな。その男は、ここのマッチとこいつを持ってたんだよ」

多門はポケットから、店名入りのブックマッチと平泉の名刺を抓《つま》み出した。名刺のほうはママに見せただけで、すぐにポケットに戻した。

「お店のマッチなんか、方々に配ってるんですよ。それに、鈴江土木建設にそんな名前の社員なんかいないわ」

由紀は言ってから、はっとした顔になった。

「やっぱり、鈴江土木建設は鈴江一家の関連会社だったんだな」

「それが、どうだっていうんです?」

「おれは、鈴江土木建設の平泉弘って野郎に尾行された理由《わけ》を知りたいんだよ」

「どうしてその男が、鈴江土木建設の社員だって決めつけるんです?」

「その野郎は、同じ名刺を二十枚近く持ってた」

「その気になれば、どんな名刺だって簡単に作れるじゃありませんか」

「それも、そうだな。あいつが偽の社員ってことも考えられるわけか」

「そんなこと、子供だってわかることだわ」

「こりゃ、手厳しい。それはそうと、平泉って名刺を持ってた男が鈴江土木建設の社員になりすましたんだったら、何か企《たくら》みがあるってことになるよな」

「……………」

「何者かが、鈴江土木建設を陥《おとしい》れようとしてるのかもしれないな。ママ、何か思い当たらない？」

「ここで、そういうお話は迷惑ですね。お代はいりませんから、お帰りになってください」

由紀が冷ややかに言って、憤然と立ち上がった。

「これでも一応、客のつもりなんだが……」

「こちらにだって、客を選ぶ権利はあるわ」

「権利か。美人ママを相手に酒を飲みたいって気持ちもあったんだがな」

「とにかく、帰ってくださいな。不愉快な客には、お引き取り願ってるんですよ」

ぼまった。


「つべこべ言わずに、とっととお帰り！」

由紀が伝法《でんぽう》にまくしたて、不意に多門のグラスを摑み上げた。

数秒後、多門の顔面にグラスの中身がぶちまけられた。冷たかった。一瞬、心臓がすぼまった。

氷の塊が弾《はず》んで、卓上や足許に散らばる。チノクロスパンツは、ウイスキーをたっぷり吸っていた。

「うへぇ、もったいねえ」

多門は手の甲《こう》で濡れた頰を撫ぜ、すかさず付着したウイスキーを舐めた。照れ隠しだった。

由紀が三日月眉《まゆ》を寄せた。そのとき、バーテンダーが走ってきた。手の中に、アイスピックを隠し持っていた。

「お客さん、きょうのところはお帰りくださいっ」

「わかったよ。これ以上、きれいなママを怒らせるのは辛いからな」

多門は腰を上げ、レザージャケットの内ポケットから五枚の一万円札を抓み出した。

それを由紀に差し出す。

「なんの真似《まね》よっ」

「勘定だ。もうターキーの封を切ってしまったからな。それに、ひと舐めしてる」

「そんなお金、受け取れないわ！」

「なら、こうしよう」

多門は五枚の札を二つに引き裂き、床《フロア》に落とした。

バーテンダーが険悪な顔つきになった。ママが目で彼を制した。客やホステスたちの視線が注《そそ》がれている。早く退散しないと、由紀に迷惑がかかりそうだ。

多門はホステスから自分のトラベルバッグを受け取り、急いで店を出た。

少し進むと、前方から二人の若い男が走ってきた。

どちらも、目に怒りの色が宿んでいる。多門は足を止めた。

「ママに絡《から》んでたのはてめえだなっ」

男のひとりが言った。言葉に訛《なまり》はなかった。

多分、まだ二十三、四歳だろう。頬に刀傷が走っているが、マスクは整っている。眉が濃く、目許が涼やかだ。

若武者を想わせる面差《おもざ》しだった。

艶《つや》やかな黒い長髪を後ろでひとつに束ねている。一見、ロックミュージシャン風だ。

デニムシャツの上に、黒いジャケットを羽織っている。下は、細身の白いチノクロスパンツだった。

「ヤー公には見えねえ坊やだけど、鈴江一家の者だな！」

「うるせえっ」

男が右腕を引いた。肩の後ろで、拳《こぶし》を固める。ストレートパンチを繰り出す気らしい。

多門はトラベルバッグを歩道の端に投げた。

パンチが放たれた。夜気が揺れた。多門は羆《ひぐま》のような巨体を斜めにし、相手の右腕を両手で摑んだ。すぐに腰を沈め、大きく捻《ひね》る。男を背負う形になった。

多門は一本背負いで、男を歩道に叩きつけた。

倒れた長髪の男は唸るだけで、起き上がらない。かなり強く腰を打ったようだ。

もうひとりの瘦《や》せた男が怒声を放ちながら、突進してきた。

多門は避《よ》けなかった。腹筋に力を入れて、男の頭突きを受けた。なんのダメージも受けなかった。

多門は男の両肩を強く摑み、相手の腹に膝蹴りを入れた。

空気が大きく揺れた。男が唸って、体を折る。

「てめえらは奥羽兄弟会鈴江一家だなっ」

「ああ。うちの縄張《シマ》りで、でけえ面《つら》するんじゃねえや」

「おめえら、きょうの夕方、秋田で何かやらなかったか？」

多門は訊いた。

「な、なんの話だっ」

「鈴江土木建設のトラックのことだ」

「トラックがなんだってんだよっ」

痩せた男が、やけっぱちに喚《わめ》いた。

多門は三十センチの靴で、男の股間を蹴り上げた。

男が奇声を発し、数度跳《と》びはねた。多門は襟首を離さなかった。

「時間稼ぎなんてさせねえぞ」

「………」

男は口を開かなかった。

多門は、相手の鳩尾《みぞおち》のあたりに右の膝頭を沈めた。男がしばらく呻いてから、ついに口を割った。

「秋田の事件で使われたのは、た、確かに鈴江土木建設の二トン・トラックだよ。だけど、あの車は昼間、雫石《しずくいし》の建設現場から盗まれたんだ」

「その話は嘘じゃねえな」

「ああ。秋田から刑事《デカ》が二人来たけど、すぐに帰ったよ。嘘だと思うんだったら、向こうの警察に問い合わせりゃいいじゃねえかっ」

男が喘ぎながら、そう言った。

言っていることが事実なら、いったい風間は誰に殺されたのか。どこのどいつが例の品物《ブツ》と二億の現金《ゲンナマ》を横盗りしたのだろうか。

不意に、後ろで人の気配がした。多門は痩せた男を突き飛ばし、体ごと振り返った。

顔に傷のある若い男が殺気立った表情で、勢い込んで走ってくる。

右手に、刃物が光っていた。サバイバルナイフだった。片刃が鋸歯《きょし》状になっている。

多門は周囲を見回した。遠巻きに人がたたずんでいる。十人はいそうだ。

「そんなもんを振り回したら、誰かがパトカーを呼ぶぜ」

多門は、若武者ふうの男を言い諭《さと》した。

相手は少しもたじろがない。そのまま勢いよく駆けてくる。

多門は、やや腰を落とした。

その瞬間、白っぽい光が揺曳《ようえい》した。空気が音をたてる。だが、刃先は多門には届かなかった。

「龍《りゅう》ちゃん、やめなさい！」

突然、女の甲高い声が響いた。

多門は視線を延ばした。由紀が着物の裾を手で押さえながら、小走りに走ってくる。

長髪の男が戸惑った顔で、サバイバルナイフを下げた。

「ばかなことをするんじゃないの！　あんたたち、事務所に戻りなさいっ」

由紀が立ち止まるなり、二人の男を叱りつけた。凛然《りんぜん》とした顔つきだった。

男たちは、すぐに遠ざかった。

「ご迷惑をおかけしました」

由紀が謝った。表情は硬《かた》かった。

「いまの二人は、旦那の舎弟らしいな」

「これは受け取れないわ」

由紀がそう言い、袂《たもと》から五枚の一万円札を取り出した。破れた箇所は、五枚ともセロハンテープで貼り合わされている。多門は微苦笑した。

「あんたも相当、強情だね」

「二度とお店には来ないでちょうだいっ」

由紀が語気を荒《あら》らげ、五万円を多門のレザージャケットのポケットに突っ込んだ。多門は、そのままにしておいた。路上で押し問答するのは、みっともない。

「おれ、多門剛っていうんだ。名前はともかく、この面は憶えといてくれよ」

「ふん！」

由紀は小走りに店に戻っていった。

すっかり嫌われてしまった。それより、とりあえず今夜の塒《ねぐら》を決めなければならない。

多門はトラベルバッグを持ち上げ、大股で歩きはじめた。

少し行くと、後ろで車の停まる音がした。多門はなんの気なしに振り返った。黒いロールスロイスが、由紀の店の前に横づけされていた。

ドライバーの顔を見て、多門は声をあげそうになった。

なんと薄茶のスーツの男ではないか。別のスーツに着替えていたが、頬や上唇が腫《は》れ上がっている。紛《まぎ》れもなく、さきほど痛めつけた男だ。自分は由紀にうまく言いくるめられたのか。

多門は煙草の自動販売機の陰に身を移した。

ロールスロイスの後部座席には、六十二、三歳の男が乗っていた。実業家タイプだった。どことなく自信に満ちている。

平泉という名刺を持っていた男が外に出て、後部ドアを恭《うやうや》しく開けた。

六十年配の男が降り立ち、『トルネード』に吸い込まれていった。馴《な》れた足取りだった。店の常連客らしい。

偽名刺の男がロールスロイスの運転席に入った。

多門は、男の正体を探る気になった。車道を見た。あいにく流しのタクシーは通りかからない。

ロールスロイスが急発進した。

男は、多門には気づかなかったようだ。暢気《のんき》な顔でステアリングを操《あやつ》っている。

ロールスロイスが目の前を通過していった。多門は車道に走り出た。一台の乗用車が近づいてくる。両手を大きく拡げて、立ちはだかった。

グレイのプリウスがタイヤを軋《きし》ませて、急停止した。運転者は四十歳前後の男だった。

男がパワーウインドーのシールドを下げて、怒声を張り上げた。

「おめ、なに考えてるんだ！　危ないでねえかっ」

「すみません。ちょっと頼みがあるんですよ」

多門はバッグを抱え、車に駆け寄った。運転席側のドア・ロックを勝手に解《と》き、男を外に引きずり出す。

「おめ、何する気だ⁉」

「ちょっとの間、車を借りたいんだよ。これはレンタル料だ」

多門は由紀に突き返された五万円を男の手に握らせ、素早く運転席に入った。手早くドアを閉め、ロックをする。

車の持ち主が何か喚《わめ》きたてながら、札を握った拳《こぶし》でシールドを叩いた。

多門はそれを無視して、シフトレバーを手早くD《ドライブ》レンジに移した。AT《オートマチック》車だった。アクセルペダルを踏み込むと、持ち主が跳《と》びのいた。

「ごめんな」

多門は呟き、目でロールスロイスを追った。だいぶ遠のいていた。多門はスピードを上げた。

みるみる距離が縮まった。二台の前走車を挟んで、ロールスロイスを追尾していく。

高級外車は中央通りを突っ切り、本町通りを左に折れた。

やがて、本町通り二丁目にある九階建てのオフィスビルの地下駐車場に潜った。

多門は、そのビルの斜め前に車を駐《と》めた。

ビルの玄関のプレートを見た。豊栄《ほうえい》開発という社名が掲《かか》げられている。不動産関係の会社のようだ。

スーツの男は豊栄開発の社員なのか。

そうだとしたら、さきほど『トルネード』に消えた六十年配の男は役員か何かだろう。あの男が、薄茶のスーツの男に多門の尾行を命じたとも考えられなくはない。

男たちは、鈴江一家と関わりがあるのだろうか。

張り込んでみる価値はありそうだ。

多門はプリウスのエンジンを切って、ポケットから煙草を摑み出した。

第三章　罠《わな》の迷路

1

長くは待たされなかった。

三十分ほどで、マークした男が現われた。黒いスカイラインを運転していた。自分の車らしい。

多門は、強引に借りたプリウスのエンジンを始動させた。

スカイラインが車道に出た。多門は、プリウスを静かに発進させた。一定の車間距離を取る。

平泉という名の名刺を持っていた男は車を数分走らせ、本町通りのコンビニエンスストアに立ち寄った。

多門は、店の斜め前あたりに車を駐《と》めた。

フロントガラス越しに、店内をうかがう。男が忙《せわ》しげに歩き回っている。数分で、買物を済ませた。店を出た瞬間、男は横から走ってきた自転車とぶつかりそうになった。十七、八歳の少年が慌《あわ》ててハンドルを切る。

男は煽《あお》られ、抱えていた店のビニール袋を落とした。調理パン、パック牛乳などが散乱した。

少年を叱《しか》りとばしながら、男はそれらを拾い集めた。最後に掴み上げたのは、肌色のパンティーストッキングだった。

男は保奈美のいる所に行くのかもしれない。多門は、そんな気がした。ただの勘だった。

男が車に乗り込んで、すぐスタートさせた。ふたたび尾行する。スカイラインは数百メートル走って、左に曲がった。このまま道なりに進めば、盛岡駅に出る。

男の車は、北上川の少し手前で停《と》まった。

磁器タイル張りの高層マンションの前だった。男がスカイラインから降りる。コンビニの袋を胸に抱えていた。車を路上に駐めたところを見ると、男の住まいではなさそうだ。

多門はプリウスを路上に駐め、すぐに男を追った。

男がマンションの中に吸い込まれた。多門は表玄関の前まで走った。

豊栄ロイヤルハイツというプレートが掲《かか》げられている。豊栄開発に関わりのあるマンションではないか。名称からの推測だ。

多門はエントランスロビーを覗《のぞ》き込んだ。

男はエレベーターを待っていた。玄関は、オートロックドアになっている。したがって、無断では建物の中に入れない。

多門は、エレベーターの表示ランプが見える場所を探した。運よく見つかった。

男が函《ケージ》に乗り込んだ。乗り込んだのは彼だけだった。ドアが閉まり、表示ランプが移動していく。ランプが停止した。七階だった。おそらく男は、そのフロアで降りたのだろう。

七階の一室に、保奈美が監禁されているのではないのか。

その思いは一段と強まった。なんとか七階の全室を覗き込めないものか。

多門は後ろを振り返った。都合のいいことに、道を挟んでほぼ真向かいにシティホテルがそびえていた。十一階建てだった。

多門はプリウスに駆け戻った。

助手席のトラベルバッグを掴み出し、ドアを閉める。車道を横切って、ホテルに駆け込んだ。あいにく七階は満室だった。

八階に一室だけキャンセルされた部屋があった。

その部屋を取る。ツインベッドルームだった。

客室係のボーイが去ると、多門はトラベルバッグを開けた。

着替えの衣類の下には、札束のほかに超小型盗聴器、ICレコーダー、望遠レンズ付きカメラ、双眼鏡などが入っている。どれも商売道具だった。

多門は高倍率の双眼鏡を掴み出した。外国製だった。

室内の明かりをすべて消して、手探りで窓辺に歩み寄る。ドレープとレースのカーテンを細く開け、目に双眼鏡を当てた。

向かいのマンションが、すぐそばに見える。手を伸ばせば、それこそ届きそうだ。

七階の各室を左から順に覗いていく。

一室だけが真っ暗で、ほかの六室は照明が灯《とも》っている。だが、どの窓もカーテンで閉《と》ざされていた。室内の様子はわからない。

待つことだ。辛抱《しんぼう》強く待てば、いつか思いがけないチャンスが訪れるかもしれない。

多門は自分を励まし、レンズから目を離さなかった。

待った甲斐《かい》があった。四十分ほど経《た》ったころ、右から二番目の部屋のカーテンが横に払われた。闇に光が零《こぼ》れる。

男がサッシ戸を開けて、ベランダに降りた。

逆光で、顔は判然としない。だが、平泉と名乗った男に背恰好が似ている。

男が手摺《てすり》に寄り、眼下の車道を眺め下ろした。自分の車が駐車違反の取締まりに引っかかることを心配しているのだろうか。

多門は双眼鏡をほんの少しずらした。

リビングには、家具や調度品の類《たぐい》が何もなかった。部屋の隅に、女性が坐り込んでいた。横顔しか見えない。

数秒後、彼女がひょいと顔をこちらに向けた。

予想は当たった。野町保奈美だった。幾分やつれているが、写真の女性に間違いない。

保奈美は白い壁に凭《もた》れて、調理パンを齧《かじ》っていた。ツナのサンドイッチだった。表情が虚《うつ》ろだ。縛《しば》られてはいなかった。目隠しもされていない。空《あ》き部屋に軟禁されているだけらしかった。

男が部屋に戻った。

電灯の光が、その顔を照らす。やはり、例の男だった。サッシ戸が閉められ、二枚のカーテンが引かれた。

多門は双眼鏡を下げた。二枚のカーテンを閉め、窓から離れる。

豊栄開発の人間が風間直樹を消し、二億円と覚醒剤を奪ったのだろうか。そうだとしたら、いずれ保奈美も殺されることになるのではないか。

金品より、女性の命のほうがずっと重い。それに、もし保奈美をうまく救い出せたら、何か大きな手掛かりを得られる可能性もありそうだ。

多門は双眼鏡をベッドの上に放り投げ、急いで部屋を出た。

ホテルを走り出て、豊栄ロイヤルハイツに急ぐ。

多門は表玄関の前に立った。十数分後、マンションの住人らしい若い女がやって来た。
二十二、三歳で、身なりが派手だった。ボレロ風のムートンジャケットに、下はアニマルプリントのミニスカートだ。
化粧も濃かった。上瞼《うわまぶた》は、ほとんど青く塗り潰されている。ルージュも毒々しい。

水商売関係か、誰かに囲われている女性だろう。

多門は若い女に話しかけた。

「あんた、ここに住んでるの？」

「そうだけど。何かあたしにご用かしら？」

相手が小首を傾《かし》げて、気を惹《ひ》くような笑みを浮かべた。多門は刑事になりすました。

「こっちは岩手県警の者だ。ちょっと協力してもらいたいことがあるんだが……」

「協力って？」

「このマンションの七階の一室に、ある事件の被疑者が逃げ込んだんだ」

「わーっ、怖い！」

「あんたと一緒にドアを潜《くぐ》らせてもらいたいんだ。被疑者を緊急逮捕したいんだよ」

「わかったわ。あたし、協力します」

女が神妙な顔で言った。

多門は女とともにマンションに入った。

「刑事さん、気をつけてね」

女がそう言って、五階で降りた。頭は悪そうだが、肉体《ボディー》は発達している。

多門は七階で降りた。

廊下はひっそりとしている。人影は見当たらない。端から二番目の部屋は、七〇二号室だった。表札は掲《かか》げられていなかった。

多門はインターフォンを鳴らした。

すぐに体を壁に寄せる。ドア・スコープを覗かれたら、まずドアは開けてもらえない。

「はい」

スピーカーから、応答があった。例の男の声だ。多門は宅配便の配達員に化けた。

「山猫《やまねこ》クロベエの者です」

「届け物⁉」

「はい。冷凍物ですので、サインか判子《はんこ》をお願いします」

「何かの間違いじゃない？」

「でも、宛先はちゃんと七〇二号室になってますよ」

「おかしいな。ちょっと待ってて。いま、そっちに行くから」

スピーカーが沈黙した。

室内を走る音がして、ドア・ロックが解かれた。チェーンを掛けたまま、男がドアを細く開けた。

「あっ、おまえは⁉」

「よう！」

多門は笑いかけ、ドア・ノブを力任せに引っ張った。三度目で、ドア・チェーンがぶっ千切れた。ドアを勢いよく開ける。

男は玄関ホールに立ち竦《すく》んでいた。

多門は玄関に躍《おど》り込んだ。男の顔面に右のストレートをぶち込む。約半トンの破壊力を持つパンチは、相手の眉間《みけん》にヒットした。男が両手を拡げて、後ろに倒れた。

多門は靴のまま、ホールに上がった。

今度は男の股間を蹴る。三十センチの靴が、まともに急所を直撃した。男が動物じみた唸り声をあげ、両膝を折り曲げた。

「おしめしてもらいてえのか。奥に行きな」

多門は顎《あご》をしゃくった。

男が怯《おび》えた顔で、居間まで這《は》っていく。そこには、保奈美がいた。さきほどと同じように、壁に凭《もた》れ掛かっていた。

「野町保奈美さんだね？」

多門は確かめた。保奈美は見たこともない男に名を呼ばれ、明らかに戸惑っている。

「おれは長谷部さんに頼まれて、そっちを救出しにきたんだ」

多門は説明した。それでも保奈美は、半信半疑の面持《おもも》ちだった。

「ちょっと隣の部屋に行っててくれないか。やることがあるんだ」

多門は言った。

保奈美が警戒の色を浮かべながらも、リビングルームに接している和室に移った。

多門は、うずくまっている男を丸太のような脚《あし》で思うさま蹴りつけた。男が毬《まり》のように転がった。多門は訊いた。

「誰に頼まれて、おれを尾《つ》けた？」

「あんた、おれの名刺を見たじゃないか」

男が上体を起こし、女坐りをした。

「鈴江土木建設の平泉弘だって言いてえのか？」

「その通りだよ」

「ふん。どこまで堪《た》えられるか試してみるかい？」

多門は言いざま、またもや男の顎を蹴り上げた。

相手の骨が軋《きし》んだ。肉も高く鳴った。男は大仰《おおぎょう》な声をあげ、瑠璃《るり》色のカーペットの上に転がった。四回転して、やっと止まった。

そのとき、上着の内ポケットから運転免許証が転がり落ちた。

男が慌てて手を伸ばす。すかさず多門は、男の手の甲《こう》を踏みつけた。靴の踵《かかと》を左右に抉《こじ》ると、男が絶叫した。

多門は運転免許証を拾い上げ、まず顔写真を見た。足許に倒れている本人だ。安藤勝《あんどうかつ》利《とし》という名だった。生年月日から計算すると、今年でちょうど三十歳だ。

男が吐息をついた。絶望的な表情だった。

「立て！」

多門は命じて、室内を見回した。拷問に使えそうな道具は何もなかった。火責めにしてやるか。多門は残忍な気持ちになっていた。

安藤は、まだ身を起こしていなかった。多門は蹴りつけた。ようやく安藤が緩慢《かんまん》な動作で立ち上がった。顎の肉が四、五センチ、ぱっくりと裂けていた。

その周囲は赤く腫《は》れ上がっている。赤い部分は数時間後には青痣《あざ》に変わるだろう。

多門は安藤を後ろ向きにさせ、利《き》き腕を捻《ねじ》上げた。そのまま安藤をガスコンロの前まで押していく。

多門は空いている手で、三《み》つ口《くち》コンロのすべてに点火した。バーナーから青っぽい炎が噴《ふ》き出す。

「な、何をする気なんだ⁉」

安藤が反《そ》り身になって、震え声で言った。

多門は黙殺して、手前の二つのコンロの炎を最大にした。不完全燃焼なのか、炎の色は赤っぽくなった。

「や、やめてくれーっ」

安藤が泣き出しそうな声で訴えた。

多門は無言で、安藤の頭を押した。安藤が全身でもがく。多門は左腕の力を少しも緩《ゆる》めなかった。安藤の顔面を少しずつバーナーの炎に近づけていく。

垂れた前髪が、ちりちりと焦《こ》げはじめた。焦げ臭い臭気が室内に立ち込める。

「豊栄開発に勤めてんだな！」

多門は声を張った。

「………」

「早く答えねえと、鼻が焼け爛《ただ》れちまうぞ」

「しゃ、社員だよ。社長秘書をやってる」

「さっきロールスロイスのリア・シートにいた野郎は誰なんだ？」

「あ、あんた、どこでおれたちを見てたんだ⁉　熱い！　もう少し顔を上げてくれ！　いや、上げてくださいっ」

「あの男の名前は？」

「もう赦《ゆる》してくれよ」

安藤が涙声で言った。

多門は、安藤の顔をさらに炎に近づけた。いくらも経たないうちに、安藤が叫んだ。

「小川典明《おがわのりあき》だ。うちの会社の社長だよっ」

「いい心がけだ。小川は『トルネード』にはよく飲みに行ってるのか？」

「週に一、二回ですね。熱い！　熱くてたまらないよ。何もかも話すから、もうやめてくれないか。お願いだ！」

「小川は鈴江一家とは、どういうつき合いをしてるんだ？」

「それは……」

安藤が口ごもった。多門は右の膝で、安藤の腰を蹴りつけた。

「どうなんだっ」

「昔は鈴江土木建設に、うちの会社の仕事をやらせてたようだけど」

「小川は、鈴江一家の常盤って男と親しいのか？」

「以前は親しかったようだけど、いまはつき合いはないみたいです。それに常盤さんは、盛岡にいないから……」

「いない？」

「宮城《みやぎ》刑務所に入ってるんですよ」

「何をやったんだ？」

「多分、喧嘩か何かで他人《ひと》に怪我をさせたかなんかだと思う」

「いつから服役してるんだ？」

「そういう詳しいことは、何もわからないんです」

「豊栄開発は不動産屋なんだろ？」

「総合ディベロッパーです。宅地分譲、マンション分譲、それからリゾート開発事業やレストラン経営、レジャー産業なんかも多角的にやってるんです。うーっ、熱くて死にそうだ！」

「その割にゃ、よく喋るじゃねえか」

「もう本当に勘弁してくださいよ」

「甘ったれるんじゃねえ！　総合ディベロッパーが、なんで女を軟禁してるんだっ」

「自分は何も知らない。小川社長に言われて、彼女の面倒を見てやってただけですよ」

「小川って野郎は誰かに頼まれて、奥にいる彼女をここに閉じ込めたのか。それとも、小川自身がやらせたのか？」

「そのへんのことは、何も知らないんだ」

「この部屋に人間以外の物が運び込まれなかったか？」

「え？」

「たとえば、ジュラルミンケースとか、キャスター付きのサムソナイト製のキャリーケースなんて物だ」

「そんな物は、まったく見たことありませんよ。くどいようだけど、おれは彼女がいつから、この部屋にいるのかも知らないんだ」

「なぜ、鈴江土木建設の社員になりすまそうとした？」

「自分は社長に言われた通りに動いただけです。あの名刺も、小川社長が用意したもので……」

安藤が喉を軋ませた。笑い声に似た嗚咽《おえつ》が洩れてきた。

小川は、誰かから保奈美を預かっただけなのか。

それだけだったら、わざわざ偽の名刺を安藤に持たせたりはしないだろう。小川自身が東北弁を話す筋者たちを秋田に行かせたのではないか。多門は、そう考えた。

「もう赦してください」

安藤がしゃくり上げながら、弱々しい声で言った。

「小川はおまえに、おれをどんなふうに尾行しろって言ったんだ？」

「おたくの動きを報告しろと言われたんだよ」

「おまえは、おれを駅で待ち伏せしてたんだなっ」

「そ、そうです」

「どうやって、おれを見分けたんだ?」

多門は、疑問に思っていることを訊いた。

「小川社長はおたくの名前を教えてくれなかったけど、二メートルぐらいの大男だから、すぐにわかるって言ったんです。それで、自分は社長に指示された時刻に駅に行ったわけですよ」

「小川は、おれが盛岡駅に到着する時刻まで知ってやがったのか⁉」

「正確な時刻は知らないようだったけど、おおよその見当はついてたみたいです」

「おれのことを小川に喋ったら、てめえを殺すぜ。そいつを忘れんじゃねえぞ」

多門はそう脅して、安藤をガスコンロから引き離した。安藤の前髪は、赤く縮れていた。眉毛も焦げ、額や頬に火脹《ひぶく》れができていた。

「こいつは追加サービスだ」

多門は安藤の股間を五、六度蹴りつけた。

安藤が白目を剝《む》いて、軟体動物のようにくたりとカーペットの上に倒れた。完全に気絶していた。多門はコンロの火を止める。点火スイッチの指紋を拭《ぬぐ》った。

そのとき、パトカーのサイレンが遠くで聞こえた。安藤の悲鳴がマンションの住人に届いたのかもしれない。

「保奈美さん、おれと一緒に逃げるんだ」

多門は大声で言った。

すぐに保奈美が和室から現われた。多門は保奈美の手を取って、玄関に向かった。部屋を出る。

二人はエレベーターホールには足を向けなかった。逆方向に走った。

非常階段を使って、マンションの内庭に降りる。多門たちは建物を大きく回り込んで、裏口から道路に出た。

そのとき、彼はドア・ノブの指紋を拭い忘れたことに気がついた。不安が湧《わ》いた。しかし、引き返すだけの余裕もない。そのまま迂回《うかい》して、ホテルをめざす。

パトカーのサイレンが次第に近づいてくる。

一台ではなかった。サイレンは四つほど耳に届いた。多門たちはホテルに駆け込んだ。まさか安藤は、二人が豊栄ロイヤルハイツの真ん前にあるホテルに逃げ込んだとは思わないだろう。

ここに部屋を取ったのは正解だった。

多門はうそぶいて、保奈美をエレベーターホールに導いた。

八階に上がる。ツインベッドルームに入ってから、多門は改めて名乗った。すると、保奈美が言いづらそうに訊いた。

「あなた、本当に長谷部に雇われた男性《ひと》なの？」

「ああ。そうだ、長谷部さんに連絡しなけりゃな」

多門は保奈美をソファに坐らせ、電話機に歩み寄った。それは、ベッドとベッドの間のナイトテーブルの上にあった。

組事務所の電話は、あいにく二本とも通話中だった。長谷部のスマートフォンのナンバーは教えてもらっていない。多門はそのことを保奈美に告げ、彼女の前のソファに坐った。保奈美は黙ってテーブルの灰皿を見つめていた。なにか不安そうな表情だった。

「これ、そっちのだよな？」

多門はレザージャケットのポケットから、彫金のイヤリングを抓《つま》み出した。

「ええ、そうよ。どうして、あなたがそれを持ってるわけ⁉」

「秋田のグランビューホテルの部屋に落ちてたんだ」

「あなた、あの部屋にも行ったの？」

「ああ。けど、おれが駆けつけたときは、もうそっちは連れ去られてた」

「そうだったの」

「襲われたときのことを詳しく話してくれないか」

「ええ、いいわ」

保奈美が多門の掌《てのひら》から片方だけのイヤリングをほっそりとした白い指で抓み上げ、すぐに言葉を重ねた。

「あのとき、風間は覚醒剤の買い手が見つかったとか言って、ひとりで出かけたの」

「そのとき、風間は覚醒剤《シャブ》を持って出たのか？」

「ううん。様子を見てくると言って、何も持たずに出かけたのよ。矢尾板組から盗み出したお金と覚醒剤は、クローゼットの中に入れたままだったわ」

「奴は、品物《ブツ》を騙《だま》し取られることを警戒したんだろうな。千秋公園の前で落ち合うことになってた買い手っていうのは、このおれだったんだよ」

「ええっ。なぜ、あなたが⁉」

「おれは風間とそっちを追って、沖縄、新潟、秋田と移動してきたんだよ。新潟の長岡で風間を押さえ損《そこ》なったんで、関西の極道になりすまして、奴に接触しようとしたのさ」

「そうだったの。さっき風間を殺したとか何とか言ってたけど、何があったの？」

「奴は千秋公園の前で、無灯火のトラックに轢《ひ》き殺されたんだよ。明らかに、計画的な殺人だな」

「天罰が当たったのよ。組を裏切って、なんの関係もないわたしを巻き添えにしたんだから。いい気味だわ」

「長谷部さんの話によると、そっちは風間に無理矢理に連れ出されたらしいな」

多門は問いかけて、煙草に火を点けた。

「そうなのよ。あいつは前からわたしのことが好きだったとか何とか言って、強引に体を奪ったの。風間が死んだからって、同情なんかしないわ」

「東京から連れ出されてから、すぐ沖縄に？」

「ええ、そうよ」

「風間は、新城組の阿波根って男とどこで知り合ったんだ？」

「那覇のバーでよ。それで、覚醒剤の買い手を新城組に探してもらってたみたい」

「ほかの組織には話を持ちかけなかったのか？」

「ええ。自分で動くのは危険だと思ったんじゃない？」

保奈美が言った。

「風間は品物を捌《さば》いたら、高飛びする気だったんだろう？」

「ええ。現に沖縄にいたとき、宮古《みやこ》島の漁師に電話をかけてたわ。それで、台湾《タイワン》経由でフィリピンのルソン島に渡ることができるかどうか、訊いてたみたい。だけど、密出国を手伝ってくれそうな漁船員は見つからなかったそうよ」

「風間は、そっちも連れて行く気だったんだろうな？」

「そのつもりだったみたいね。でも、わたしは行く気なんかなかったわ。隙があったら、逃げ出すつもりだったの。だけど、そういうチャンスがなかったのよ」

「沖縄で風間が、二人組の奴らに撃《ハジ》かれそうになったという話は本当なのか？」

「そんなことがあったの⁉　わたしは、まったく気づかなかったわ」

「そうか。話を戻すぞ。秋田のホテルに押し入った奴らのことを話してくれないか」

多門は言って、短くなったロングピースの火を消した。

「あの連中は、やくざだと思うわ。男のひとりが襟元から刺青《いれずみ》をちらつかせてたし、もうひとりは小指の先が欠けてたから」

「そいつらは、二億円と覚醒剤の隠し場所をすぐに嗅《か》ぎ当てたのか？」

「ええ」

「言葉に特徴は？」

「三人ともあまり喋らなかったけど、東北弁のアクセントだったわね」

「乱暴されたのか？」

「ちょっと腕を捩《ねじ》られただけ。そいつらは地下駐車場の車にわたしを押し込むと、目隠しをして、ガムテープで口を塞《ふさ》いだの。両手も縛られたわ」

「どんな車だった？」

「車種はわからないけど、割に大きな車だったわ」

保奈美が答えた。

「そう。ホテルを出てから、どこかに立ち寄らなかったのか？」

「ううん、どこにも。さっきのマンションに連れ込まれるまで、車は一度も長くは駐まらなかったわ。三人の男たちは何も言わずに、すぐに部屋から出ていったの。それから数十分したころ、さっき部屋にいた安藤とかいう男がやってきたのよ。それで、彼が目隠しと口のガムテープを取ってくれたの。それから、ロープもほどいてくれたわ」

「安藤は、あんたに妙なことは？」

「時々、助平ったらしい目でわたしの体を眺め回したりしたけど、別におかしなことはしなかったわ」

「そっちは色っぽいからな」

「あの男にいろいろ訊いてみたんだけど、何も教えてくれなかったの。でも、彼は割に親切だったわね。お弁当とかサンドイッチなんかを持ってきてくれたの。あ、それからパンストも買ってきてくれたわ。別に頼んだわけじゃないんだけどね」

「安藤のほかに部屋を訪れた奴は？」

「彼のほかには誰も来なかったわ」

「そうか。とにかく、無事でよかった。もう一度、長谷部さんに連絡してみよう」

多門はソファから立ち上がった。

立ったまま、矢尾板組の事務所に電話をする。だが、長谷部はそこにはいなかった。自宅にかけ直すと、当の本人が受話器を取った。

「多門です。夜分遅くすみません」

「何かいい報《し》らせか？」

「ええ、まあ。たったいま、野町保奈美さんを救出しました。しかし、銭と例の品物《ブツ》のほうは……」

多門は経過を手短に話して、保奈美を手招きした。

保奈美が走り寄ってきた。彼女に受話器を渡し、多門はソファに戻った。煙草に火を点ける。

保奈美とパトロンの遣り取りは短かった。

煙草を半分ほど喫《す》ったときだった。保奈美が送話口を手で塞ぎ、多門に差し出した。

「あなたに換わってくれって」

「わかった」

多門は煙草を灰皿に捻りつけ、ナイトテーブルの前まで歩《ほ》を運んだ。受話器を受け取る。どういうつもりか、保奈美は窓側のベッドに浅く腰かけた。

「クマ、その部屋はツインらしいな」

電話の向こうで、長谷部が言った。

「後で、おれは別の部屋を取るつもりです」

「いや、同じ部屋に泊まってくれ。保奈美がすっかり怯《おび》えてるんだ」

「待ってくださいよ、長谷部さん！」

「おまえは女好きだが、分別《わきま》を弁えた男だ。保奈美をどうこうするなんて気は起こさねえだろう。明日の朝、保奈美を上《のぼ》りの新幹線に乗せてやってくれ」

「ええっ、ひとりで彼女を東京に⁉　それは危《ヤバ》いんじゃないですか？」

「迎えに行ってやりてえけど、おれも若い者も手が塞《ふさ》がってるんだ」

「それじゃ、おれが付き添いましょう」

「いや、おまえは例の品物《ブツ》のほうを追ってくれねえか。なあに、昼間なら、妙なことはされねえさ。だから、保奈美だけ新幹線に乗せてくれ。いいな！」

「わかりました」

多門は、長谷部の冷たさに何かうそ寒さを覚えた。憤《いきどお》りも感じていた。

「一応、そこのホテルの電話番号を教えておいてもらうか」

長谷部が言った。

多門はテーブルの上に視線を落とした。電話機の横に、宿泊者心得カードがあった。下の方に印刷されている代表番号を読み上げる。

「保奈美を拉致《らち》した三人は、どっかで鈴江一家と繋がってるんじゃねえのか？」

「いや、その線は薄いでしょう。鈴江一家よりも、豊栄開発って不動産関係の会社のほうがずっと臭いな」

多門は、安藤と小川社長のことを詳しく話した。

「しかし、堅気《ネス》が踏める事件《ヤマ》じゃねえぜ」

「おそらく豊栄開発は、どっかで黒社会と繋がってるんだと思います」

「そうだろうか。どうもおれは奥羽兄弟会が動いてるような気がしてしょうがねえんだ。どちらにしても、こっちは早く現金《ゲンナマ》と品物《ブツ》を回収してもらえりゃいいんだ。クマ、よろしくな！」

長谷部が先に電話を切った。

多門は受話器をフックに返した。歩きだそうとすると、保奈美が多門の手首を摑んだ。

「東京に戻りたくないわ」

「どうして？」

「考えてみて。わたしは風間に体を穢《けが》されてしまったのよ。長谷部は、そのことにきっと拘《こだわ》るわ」

「そっちに落ち度があったわけじゃないんだ。だから、堂々としてりゃいい」

「長谷部は異常なぐらいに嫉妬《しっと》深いのよ。わたしを赦すはずないわ。いつか高校の同級生の男の子と食事をしただけで、殴られたのよ。それから素っ裸にされて、体を徹底的に調べられたの。下の部分まで覗き込まれた。すっごく屈辱的だったわ」

「長谷部さんは、それだけそっちに惚れてんだろうな」

多門は、そうとしか言えなかった。

「そんなんじゃないわ。あいつは、ただ独占欲が強いのよ。だから、病的なやきもち焼きなんだわ」

「そんなふうには見えねえがな」

「長谷部は毎晩十二時に、わたしに電話をしてくるの。たまたまお風呂に入ってて電話に出なかったりすると、後《あと》でねちねちと責めたてるのよ」

「信じられねえ話だ」

「わたし、もううんざりだわ。その点、あなたはワイルドだけど、優しそうだから……」

保奈美がそう言い、強く光る瞳で見つめてきた。眼差《まなざ》しが熱い。縋《すが》るような目つきだった。

個性的な美女に言い寄られ、多門はまんざら悪い気はしなかった。

しかし、相手は依頼人の情婦《おんな》だ。軽率には振る舞えない。多門は綻《ほころ》びそうになる頰を慌《あわ》てて引き締めた。

「わたし、あなたみたいなタイプ、好みなの。母性本能をくすぐられるのよ。体はレスラーみたいだけど、何となく少年っぽいところがあるから」

「おれは童顔だからね」

「ううん、それだけじゃないわ。ねえ、お金と覚醒剤を取り戻したら、二人でどこかに逃げない？」

「それはできない。仕事のけじめはつけないとな」

「あなた、長谷部が怖いんじゃない？」

「別段、怖くはねえさ」

「だったら、わたしを抱いて！」

保奈美が急に立ち上がり、着ているものを脱ぎはじめた。

多門は、すぐに制止の声をかけた。だが、保奈美は手を止めなかった。あっという間に黒いレースのパンティーだけになった。

多門は眩《まばゆ》さを感じた。みごとに熟《う》れた裸身だった。均整がとれ、白い肌は瑞々しい。欲望が息吹きそうだ。目を逸《そ》らす。

「お願い、抱いてちょうだい」

保奈美が切なげに言い、多門の足許にうずくまった。

「悪いが、そっちのリクエストにゃ応《こた》えられねえな。裸になったついでに、シャワーでも浴びなよ」

多門は保奈美から離れた。

2

列車が動きはじめた。

〈やまびこ54号〉は、定刻の午前八時十分に盛岡駅のホームを離れた。乗客は疎《まば》らだった。保奈美を救出した日の翌朝である。

多門は手を振った。

だが、保奈美は前を向いたままだった。表情が険《けわ》しい。彼女は上りの東北新幹線に乗り込む直前まで、目を合わせようとしなかった。新幹線の速度が増していく。

やがて、保奈美の姿が見えなくなった。

多門の心理は複雑だった。ほっとしたような、何か損をしたような心持ちだ。ホームの階段を降り、改札口に向かう。

コンコースを歩いていると、前方から『トルネード』のママがやってきた。

急に現われるところなどは、まさに竜巻《トルネード》だ。こじつけが過ぎたか。

多門は、にわかに気分が明るくなった。

二日酔いが、たちまち消し飛んだ。昨夜は時間と欲望を持て余し、つい飲み過ぎてしまったのである。

由紀は洋装だった。

枯葉色のテーラードスーツがシックだ。セミロングの髪が細面《ほそおもて》の顔を柔らかく包んでいる。

多門は軽く手を挙《あ》げた。

しかし、由紀は多門に気づかなかった。多門は挙げた手で、緩くウエーブのかかった癖のある髪を意味もなく撫でつけた。そうでもしなければ、恰好がつかなかった。

由紀は青っぽいビニールの手提《さ》げ袋を持って、うつむき加減で歩いてくる。何か考えごとをしているように見えた。

昨夜《ゆうべ》は、ちょっとまずいことをした。そのことを詫びる気になった。

多門は足を速め、由紀の行く手に立ちはだかった。

構内に人影は少なかった。通勤・通学のラッシュのピークは過ぎたのだろう。主婦や年配の夫婦の姿が、やたらに目立つ。

由紀が立ち止まり、刺すような視線を向けてきた。

「まだ怒ってるんだな」

「どいてください」

「昨夜は、失礼なことをしちまったよな」

「ご用は、それだけね。それじゃ……」

「待ってくれ」

多門は両手を拡げ、子供のように通せんぼをした。その邪気のなさがおかしかったのか、由紀が頰を緩《ゆる》めた。

「東京に里帰りかい？」

多門はスラックスのポケットに両手を突っ込んで、笑顔で問いかけた。

「わたしが東京育ちだってこと、なんであなたが知ってるの⁉」

「まあ、いいじゃないか。東京じゃなく、宮城に行くのかな。手提げ袋の中身は、常盤さんへの差し入れかい？」

「わたしの何を嗅ぎ回ってるんですっ」

由紀が身構えるような感じで、半歩退《さ》がった。

「嗅ぎ回る？」

「あなた、笹森《ささもり》組の回し者なんでしょ！」

「何を言ってるんだ⁉」

多門は意外なことを言われ、いささか当惑した。

笹森組というのは、花巻《はなまき》一帯を仕切っている暴力団だ。組員は三百人前後だろう。かつては鈴江一家と同じく、奥羽兄弟会の中核組織だった。しかし、二年ほど前に奥羽兄弟会を脱け、現在は関西の最大組織である神戸連合会の代紋《だいもん》を掲《かか》げているはずだ。

「笹森組とは、本当に無関係なの？」

「ああ」

「でも、あなたは堅気《かたぎ》には見えないわ。いったい何者なんです？」

由紀は、まだ不審の念を拭えないようだ。

「昔はともかく、いまは堅気だよ。それより、きのう、おれを尾けてた奴は豊栄開発の人間だったよ」

「ええっ。どうして、そんなことがわかったんです？」

「そいつはちょっと言えねえな。ところで、豊栄開発の小川はママの店によく行ってるらしいな」

多門は言った。返事はなかった。

「昨夜、帰るときに小川が店に入ってくとこを見たんだよ」

「もうあまり時間がないんですよ」

由紀が腕時計を見て、とってつけたように言った。

「何か探られたくないことでもあるのか？」

「そんなもの、何もないわ。失礼します」

由紀は多門の横を擦り抜けて、十四番線ホームの方に歩きだした。

また怒らせてしまった。多門は反省し、逆方向に歩《ほ》を進めた。

改札口を出ると、コンビニエンスストアで三種類の全国紙と地元紙を買った。朝刊の束《たば》を抱えて、駅ビル内のコーヒーショップに入る。客は数えるほどしかいなかった。

多門は奥の席に坐り、さっそく朝刊に目を通しはじめた。

各紙とも、昨夕、秋田市で起こった轢き逃げ事件とホテルの女性客拉致事件を関連づけて、大きく報じていた。

しかし、期待は裏切られた。犯行に使われた二トン・トラックが盗難車だったこと以外は、特に手掛かりになるような記事は一行も載っていなかった。

朝刊の束を卓上に投げ出し、多門は溜息をついた。だが、すぐに気を取り直した。コーヒーを啜《すす》りながら、これまでの経過を頭の中でなぞってみる。

どこかに事件を解く鍵があるにちがいない。なぜ、風間の事件に鈴江一家の二トン・トラックが使われたのか。その車はたまたま盗まれ、犯行に使われたのだろうか。

多門は煙草に火を点けた。

誰かが故意にトラックを盗み、鈴江土木建設を陥《おとし》れようとしたのか。そうなら、偽の名刺まで使って安藤を鈴江土木建設の営業マンに見せかけようとした豊栄開発の小川社長が怪しくなってくる。

そう思いながら、多門はロングピースの灰を落とした。

どうして小川は、鈴江土木建設が秋田の事件に絡んでいるように工作する必要があったのか。それが、まるで見えてこない。

多門はコップの水を飲み、さらに推測しつづけた。

豊栄開発は商売上のことで、鈴江土木建設と何かトラブルを起こしたのか。そうだったとしたら、小川は鈴江一家の常盤が経営しているというミニクラブには顔を出しにくくなるはずだ。表面は大人のつき合いをしながら、裏で何か企んでいるのだろうか。

煙草の灰が腿のあたりに落ちた。多門は大きな手で、無造作に灰を払い落とした。短くなった煙草の火をクリスタルの灰皿の中で揉み消す。

常盤は、何をやらかしたのか。さっきママは、自分のことを笹森組の回し者ではないかと疑っていた。おおかた常盤は、笹森組と何か揉め事を起こしたのだろう。

多門はテーブルを前に押しやり、長い脚を組んだ。ついでに腕も組む。

いずれにせよ、安藤の話が事実なら、小川は自分が秋田から盛岡に来ることを知っていたことになる。盛岡に着く時刻をおおよそ摑んでいたし、こちらの背恰好まで安藤に教えたという。自分がこっちに来ることを知っているのは、追分組の若菜と矢尾板組だけだ。

多門は唸って、コーヒーを口に運んだ。

どちらかが小川に自分の行動を教えていたとすると、安藤に尾行されたことの説明がつく。しかし、いくらなんでも、どちらもそんな汚いことはしないだろう。案外、誰かが自分をずっと尾けていたのかもしれない。

多門の頭のどこかで、沖縄の新城組の阿波根と新潟の久住の顔が交互に明滅した。

しかし、いまのところ二人には小川との接点がない。

はっきりしているのは、豊栄開発の小川が妙な工作をした疑いがあって、こちらの動きに神経質になっているってことだ。まだあった。保奈美が豊栄ロイヤルハイツの一室に軟禁されていた事実がある。とにかく、豊栄開発と小川個人のことを調べてみよう。

多門は伝票を指先で搦《から》め捕《と》って、勢いよく立ち上がった。新聞の束は卓上に残したままだった。

駅ビルを出る。

春らしい柔らかな陽射しがバスターミナルにあふれていた。ターミナルの両側に、二本の大通りが延びている。右手に進めば、開運橋を渡ることになる。その向こうは、市内でもっとも賑《にぎ》やかな場所だ。

多門は、左手にある旭橋《あさひ》を渡った。

徒歩だった。昨夜、安藤の尾行に使った他人の車は、駅の反対側に乗り捨ててある。もう盗難車として発見されているかもしれない。

しかし、別に不安はなかった。車内には、指紋はまったく遺っていないだろう。

ホテルやオフィスビルが連なっている地域を抜けると、多門はわざと横道に入った。

表通りの喧騒は嘘のように消え、街路のたたずまいも異《こと》なった。ビルやマンションの谷間に、小さな商家がひっそりと建っていたりする。いい風情《ふぜい》だ。

多門は歩きながら、目で不動産屋の看板を探しはじめた。できれば、うらぶれた店のほうがいい。

十数分歩くと、店舗ビルの間に挟まれた木造モルタル塗りの小さな不動産屋があった。ガラス戸に貼られた物件案内の紙は、だいぶ色褪《あ》せている。長田《おさだ》不動産という看板も、かなり古めかしかった。

多門は客を装って、店の中に入った。

店内には、六十五、六歳の貧相な男がいるだけだった。スチールの机に向かって、帳簿のような物を覗き込んでいた。

「駅から徒歩で十分前後の所に、いい賃貸マンションがないかな?」

多門はいくらか気が咎《とが》めたが、そう話を切り出した。

「いい物件がいろいろありますよ。それで、ご予算や間取りのご希望は?」

「家賃は高くてもいいんだ。２ＬＤＫは欲しいな」

「とにかく、お掛けください」

店主らしい男が愛想よく応じ、多門を人工皮革の応接ソファに坐らせた。彼もすぐに多門の前に坐り、物件案内書の綴《つづ》りを捲りはじめた。

「これなんかいかがです？　陽当たりもいいし、周《まわ》りの環境も申し分ありませんよ」

「悪くないね。その物件を夕方、妻と見せてもらうことにします」

多門は即座に応じた。ろくに物件案内書など見ていなかった。

「決断が早いですなあ。おたくみたいなお客ばかりだと、ありがたいんですがね」

「せっかちなんですよ、こっちは」

「そういうお客さんは大歓迎です。どういったお仕事を？」

「上盛岡の方で英語塾をやってるんですよ。申し遅れましたが、鈴木《すずき》といいます。あいにく名刺を切らしちゃって」

多門は、でまかせを言った。店主らしい男は上客と思ったらしく、自分の名刺を恭《うやうや》しく差し出した。それから彼は、緑茶を淹《い》れてくれた。

多門は煙草に火を点けて、世間話をするような口調で言った。

「不動産屋さんは、楽な商売なんじゃありませんか？」

「うちあたりは、扱う物件が小さいからね。喰うのがやっとですよ。それにわたしは古いタイプの人間だから、時代に適《あ》った生き方ができなくてね。それで、いまだにビルに建て替えられなくて、細々と営業してるわけですよ」

「時代に適った生き方っていえば、豊栄開発なんて会社は、その代表格みたいなもんだな」

多門は言った。誘い水だった。

案の定《じょう》、男が不快げな表情で喋りはじめた。

「ああいう会社があるから、世間から不動産業者がますます胡散臭《うさんくさ》そうに見られるんだ。わたしたちのように地道な商売をやってる同業者は、誰も豊栄開発のことなんか誉めやしませんよ」

「というと、かなり荒っぽい商売をして急成長したんですかね？」

「あの会社は、東北新幹線用地とその周辺部の土地を買い占《し》めて、大儲けしたんですよ。二十四、五年前は、うちと同じような町の不動産屋だったんですがね」

「土地転がしで太った会社だったのか」

「そうです、その通りです。正確な面積はわかりませんが、県内のルート沿いの土地をだいぶ買い漁《あさ》ったんですよ。それをうまく転がして、次々にいろんな事業に進出したんです。いまじゃ、県内一のディベロッパーだなんて大きな顔をしてるけど、元をただせば、あんた……」

「土地の買い占めには、当然まとまった資金がいるでしょ？」

「そうだね」

「こちらには失礼な言い方になるかもしれませんが、零細業者だった豊栄開発によく資金繰りがつきましたねえ。銀行筋に何か強いコネでもあったのかな？」

「それについては、この業界でいろいろな噂が流れたんですよ」

「へえ。どんな噂が流れたんです？」

「豊栄開発は、大手不動産会社か金融筋のダミーとして動いただけなんじゃないのかと か、小川社長がこっそりペーパー商法か何か詐欺《さぎ》まがいのことをして、資金を集めたんじゃないかとかね」

「ふうん」

多門は、あまり興味がなさそうな顔をつくって見せた。相手に怪しまれたら、元も子もない。

「結局、真相はわからなかったんですよ。でも、大手企業のダミーじゃなかったことは間違いないだろうね。わたし、商売柄、あっちこっちの法務局によく行くんですよ」

「でしょうね」

「それで、だいぶ前に東北新幹線のルート周辺部の地主を調べたことがあるんですよ。

人間の戸籍なんかと違って、土地や建物の登記簿は誰でも閲覧《えつらん》できるんです」

「登記簿には、豊栄開発の名がずらりと並んでた？」

「素人さんはそう思うかもしれないけど、この業界の人間が土地を買い占めるときは必ずダミー名義で登記するんですよ。そうしないと、いろいろ不都合なことがあるからね」

「なるほど」

「豊栄開発はいっさい表面に出ないで土地を買い漁《あさ》ったわけですけど、わたしら同業者には豊栄のダミー会社はすべてわかりましたよ。そういったダミーの所有物件は、それぞれバラバラに転売されてたんです。それで、豊栄開発が大手企業のためにトンネル掘りをやったんじゃないってことがわかったわけですよ」

「つまり、豊栄開発は自社で資金を手当てして、土地を買いまくったということか」

「ええ、そういうことです。おそらく小川社長が、何か危ない橋を渡ったか何かしたんでしょうね」

男は喉が渇いたらしく、茶を啜《すす》った。

「その小川とかいう社長は、不動産関係の仕事をする前はどんなことをしてたんです？」

「そのへんのことは、よくわからないんですよ」

「豊栄開発はゴルフ場の造成なんかも、自社でやってるのかな」

「お客さん、どうしてそんなこと訊くんです？」

「いえね、知り合いが仙台で土建屋をやってるんですよ。それで豊栄開発の下請けの仕事でも摑めば、その男の会社も安定するだろうななんて思ったもんだから」

多門は言い繕《つくろ》った。

「そうだったんですか。でも、それはちょっと難しいだろうな」

「どうしてです？」

「豊栄開発にも土木部門はあるんですが、ほとんど花巻の下請け業者に仕事を回してるようだからね」

「花巻というと、どういう業者がいるんだろう？」

「お客さん、笹森組ってご存知ですか？」

「名前だけは知ってます」

「そうですか。その笹森組がやってる土建会社が、最近はゴルフ場や宅地の造成を一手に引き受けてるんですよ。五、六年前までは、盛岡の鈴江土木建設も豊栄開発の下請けをやってたんだけどね。いまは完全に外されちゃったようです」

「鈴江土木建設って会社は、ひょっとしたら、鈴江一家の息がかかった……」

「息のかかったどころか、鈴江一家直営の企業舎弟《フロント》ですよ」

「そうなんですか。それじゃ、鈴江一家もなんとなく面白くないだろうな」

「そりゃ、そうですよ。鈴江土木建設は、一家の屋台骨だったからね。鈴江一家は管理売春とか麻薬の密売なんかはやってないから、お台所はだいぶ苦しいでしょう」

「ふうん」

「花巻の笹森組は、豊栄開発の下請け仕事を独占しただけじゃなく、この盛岡にも進出してきたんですよ」

「それは知らなかったな。しかし、笹森組と鈴江一家は兄弟分のような関係なんでしょ？」

　多門は空とぼけて、訊いてみた。

「身内同士だったのは昔のことですね。笹森組は奥羽兄弟会を脱けて、神戸連合会の傘下に入ったんです。二年前のことなんだけど、そのころから笹森組は盛岡に乗り込んできたんですよ」

「盛岡は鈴江一家の縄張りですよね？」

「ええ。それで鈴江一家の常盤繁晴《しげはる》って代貸が怒って、たったひとりで花巻に乗り込んで、笹森組の組長を狙撃したんですよ」

「それで、どうなったんです？」

「常盤さんの撃《う》った弾は急所には当たらなかったとかで、笹森組長は全治一カ月程度の傷を負っただけでした」

「そう。たったひとりで敵の牙城《がじょう》に乗り込むだなんて、なんか昔の東映のやくざ映画の主人公みたいな話だな」

「そうですね。つき合いがあったんですか？」

「よく行く飲み屋が同じだったんですよ」

「そうですか。ちょっと会ってみたくなるような男ですね」

「常盤さんはまだ四十四、五だけど、昔のやくざみたいに俠気《おとこぎ》があったね。素人衆に絡《から》むようなことは絶対にしなかったし、気っぷもよかったよ。わたしなんかも、よくご馳走になったもんです」

「いまは服役中なんでしょ？」

「ええ、宮城刑務所でね。刑期は五年と七カ月だったかな。常盤さんも無念だろうけど、鈴江一家の沢渡《さわわたり》親分は、もっと悔しい思いをしてるんじゃないかな」

「なぜです？」

「親分は常盤さんの判決のあった日の晩に脳出血で倒れて、いまも寝たきりなんですよ」

「それで、子分たちはどうなんです？　笹森組が盛岡でのさばるようになっても、ただ黙って見てるだけなのかな」

「親分と代貸がそんな具合だから、若い者は肚《はら》の中が煮えくり返っていても何もできないようですよ」

「そう」

「鈴江一家だって、やくざには違いないけど、地元の人間の面倒見はよかったんです。それに引き換え、笹森組の奴らときたら……」

男があからさまに眉根を寄せ、また茶で喉を湿らせた。

「笹森組は盛岡で、そんなに大きな顔をしてるんですか？」

「そりゃ、ひどいものですよ。飲み屋なんかで厭がらせをするだけじゃなく、勤め帰りのOLなんかにも悪ふざけをする始末ですからね」

「それじゃ、笹森組は盛岡にもう拠点を？」

「ええ、一年半ほど前にね。夕顔瀬《ゆうがおせ》橋、ご存じですか？　駅前の旭橋の一つこちら側の橋なんですけどね」

「知ってますよ、あの橋なら。あの近くに拠点をこしらえたのか」

「そうなんですよ。その事務所には笹森組の奴らが十人ぐらいと、それから関西から来た助っ人みたいな連中が三、四人、寝泊まりしてますよ」

「そうですか。おっと、ついつい無駄話につき合わせてしまって。それじゃ夕方、妻と一緒にまたお邪魔します」

多門はソファから立ち上がった。

店主に送られて、店を出る。思いがけなくいい情報が転がり込んできた。動いてみるものだ。

多門はほくそ笑んで、駅前に引き返しはじめた。尾行用のレンタカーを借りる気になったのである。豊栄開発と笹森組の結びつきは、だいぶ強そうだ。小川社長が笹森組を使って風間を消し、二億円と覚醒剤を強奪したのか。

しかし、県下一のディベロッパーがそんな荒っぽいことを企むものだろうか。常識では、ちょっと考えにくい。何か裏がありそうだ。差し当たって、笹森組の動きを少し探ってみるか。

いつしか多門は路地を抜け、表通りにぶつかっていた。ほどなく駅前の交差点に出た。

ふと思い立って、多門は角の花屋に入った。ガラス越しに陽光の射し込む店内には、色とりどりの花があふれていた。甘い匂いが胸を満たす。

「いらっしゃいませ」

色白の若い女店員がにこやかに言って、さりげなく近寄ってきた。

多門は、白い金属製のフラワーキーパーに目をやった。

驚くほど花の種類が多い。花には、とんと疎《うと》かった。ましてや、花言葉など皆目わからない。

「どういったことにお使いになるんでしょう？」

「ある女性に、プレゼントしたいんだ。酒場に似合いそうな花を適当にアレンジしてくれないか」

「かしこまりました。それでは、お届け先のご住所とお名前を教えていただけます？」

「相手の住所は正確にはわからないんだよ。今夜中に、中ノ橋通りにある『トルネード』って店のママに届けて欲しいんだ」

「『トルネード』さんなら、よく存じ上げております」

「そう。こんだけありゃ、足りるかな？」

多門はスラックスのポケットから剝《む》き出しの札束を摑み出し、一万円札を七、八枚渡した。数えもしなかった。

「こ、これだけいっぺんにですか⁉」

女店員が目を丸くした。

「しみったれた花なんか贈りたくないんだよ」

「これだけのご予算でしたら、蘭を中心にかなり豪華になると思います。それで、お客様のお名前は?」

「多門剛《ごう》だ。一番でっかいカードをつけといてくれ」

多門は軽く手を挙げ、のっそりと店を出た。

その足で、レンタカーの営業所に向かった。それは、バスターミナルの近くにあった。

多門は偽造運転免許証を呈示《ていじ》して、灰色のエルグランドを借りた。

裏社会にはパスポートや各種の免許証、書類を偽造するプロがいる。その気になれば、たいがいの紛《まが》い物は手に入る。多門は必要に応じて、その種の偽造物を買い求めていた。

また仕事のときは、たいてい偽名でホテルに泊まる。

なぜだか、小学校時代のクラスメイトの名前を使うことが多かった。

多門は手続きを済ませると、スマートフォンで豊栄開発のホームページを開いた。市の職員を装って、小川社長の自宅住所を聞き出す。

社長宅は愛宕《あたご》町にあった。

そのあたりは寺が多く、中でも報恩寺《ほうおん》がよく知られている。盛岡駅からは、車で十数分の距離だ。

安藤の住所は、奪った運転免許証ですでにわかっている。彼の住むマンションは馬場《ばば》町にあった。中津川を挟んで岩手女子高校と向かい合っている辺《あた》りだった。

きのうの晩、安藤は駆けつけた警官たちに、どんなふうに事情を話したのだろうか。本当のことを喋ったら、まずいことになる。おそらく安藤は、曖昧《あいまい》な返事をしたのだろう。しかし、警察がそれで納得するとは思えない。少しの間、安藤には近づかないほうがよさそうだ。

多門は営業所を出た。

エルグランドに乗り込む。車内は割に広い。手脚の長い多門には、小型車はどれも運転しにくかった。マイカーはボルボだった。

レンタカーのエンジンを唸らせる。

エンジンの調子は悪くなかった。フットブレーキがやや固い感じだ。しかし、それほど気にならない。

多門はエルグランドを走らせ、夕顔瀬橋に向かった。橋までは、ほんのひとっ走りだった。

笹森組の盛岡事務所は、北上川の畔《ほとり》に建つ細長い四階建てのビルの中にあった。表玄関の壁には、笹森エンタープライズ盛岡支社と記されたプレートが埋まっていた。ビルの前には、黒塗りのベンツが駐めてあった。

多門は橋の近くに車を駐めた。

細長いビルは四、五十メートル先にある。多門は濃いサングラスをかけて、シートに深く凭《もた》れ掛かった。

地方での張り込みや尾行は、どうしても人目につきやすい。サングラスで目許を覆うのは逆効果かもしれなかった。といって、素顔を晒すことも危険だった。

自由に動けなくなったら、東京から杉浦《すぎうら》を呼び寄せることにした。

多門は杉浦将太《しょうた》の顔を思い浮かべた。

四十三歳の杉浦は、ある法律事務所の調査員だ。といっても、正規の調査員ではなかった。身分は嘱託《しょくたく》で、報酬は出来高払いらしい。

杉浦は、かつては新宿署生活安全課の刑事だった。暴力団との癒着《ゆちゃく》が署内で問題にされ、職場を追われたのである。ちょうど一年前のことだ。

確かに現職時代の杉浦は悪徳刑事だった。

暴力団事務所や風俗営業店などに家宅捜索の情報を流し、その見返りとして多額の謝礼をせしめていた。金だけではなく、衣服や貴金属もたかった。女の世話もさせていたようだ。

新宿のやくざたちは杉浦を忌《い》み嫌っていた。

田上組の世話になっていたころの多門も、そのうちのひとりだった。嫌悪どころか、殺意さえ感じていた。しかし、杉浦の隠された一面を知ってからは見方が一変した。

杉浦は、交通事故で植物状態になってしまった妻の意識を蘇《よみがえ》らせたい一心で、あえて悪徳警官になり下がったのだ。多門は献身的に妻の看病をし、せっせと高額の入院費を払いつづけている杉浦の生き方に、ある種の感動さえ覚えた。

杉浦に積極的に近づき、酒を酌《く》み交《か》わすようになった。素顔の杉浦は、決して喰えない男ではない。他人の痛みには敏感だったし、義理堅くもあった。

そんなことから、多門はこれまでに何度か杉浦に調査の依頼をしてきた。

多門はポケットの煙草を探った。

ちょうどそのとき、細長いビルから組員らしい若い男が現われた。二十四、五歳だろうか。白っぽいスーツを着ている。

男がベンツの運転席に入り、エンジンを始動させた。

そのすぐ後、二人の男が姿を見せた。ひとりは、なんと安藤だった。安藤は大きなマスクで顔半分を隠していた。見える部分が赤っぽい。火傷《やけど》の名残《なごり》だ。

焼け焦げた前髪は短くなっていた。不揃《ふぞろ》いだった。多分、自分で刈り詰めたのだろう。

安藤は、小川社長に自分のことを話さなかったのだろう。もし正直に話していたら、彼はいまごろ北上川にでも浮かんでいただろう。しかし、保奈美が部屋から消えたことをどう説明したのか。それから、自分の怪我のことも……。

他人事《ひとごと》ながら、多門は少し気になった。

安藤の横にいる男は、ひと目で暴力団員とわかる。頭は流行遅れのパンチパーマだった。三十二、三歳に見えた。

安藤がビル側の後部ドアを開けた。

パンチパーマの男は、反対側に回り込んだ。男はジュラルミンケースを提《さ》げていた。それまではベンツの陰に隠れて、全く見えなかったのだ。

あれは、例の品物なのではないのか。多門は確信めいたものを覚えた。

安藤とパンチパーマの男が後部座席に並んで腰かけた。

きっと中身は覚醒剤にちがいない。薬物をどこに運ぶつもりなのか。二億円の入ったキャスター付きのサムソナイト製のキャリーケースは、あのビルの中にあるのだろうか。

とにかく、尾行開始だ。

多門はエンジンをかけた。

そのとき、ベンツが走りだした。すぐさま多門は追った。前走の車は北上川に沿って低速で進み、やがて駅に横づけされた。品物をどこかに届けに行くようだ。

多門は駅のそばにある有料駐車場にエルグランドを入れ、駅ビルに走った。

ベンツは、すでに消えていた。

安藤とパンチパーマの男は早くも改札を擦り抜け、コンコースに達していた。人波を縫《ぬ》いながら、急ぎ足で歩いている。

多門はパスモで改札を潜った。

安藤たちが東北新幹線のホームに上がっていく。多門は走って追った。途中で幾度も人とぶつかりそうになった。階段を駆け上がる。昇り切る手前のステップで、多門は足を止めた。

ホームをうかがう。乗客たちがあふれていた。

安藤たち二人の後ろ姿が見えた。ちょうど彼らは、〈はやぶさ301号〉に乗り込んだところだった。

多門はホームに走り、同じ列車に飛び乗った。

ホームには人影が多く見られたが、思いのほか車内は空《す》いていた。座席は半分も埋まっていなかった。安藤たちはしばらく通路を歩き、九号車の中ほどの席に並んで腰かけた。

多門は十号車寄りの最後列席に坐った。

ほどなく新幹線がホームを離れた。十時三十一分過ぎだった。少し経つと、車掌が検札に回ってきた。多門は短く考えてから、青森までの特急・乗車券を求めた。

だが、予想は外れてしまった。

安藤たちは新青森では下車しなかった。列車は、そのまま北上する。多門は駅弁で腹ごしらえをした。海の幸弁当と幕の内弁当を十分そこそこで搔っ込んだ。

青函《せいかん》トンネルを抜けた。もう北海道だ。

終点の新函館北斗《しんはこだてほくと》に着いたのは十二時三十五分だった。

北海道には飛行機を使って、三度来ている。青函トンネルを潜ったのは初めてだった。

連中は札幌《さっぽろ》か、小樽《おたる》に向かうのかもしれない。

多門はホームに降りた。だが、またもや勘は外れてしまった。

安藤たちは函館本線に乗り、函館で降りた。二人は急ぎ足で改札を出た。多門は精算を済ませ、駅前広場に走り出た。

すぐ左手が函館港だ。かすかに潮《しお》の香《か》がする。

二人がタクシーに乗り込む姿が見えた。

多門は、総合案内所の前まで戻った。建物の陰に身を潜《ひそ》める。空は、どんよりと曇っていた。

空気が重い。たっぷりと湿気《しっけ》を含んでいる。海が近いせいだろう。

駅前広場は割に広かった。有料駐車場とバスターミナルがある。

その前に、市電のレールが横に走っていた。広場の右手に旅館があり、正面にはキラリス函館が見える。地方都市特有の駅前風景だ。

安藤たちを乗せたタクシーが発進した。

多門はタクシー乗り場に急いだ。立ち止まったとき、タイミングよく空車が滑り込んできた。素早く乗り込み、前を走るタクシーを追ってもらう。

安藤たちの車は市電通りを東へ進み、やがて湯の川《ゆかわ》温泉街に入った。

小さな温泉街だった。川に沿って、ホテルや旅館が二十軒ほど並んでいるだけだ。川辺には、松倉《まつくら》川という表示板が立っている。

前のタクシーが停まった。河口に面した九階建てのホテルの前だった。

多門は用心して、そのホテルの百メートルほど手前でタクシーを降りた。そのとき、安藤とパーマをかけた男がホテルに吸い込まれていった。

多門はホテルに駆け込んだ。

ロビーには、すでに二人の姿はなかった。部屋に消えたようだ。フロントマンに訊いても、すんなりとは教えてくれないだろう。

多門はロビーを眺め回した。

ソファのそばに、二メートルほどの高さの観葉植物の鉢が置いてある。種類はわからなかった。葉はゴムの木に少し似ている。だが、幹ははるかに太い。

多門はよろけた振りをし、その鉢を派手に押し倒した。

重い音が響き、陶製の鉢から腐葉土《ふようど》が飛び散った。ソファで寛《くつろ》いでいた宿泊客らしい女たちが小さく叫んだが、近づいてはこなかった。

横に倒れた観葉植物を見ながら、多門はことさら狼狽《ろうばい》して見せた。

と、若いフロントマンが駆け寄ってきた。

「お怪我はありませんか？」

「すみません。すぐに土を拾います」

多門は謝って、床に片膝を落とした。すぐに散乱した腐葉土を素手で掻き集めはじめる。

「お客さま、そのままで結構です」

「しかし、それじゃ悪いよ」

「どうぞ、そのままで」

フロントマンが観葉植物を抱え起こし、多門の前にしゃがんだ。フロントに背を向ける恰好だった。男も土を拾い集めはじめた。

多門は素早く一万円札を抓《つま》み出し、それを男の制服の胸ポケットに滑り込ませた。

「手伝ってくれてありがとう。いまのは、ほんの気持ちだよ」

「こ、困ります。ホテルは規則がうるさいんです」

「堅いこと言うなって。塀の中も規則だらけで、うんざりだったよ」

多門は穏やかに言った。だが、目には凄《すご》みを利かせた。

フロントマンが蒼《あお》ざめ、立ち上がる気配を見せた。多門は素早く男の手首を摑んで、ぐっと引き戻した。

「ついさっき、マスクをした男とパンチパーマの二人連れがフロントに行ったよな。あの二人は、どの部屋に向かった？」

「そ、そういうことはお答えできないことに……」

「おれって、握力が強いんだよね。ちょっと力を入れるだけで、リンゴなんかぐちゃぐちゃになっちまう。人間の手首なんて、もっとちょろいだろうな」

「そ、そのお二人は、五階の『楓《かえで》の間』に行かれました」

「その部屋を予約したのは誰なんだ？」

「さ、札幌の堀井《ほりい》興業さんです」

「人生、気楽にやんなよ」

多門は立ち上がって、エレベーターホールに急いだ。

五階に上がる。『楓の間』は、エレベーターホールの近くにあった。

多門は抜き足で部屋に近づき、ドアに耳を押し当てた。男たちの話し声が低く聞こえる。だが、話の内容まではわからない。

多門は、さらに強く耳を押しつけた。

すると、だいぶ男たちの声がはっきりとしてきた。ナマエフという言葉も聞き取れた。

思った通りだった。こんなホテルで取引するとは大胆な男たちだ。部屋に押し入ったら、いきなりぶっ放されるかもしれない。

多門はエレベーターホールに戻った。

ホールの壁際《かべぎわ》に、清涼飲料の自動販売機があった。

あたりを見回す。人影はなかった。多門は、軽々と自動販売機を手前に引き出した。

壁と販売機の間に大熊を想わせる巨体を入れ、すぐに屈《かが》み込む。販売機を自分の方に引き寄せ、できるだけ壁との隙間を狭《せば》めた。そのままの姿勢で、『楓の間』の様子をうかがう。

こういうときは、Sサイズの体がいい。これでは、頭隠して何とやらだ。こんな恰好《かっこう》をいい女に見られたら、最悪である。

多門はぼやいた。しかし、ほかに身を隠せそうな場所はなかった。

数十分待つと、部屋から三十五、六歳の男が現われた。

初めて見る顔だ。堀井興業の者だろう。猪首《いくび》で、脚がひどく短い。おまけに蟹股《がにまた》だった。男を押さえて、楯《たて》にする気になった。

多門は後ろに退《さ》がって、息を潜《ひそ》めた。

男が無防備に歩いてくる。チノクロスパンツのポケットから小銭入れを出した。缶ジュースを買う気らしい。多門はポケットを探って、ライターを摑み出した。

蟹股男が目の前を通り過ぎていった。

その瞬間、多門は素早く壁と販売機の間から抜け出た。男に襲いかかる。ライターを男の背に強く押しつけ、ハムの塊のような左腕で首を締め上げた。

「声を出したら、拳銃《チャカ》が吼《ほ》えるぜ」

「うぐっ」

「堀井興業の奴は、あと何人部屋にいる？　指で答えろ！」

多門は圧《お》し殺した声で言った。男が左手の短い指を一本立てた。

「部屋に行こう」

「て、てめえは……」

「声を出すんじゃねえっ」

多門は、男の腰を膝頭で蹴りつけた。

男が呻いた。多門は、男の体を『楓の間』の方に向かせた。

もう一度蹴り込むと、男は歩きだした。数メートル進んだとき、多門は不意に睾丸を握られた。

思ってもみない反撃だった。男は馬鹿力で、握った部分を圧《お》し潰そうとしている。

多門は気が遠くなりそうになった。堪《たま》らなくなって、大きく腰を引いた。そのとき、男が左の腕の中から素早く逃れた。

思わず多門は、大声を張り上げてしまった。

「この野郎っ」

「くそっ、ライターを押しつけてやがったのか。てめえは誰なんだ！」

男が高く喚《わめ》いて、腰のあたりから自動拳銃を引き抜いた。

シグ・ザウエルP220だった。スイスのシグ社とドイツのザウエル社が共同開発した拳銃だ。性能は悪くない。

多門は怯《ひる》まなかった。

まだ、スライドは引かれていない。多門はライターをポケットに入れ、二歩踏み出した。男が後ずさった。気圧《けお》されたようだ。

多門は、男の丸っこい鼻に正拳《せいけん》突《づ》きを叩き込んだ。軟骨が派手に鳴った。

男は大きくのけ反って、後ろに引っくり返った。

多門は相手の右手首を踏みつけた。だが、男はしぶとく拳銃を放さない。多門は太くて長い脚で、男の顎を蹴り上げた。

そのとき、『楓の間』から男たちが躍《おど》り出てきた。廊下の騒ぎに気づいたのだ。

二人だった。

安藤の連れの男が、両手で消音器を嚙ませたブローニング・ハイパワーを握り締めている。もうひとりの男は丸腰だった。堀井興業の者か。

ひとまず退散するほうが賢明だろう。

多門は身を翻《ひるがえ》した。中腰で走った。癖のある髪が逆立《さかだ》つ。

後ろで、軽い咳《せき》に似た発射音がした。放たれた銃弾が耳元を掠《かす》めた。一瞬、耳鳴りがした。

多門は振り向かなかった。

階段のある場所まで一気に駆けた。男たちが怒号を放ちながら、足音高く追ってくる。かまわず多門は階段を下《くだ》りはじめた。

三階の踊り場まで駆け降りたとき、下から二人の男が昇ってきた。

目つきが鋭かったが、やくざには見えない。どちらも地味な色の背広を着ていた。ひとりは四十歳前後、もうひとりは三十一、二歳だろうか。

多門は救われた気がした。これで、敵はもう発砲しないだろう。

階段を下《くだ》る。二人の男たちが、ゆっくりと上がってきた。

擦れ違いざまに、男のひとりが肘打《ひじう》ちを浴びせる。虚を衝《つ》かれた。多門は躱《かわ》せなかった。側頭部を強打され、体のバランスを崩した。

辛うじて手摺《てすり》で身を支えた瞬間、もうひとりの男が多門の首筋に強烈な手刀《しゅとう》を落とした。頭の芯《しび》が痺れ、目が霞んだ。

ステップを踏み外した。巨体が回転する。多門は二階の廊下まで転げ落ちた。ステップの角で腰を打ったが、すぐさま起き上がった。

ほとんど同時に、二人の男が拳銃を摑み出した。どちらも銃身の短いリボルバーだった。

「お、おめら、何者だっ」

多門は動転し、つい訛が出た。

二人はからかわれたと思ったのか、一段と殺気立った。相前後して、撃鉄《ハンマー》を起こした。

「お、おめらも、ほ、ほ、堀井興業だべ？」

「どうして、それを⁉」

若いほうの男が仰天《ぎょうてん》した。

「お、おめら、も、もうちょっとヤー公らしい身なり《ナリ》さしろ。て、て、てっきり学校の先公か、地方公務員だと思ったでねえけ」

「両手を頭の上に載せろ！」

年嵩《としかさ》の〝地味やくざ〟が命じた。

多門は薄く笑っただけだった。どうせ威《おど》しだろう。ホテルの廊下で、ぶっ放せるわけがない。

「ここは、おれが……」

笹森組のパーマをかけた男が階段を駆け降りてきて、二人の教師風やくざに言った。

二人が拳銃をしまい、階段を駆け上がっていった。男たちは、五階の『楓の間』に行くのだろう。

パーマ男が、上着の裾で消音器付きの自動拳銃をくるみ込んだ。どこかの部屋から人が現われることを心配したらしい。撃つ気になったようだ。

多門は一歩ずつ退がりはじめた。

五メートルほど後ろは壁になっていた。その近くに非常口がありそうだった。

男が前進してくる。多門は後退しながら、左右の壁に目をやった。二メートルあまり退がったとき、左手に大型の赤い消火器があるのに気づいた。

男がブローニング・ハイパワーの引き金に指を絡めた。

その瞬間、多門は大型消火器を抱え上げた。黄色いセーフティーリンクを引き上げ、黒いゴムホースを留具から外した。

自動拳銃の消音器から、かすかな発射音が洩れた。

放たれた銃弾が多門の肩の上を駆け抜けた。背後で、コンクリート壁が鳴った。

多門はホースの先端を男に向け、消火器のレバーを力任せに絞った。

ノズルから、白い液状の噴霧が勢いよく迸った。パーマをかけた男が腕で顔面を覆って、後ろにのけ反った。

多門は白い噴霧を男に浴びせながら、前蹴りを放った。

キックは、男の右脚に極《き》まった。

男がよろけながら、また銃弾を走らせた。それは、多門の脇腹を掠めた。

多門は退《さ》がった。廊下いっぱいに乳色の噴霧が拡がっている。

男が逃げ出す気配が伝わってきた。だが、視界が悪く、よく見えない。

多門は消火器を投げ捨て、白いものを手で払った。

そのとき、またもや銃弾が飛んできた。多門は反射的に身を伏せた。男が走りだした。

多門は立ち上がって、猛然と追った。

パーマをかけた男が階段を駆け降りはじめた。

多門は追いつづけた。階段を下りかけたとき、下から銃弾が放たれた。多門は大熊のような巨軀を屈めた。

近くの壁が穿《うが》たれ、小さなコンクリートの欠片が飛んできた。

跳弾が頬を撫でる。熱かった。怒りで、全身の筋肉が膨れ上がる。体毛も毛羽立った。

逃げる足音が遠のいていく。

「も、もう、が、我慢なんねど！」

多門は声を張って、階段を勢いよく駆け降りた。

ロビーまで一気に下った。男が玄関から走り出ていく。

多門はロビーを突っ走った。

表に出ると、男の飛び乗ったマイクロバスが急発進した。車内には、敵の男たちが全員揃っていた。安藤は黒いアタッシェケースを抱えていた。

ケースには、おおかた札束が詰まっているのだろう。

客待ちのタクシーは、あいにく一台も駐まっていない。マイクロバスが、どんどん遠ざかっていく。走って追っても、とても追いつく距離ではなかった。

さっきのフロントマンを捕まえて、堀井興業の住所を喋らせることにした。今夜中に、品物《ブツ》を回収するつもりだ。

多門はフロントに足を向けた。

3

肌寒い。

吐く息が白く固まる。

春とは名ばかりで、夜気は凍《い》てついていた。札幌の街はどこか活気がなかった。

多門は市電のすすきの駅に立ち、角のビルに目を据《す》えていた。

堀井興業の自社ビルだ。九階建てだった。一階がレストランで、その上の各階は堀井興業の関連企業のオフィスになっていた。

函館空港で札幌行きの最終便に飛び乗ったのは、午後六時四十分だった。

機は、ごく小さな乱気流にも過敏に反応した。乗り心地は快適とは言えなかった。

機が札幌丘珠《おかだま》空港に着いたのは七時半近い時刻だった。飛行場からここまでは、タクシーを利用した。

蟹股男が事務所にいるかどうかはわからない。

実に、もどかしい張り込みだった。多門は幾度となく、堀井興業に乗り込みたい衝動に駆られた。しかし、それは得策ではなかった。下手《へた》をしたら、返り討ちにされるだろう。

多門は自分をなだめ、辛抱強く待ちつづけた。

九時を十五分ほど回ったころだった。ずんぐりとした体軀の男が、ひとりでビルから現れた。蟹股男だった。

男はことさら肩をそびやかしながら、中島《なかじま》公園方向に歩きだした。厚手のセーターの上に、黒っぽいダウンパーカを着込んでいる。函館にいたときとは異《こと》なる服装だった。

どこかに飲みに行くのだろうか。

多門はそう思いながら、男の後を尾けはじめた。

コンパスが違うせいか、すぐに追いつきそうになる。多門は極力、ゆっくりと進んだ。

数百メートル先で、男は脇道に入った。飲食街だった。両側には、軒灯《けんとう》が連なってい
る。多門は抜き足で男の背後に迫った。男は、のんびりと歩いている。遠くに、人の姿
がちらほら見えるだけだった。

「よう、元気かい？」

多門は男の肩に長い左腕を回し、右手で素早く懐《ふところ》を探った。

男は、ベルトの下に拳銃を突っ込んでいた。シグ・ザウエルP220だった。それを抜き
取り、多門はスライドを滑らせた。薬室《チャンバー》に実包を送り込んだのだ。

「て、てめえは！」

男が立ち竦《すく》んだ。多門は、自動拳銃《オートマチック》の銃口《ボア》を男の脇腹に押し当てた。

「騒ぐな。二人っきりになれる所に行こうや。といっても、ラブホテルはご免だぜ」

「ふざけやがって！」

男が、いきり立った。

多門は筋肉質の逞《たくま》しい腕で男の首根っこをホールドし、椰子《やし》の実のような膝頭で相手
の尾骶骨《びていこつ》を蹴り上げた。骨が硬質な音を刻《きざ》んだ。

男が長く呻いて、腰を沈めた。

多門は釣り上げ、男を歩かせた。男の足が止まるたびに、容赦なく太腿を蹴りつけた。

少し行くと、ビルの谷間に月極《つきぎめ》の駐車場があった。

かなり広い。人気《ひとけ》はなかった。そこに、男を連れ込んだ。奥まで歩かせる。

通行人の目には触れない場所で、多門は銃把《グリップ》の角を男の頭に沈めた。頭皮の裂《さ》ける音が高く響いた。

男が唸って、頽《くずお》れた。すかさず多門は、男の下腹にキックを入れた。

風が巻き起こった。次に口許を蹴る。めりっという音がした。

男がむせて、歯と血の塊を吐いた。折れた歯は三本だった。

多門は数歩退《さ》がった。男が皺《しわ》だらけのハンカチを抓《つま》み出し、口許に宛《あ》てがった。

「なんて名前だ？」

「広川《ひろかわ》だよ」

男の声はくぐもっていた。

「堀井興業の幹部だな！」

「一応、若頭《わかがしら》補佐をやってる。あんた、いったい何者なんだ？」

「訊かれたことだけに答えろっ」

多門は、広川の睾丸を蹴り潰した。広川が女のような声を放ち、のたうち回った。

「函館から持ち帰った覚醒剤《シャブ》は、どこにある?」

「そ、そんなもん、し、知らねえよ。函館から持ってきたのは、た、ただの書類なんだ」

広川が喘《あえ》ぎ喘ぎ言った。ひどく聴き取りにくい声だった。

「あの品物《ブツ》は誰から買ったんだ?」

多門は、引き金に指を深く巻きつけた。無言だった。

広川が跳ね起きようとした。多門は銃口で広川の唇を撫でた。

すると、広川がついに口を割った。

「笹森組の口利《き》きで、豊栄開発から手に入れたんだ」

「いくらで買った?」

「三億五千万だよ」

「代金は『楓の間』で、安藤に渡したんだな?」

「ああ、全額じゃねえけど」

「取引はなかったことにするんだな。払った銭は返してもらえ。これから、品物《ブツ》のあるとこに連れてけ」

「あれは、もう事務所にはない。遠い所に……」

「どこなんだ、遠い所って？」

多門は、銃口を広川の眉間に押し当てた。ややあって、広川が小声で明かした。

「定山渓《じょうざんけい》温泉の五、六キロ先にある豊平峡《ほうへいきょう》って所だよ」

「豊平峡なら、一度行ったことがある。別に遠くないじゃねえか」

「くそっ」

「品物の保管庫があるんだな、そこに？」

「いや、加工場があるんだ。そこで混ぜ物をしてるんだよ」

「案内しろ。おまえ、車持ってるな？」

「ああ」

「どこにある？」

「近くの駐車場に預けてあるよ」

「よし、そこに行こう」

多門は、広川の背を押した。

広川が諦め顔で歩きはじめた。多門はあたりを注意深く見回しながら、後につづいた。追ってくる者はいなかった。

二百メートルあまり離れた場所に有料駐車場があった。

広川の車は、メタリックブラウンのシボレーだった。多門はレザージャケットで巧《たく》みに隠した拳銃で広川を脅して、速《すみ》やかに運転席に坐らせた。自分は広川の真後ろに坐った。

広川は無言で車を発進させた。

市街地を横切り、豊平《とよひら》川に沿って走りはじめた。

五十分あまり経過すると、デラックスなホテルや旅館が見えてきた。そこだけ、別世界のように明るかった。

定山渓温泉だ。

札幌からは、わずか二十七キロしか離れていない。西南に位置し、豊平川の上流にあった。〝札幌の奥座敷〟などと呼ばれるだけあって、自然美に恵まれている。大型のホテルや旅館が多かった。

多門が訪れたのは六年ほど前だった。

田上組の舎弟を引き連れて、ドンチャン騒ぎをしたのである。芸者とも遊んだ。

温泉街を抜けると、急に灯《あか》りが疎《まば》らになった。

さらに奥に進む。山道から、巨大な柱を想わせる絶壁が見えた。暗くて岩肌の色はよくわからない。もっと上流にはダムがある。

やがて、広川がシボレーを停めた。

古びた木造家屋の前だった。ふつうの民家とは構えが少々異《こと》なる。かつては林業に携わる者の杣小屋《そまごや》だったのかもしれない。あたりには、人家は見当たらなかった。

多門たちは車を降りた。広川は従順だった。

「家の中にゃ、人がいるんだろう?」

多門は訊いた。

「多分、若いのが二人な」

「声をあげたら、ぶっ放すぞ」

「もう凄《すご》まなくてもいいっしょ！　ここまで案内したんだから」

広川がふて腐れた顔で言い、建物に歩み寄った。多門は拳銃を構えながら、後につづいた。

「おれだ。早く開けろ」

広川が化粧合板の玄関ドアを拳《こぶし》で連打した。

待つほどもなくドアが開けられた。三和土《たたき》に若い男が立っていた。多門は広川を玄関に押し入れ、その頭に銃口を突きつけた。

「坊主、騒ぐんじゃねえぞ」

「だ、誰なんだっ」

若い男が後ずさりした。初めて見る顔だ。

十秒ほど経《た》つと、奥から二十六、七歳の男が走り出てきた。上背《うわぜい》があった。長身の男は、銃身を短く切った散弾銃《ショットガン》を腰撓《だ》めに構えていた。すでに引き金に指が巻きついている。

多門は一瞬早く撃った。

乾いた銃声が轟いた。赤い光が手を染め、空薬莢《からやっきょう》が舞った。硝煙が拡がる。

散弾銃の男が板の間に転がった。

弾みで、茣蓙《ござ》が捲《めく》れ上がった。右の太腿が赤い。血だ。量はあまり多くなかった。九

ミリのパラベラム弾は、腿を貫通したようだった。

応対に現われた若い男が上がり框《かまち》にへたへたと坐り込んだ。顔面蒼白だった。

「ヤス、逆《さか》らうんじゃねえ」

広川が大声で、倒れている男に言った。

男が顔を歪ませながら、子供のように数回うなずいた。ショットガンは数メートル離

れた場所に転がっている。

「きょう、仕込んだ品物《ブツ》をここに持ってこい！」

広川が血塗《まみ》れのハンカチで口を押さえながら、玄関先の男に指示した。

「ぜ、全部っすか？　もう半分はアンナカをまぶして、パケ詰めをはじめたとこなんすよ」

「だったら、パケも一緒に持ってくるんだっ」

広川が苛立《いらだ》たしそうに声を張った。

若い男が弾かれたように腰を上げ、奥に走った。板の間の向こうに、加工場があるらしい。

少し待つと、男が戻ってきた。蓋《ふた》の開いたジュラルミンケースを両手で抱えていた。

「そこに置きな」

多門は上がり框に目をやった。

男がケースを静かに置く。多門は自動拳銃で広川たちを威嚇《いかく》しながら、パケのひとつを抓み上げた。封を嚙み切って、舌の先でほんの少し舐めてみる。

アンナカ入りの覚醒剤の味だ。多門は唾液を舌の上に溜め、白い粉と一緒に足許に吐き捨てた。

同じやり方で、大きなポリエチレンの袋に入った粉も検《しら》べてみる。味は同じだった。

未開封の袋の中身は、生《き》の塩酸エフェドリンだ。見ただけで、多門にはわかる。

「全部持ってかれたら、おれたち三人とも消されちまう。少しは情けをかけてくれてもいいっしょ」

広川が情けない声で訴えた。

多門は取り合わなかった。ケースの蓋を閉め、錠を掛けた。

そのとき、広川が不意に組みついてきた。多門は広川の首筋に銃把《グリップ》を叩きつけた。濡れた毛布をバットで叩いたような音がした。

広川が止《とど》めを刺された闘牛のように、がくりと膝を折った。正坐をするような恰好になった。

多門は三十センチの靴で、広川の分厚い胸を蹴った。爪先《つまさき》が深くめり込み、肋骨《ろっこつ》の折れる音が鈍く響いた。広川が両膝を折ったまま、後ろに倒れた。

「ロープはねえのか？」

多門は、無傷の若い男に銃口を向けた。

「奥に麻縄があります」

「そいつを持ってきて、広川とそこに転がってる奴の手足を縛りな」

「は、はい」

男が引き攣《つ》った顔で答え、すぐに奥に走った。

そのとき、広川が半身を起こした。多門は何も言わずに、広川の頭頂部を銃把の底で撲《なぐ》った。広川が野太く唸って、ふたたび転がった。

多門は板の間に上がった。

むろん、土足だった。左手で軽々と散弾銃を拾い上げる。

レミントンの水平二連銃だった。銃身は、平均的なサイズの半分もない。素人が断ち落としたらしく、銃口の切断面は滑《なめ》らかではなかった。

広川にヤスと呼ばれた背の高い男は太腿の銃創を手で塞《ふさ》ぎながら、歯を喰いしばって呻いていた。

多門と視線が合うと、ヤスは急に目をつぶった。怯《おび》え戦《おのの》いている。

無傷の男が麻縄を提げて、急ぎ足で戻ってきた。

多門は、ヤスの両手と両足をきつく縛らせた。その次に、広川の両手足の自由を奪う。

「おまえは利口者だよ。せいぜい親から貰った体を大事にするんだな」

多門は奥二重のきっとした目を片方だけ眇《すが》めて、最も若い男の額にグリップを叩きつけた。男が呻きながら、転げ回りはじめた。

多門はいったん拳銃と散弾銃を足許に置き、残った麻縄で若い男の手足をかたく縛り上げた。すぐに二つの武器を手にして、奥の部屋に向かう。そこが加工場だった。

人影は見当たらない。

十五畳ほどのスペースだ。三方の壁はスチールの棚で塞がれ、大小さまざまな段ボール箱が積んであった。加工場の床はカーペット敷きだった。

ほぼ中央に低い作業台が置かれている。

台の上には、数台の計量秤、ビニールロール、カッター、バットなどが雑然と載っていた。加工場の隅には、鋳物《いもの》の旧式の薪《まき》ストーブがあった。火が入っていた。もう誰もいないようだ。

多門は板の間に引き返した。

拳銃をベルトの下に差し込んで、ショットガンの実包を抜く。多門は両手を使って、散弾銃の銃身と銃床を引き剝《は》がした。二人の若い組員が目を剝《む》いた。

怪力に恐れをなしたのか、それきり男たちは二度と多門と視線を合わせようとしなかった。多門は二つに千切った散弾銃を投げ捨て、土間に降りた。

「こ、このままじゃ済まねえからな」

広川が唸り声で喚《わめ》いた。多門は血と埃《ほこり》に塗れたローファーを広川の衣服できれいに拭い、ジュラルミンケースを摑み上げた。

「か、必ず品物《ブツ》を取り返すからな！」

「これは車を借りる礼だ」

多門は言うなり、広川の腹を蹴り込んだ。

広川が胃の中のものをぶちまけ、海老《えび》のように体を縮める。多門は腰から、シグ・ザウエルP220を引き抜いた。ドアを意図的に荒々しく蹴って開ける。

人のいる気配はうかがえない。

表に出て、シボレーに歩み寄る。多門は運転席のドアを開け、ジュラルミンケースを助手席に置いた。ダッシュボードの上に、広川から奪った拳銃を置く。

約二メートルの巨軀を大きく屈めて、運転席に入りかけたときだった。

何かが背後に迫った。振り向き切らないうちに、多門は首筋に重い衝撃を感じた。一瞬、息が詰まった。ブラックジャックか、布を巻きつけたスパナで撲られたようだ。

多門は痛みを堪えて、体を反転させた。

目の前に、教師風やくざの片割れが立っていた。若いほうの男だ。黒革のブラックジャックを握っている。

「タフな野郎だ。このブラックジャックには湿った砂だけじゃなく、鉛《なまり》板が二枚も入ってるんだぜ」

「てめえ、どこに隠れてやがったんだっ」

多門は言うなり、足を飛ばした。稲妻のような疾《はや》さだった。

男が後ろに跳びのいて、左腕を高く翳《かざ》した。と思った瞬間、多門は白っぽい噴霧を顔面に浴びせられていた。護身用の催涙スプレーを使われたのだろう。目の奥がチクチクと痛み、涙がとめどなくあふれてくる。

瞼を開けることができなかった。

多門は手探りで前に出た。次の瞬間、右の向こう臑《ずね》を蹴られた。体が傾く。

それでも多門は、太くて長い腕を振り回した。手の甲に、男の頭が当たった。相手の頭を掴もうとすると、ブラックジャックで腕を払われた。

「そこまでだ」

別の男の声が響いた。

多門は瞼を押し開いた。すぐ右横に、もうひとりの地味なやくざが立っていた。

年嵩《としかさ》の男は、函館のホテルでちらつかせた小型リボルバーを握り締めていた。スミス&ウェッソンM36だ。銃身が短く、全体にずんぐりしている。

「運転席のドアを閉めて、車のルーフに両腕を載せろ」

正面にいる若い男が命じた。

この山の中では、下手に逆らわないほうがよさそうだ。多門は素直に命令に従うことにした。両腕をいっぱいに伸ばしたとき、またもやブラックジャックで後頭部を強打された。

重い一撃だった。頭の芯《しん》に、ずんと響いた。顎が車の屋根に当たり、骨が鋭く鳴った。

多門は膝が崩れそうになった。

足を踏んばったとき、ブラックジャックが首と肩に落ちてきた。どちらも、かなり効《き》いた。腰がふらつき、ついに多門は片膝を地に落としてしまった。

横にいる年上のほうの男が、多門の後ろに回った。

数秒後、首に何かが掛けられた。投げ縄の輪だった。

ロープは太い。しかも、オイルの染《し》みた古いものだった。感触でわかった。

すぐに輪が絞《しぼ》られはじめた。

多門は喉とロープの間に、両手の指を突っ込んだ。ロープを緩めようとすると、男が多門の背に足を掛け、一気に輪を引き絞った。

数秒後、多門はまたもやブラックジャックで頭を撲られた。そして、後ろに引き倒された。

二人の男がロープを持って走りはじめた。

多門は仰向けの状態で引きずられた。ロープは長いようだった。男たちは七、八メートル離れている感じだ。

「くそったれ!」

多門は必死でロープを喉から引き剝がそうとした。

しかし、ロープは深く喰い込んで離れない。男たちは小屋の前の道を駆け上がりはじめた。砂利道だった。それも尖《とが》った砂利が多かった。

上半身はレザージャケットで保護されているから、それほど痛みは感じない。だが、腰から下のダメージは大きかった。まともに砂利や小石に擦《こす》られ、腰、尻、腿が熱を持ちはじめた。痛みも強くなる一方だった。

二百メートルほど走ると、男たちが方向を転換した。

そのわずかな隙に、多門はロープを緩めようとした。だが、間に合わなかった。

二人が勢いよく山道を下りはじめた。

多門は、血が下がるのを感じた。加速がついた分だけ、痛みが増した。腰から下が火のように熱い。ブルックス・ブラザーズのローファーが何度も脱げ落ちそうになった。

しばらく走ると、男たちは足を止めた。どちらも大きく喘いでいた。

反撃のチャンスだ。

多門はロープをできるだけ手繰《たぐ》り寄せた。肘《ひじ》で体を支え起こす。その部分だけ、空気を直《じか》に感じた。チノクロスパンツはところどころ擦《す》り切れているようだ。皮膚は完全に擦り剝《む》け、傷口は土埃と血に塗れているようだった。

多門はロープを緩めながら、完全に立ち上がった。

そのとき、前方の暗がりで車のエンジンが唸った。

幌《ほろ》のないジープだった。草色っぽかった。

月明かりで、辛うじて識別することができた。型《タイプ》は米軍のケネディ・ジープM151に似ている。左ハンドル仕様だった。ロープの端は、バンパーに括《くく》りつけられていた。

今度はジープで引きずり回す気らしい。

多門は大急ぎで首にかかった輪を外そうとした。その瞬間、ジープが急発進した。ロープが、ぴーんと張りつめた。輪を外す時間はない。多門は地を蹴った。

山道を駆け降りながら、首の輪を緩める。

多門は、また走った。すると、ジープが急にスピードを上げた。多門は虚《むな》しく引き倒された。前のめりだった。顔面を撲《う》った。思わず呻く。

多門はすぐに両肘で上体を支え、顔を起こした。

それでも、撥《は》ねた砂利や小石が容赦なく顔面を直撃する。土埃も厚かった。俯《うつぶ》せでは疲労とダメージが大きい。

多門は横向きになったり、仰向けになったりした。

バウンドするたびに、体の向きが変わった。後転もさせられた。そのつど、多門は体のどこかを強く撲《う》った。

「お、おめら、ぶ、ぶっ殺してくれるど！」

多門は引きずられながらも、勇ましく叫んだ。怒りが爆《は》ぜていた。

しかし、どうすることもできなかった。いたずらに全身を擦られるだけで、まったく抵抗できない。

多門は希望を捨てなかった。

ピンチとチャンスは、隣り合わせていることが多い。そのことは体験で学んでいた。

砂利だらけの山道を引きずられているうちに、多門は奇妙な感覚に捉《とら》われはじめた。

いつしか擦過《さっか》による痛みと熱感は薄れ、水の中を流れているような不思議な感覚にな
ってきた。揺れる半月の淡い光が妙なやすらぎを与えてくれる。次第に眠くなってきた。

そうこうしているうちに、何がなんだかわからなくなった。それから間もなく、多門
は意識が途切れた。

どのくらい気を失っていたのか。

多門は手の甲に熱さを覚えて、我に返った。若いほうの男が煙草の火を押しつけたらしい。多門は、ジープの助手席に坐らされていた。両手首の自由が利かない。鉄の鎖でステアリングに縛られていた。前方は闇だった。

ジープは崖っぷちに停まっていた。

砂利道の際《きわ》だった。ガードレールなどない。

「このジープは小樽でかっぱらったんだよ。だから、てめえがくたばったって、こっちは疑われることもねえってわけだ」

若いほうの男が煙草を踏み消しながら、勝ち誇ったように言った。

「お、おめらは、ジ、ジープごとおれを……」

「そういうことだよ。最初は事故死に見せかけようと思ったんだけど、それじゃ面白みがねえからな」

「く、くそったれ！」

多門は、両手首に力を込めた。

縛《いまし》めは少しも緩まない。ギアはニュートラルに抜いてあるが、サイドブレーキは外されている。二人の男がジープの後ろに回り込んだ。

多門は片脚をいっぱいに伸ばして、ブレーキペダルに足を掛けた。だが、踏み込めない。なんとか運転席に移りたい。

多門は腰を浮かせた。

男たちが掛け声を合わせて、ジープを押した。車体が揺れ、タイヤが滑りはじめた。

多門はなんとか運転席に移れたが、ブレーキを踏むことはできなかった。

体が浮き上がり、前に大きくのめったからだ。ステアリングにしがみついて、なんとか体を支える。

ジープが崖の縁から滑り落ちはじめた。

崖といっても、断崖絶壁ではない。山の急斜面だ。大小の樹木が、目の下に影絵のように立ち塞《ふさ》がっている。

多門は鎖を外すことをいったん諦め、不自然な恰好でステアリングを操った。

ジープは大きく弾みながら、転がるように落ちていく。着地するたびに、灌木の小枝がタイヤの下で音をたてて折れた。

枝や葉がフロントガラスを絶え間なく叩く。バンパーが樹皮を抉《えぐ》る音も切れ目なくつづいた。

喬木《きょうぼく》を避けながら、斜面を滑っていく。

ライトのスイッチは入れられない。ブレーキペダルをうっかり強く踏み込むと、ジープは頭から転がってしまうだろう。太い樹木を歯止めにするには、加速がつき過ぎている。まともに激突したら、大怪我は免《まぬか》れないはずだ。焦りが募《つの》った。

なんとか鎖をぶっ千切って、灌木か草の上にダイビングしたい。

多門は影の大きさと高さを確かめながら、なるべくジープを灌木の多い場所に導いた。両手の自由が利けば、この程度の急斜面はうまく切り抜けられるのではないか。

しかし、いまは悪い条件ばかりが揃っている。ステアリングは不用意に動かせない。思いもよらぬ場所に、大きな岩があったりするからだ。

なによりも、視界が利かないことが恐ろしかった。月明かりだけでは、不安でたまらない。

ジープは大波に揉まれる小舟のように上下に跳ね、左右に傾いた。

多門は何度も肘や腰をドアに打ちつけた。だが、悪いことばかりではなかった。

次第に鎖が緩みはじめた。両方の手首に力を込め、少しずつ緩みを拡げる。

そのことに熱中しているうちに、いつか喬木ばかりがそびえている場所に紛《まぎ》れ込んでいた。もはやステアリングを大きく切るだけの余裕はない。みるみる太い樹々が迫ってくる。

多門は運を天に任せ、跳ぶことにした。

中腰になって、ステアリングごと鎖を力任せに引っ張った。と、拍子《ひょうし》抜けするほど呆気なくステアリングの軸が抜けた。

多門は弾みをつけて、巨身を躍《おど》らせた。宙で体を丸め、両腕で顔面を庇《かば》う。

落ちたのは、一メートルそこそこの灌木の上だった。

その木は根元から折れた。多門は、そのまま斜めに転がった。四、五回転したとき、右手前方で重い激突音が響いた。

太い樹にぶつかったジープは跳ね上がり、完全に横転した。さらに何度か斜面を転がり、やがて静止した。

逆さまだった。タイヤが空転する音が響いてきた。

ジープから五十メートルあまり下《くだ》った所に山道が見える。

死なずに済んだ。運が味方してくれたのだろう。

多門は斜面に転がったままの姿勢で、しばらく動かなかった。小枝で手の甲や頬を傷つけた程度で、どこも骨折はしていない。

二人の〝教師風やくざ〟は、きっと自分の様子を見に来るにちがいない。

多門には、確信めいたものがあった。修羅場を潜り抜けてきた人間の勘だった。

鎖から右手を抜いた。次に左手を抜く。ハンドルから鎖をほどき、それをベルトにぶら下げた。いざとなったら、鎖を武器にするつもりだった。

多門は繁みの中を這い回りはじめた。

堅そうな小枝を選んで、それを股から折った。葉っぱを毟《むし》り取り、端の部分の樹皮を剝《は》ぐ。歯で嚙み千切《ちぎ》りながら、できるだけ先を尖らせた。爪も使った。

同じ要領で、手製の槍を五本作った。

それを持って、多門はジープのそばまで歩いた。繁みに屈み込み、息を詰める。獣になったような気持ちで、獲物を待つ。

じっとしていると、寒気が全身を押し包んでくる。いっとき忘れていた擦過傷の疼《うず》きが、ぶり返しはじめた。

多門は無性《むしょう》に煙草が喫いたくなった。だが、敵に火を見られるのはまずい。ロングピースの香りだけを嗅いで、ぐっと我慢した。

待った。

ひたすら獲物の出現を待つ。無駄ではなかった。思った通り、目の下の砂利道に足音が響いた。二人の靴音だった。

「野郎は首の骨でも折って、もう死んでると思うよ」

「一応、見届けておかねえとな」

風が〝教師風やくざ〟コンビの遣《や》り取りを運んできた。

間もなく二人の姿が見えた。

男たちは下生えや灌木を踏み鳴らしながら、無防備に斜面を登ってくる。どちらも得《え》物《もの》は手にしていない。だが、懐に小型リボルバーを忍ばせているはずだ。

若いほうの男が前を歩いていた。年嵩の男は五、六メートル後ろにいる。

多門は中腰で横に移動しはじめた。

「野郎の呻き声は聞こえねえから、もう死んじまってるよ」

「だったら、大男の死体を拝《おが》んでから、上の加工場に戻ろうや。広川の兄貴たちのことも心配だがな」

後の声は、年上のほうだった。

多門は、男たちがもっと離れるのを待つことにした。二人が相前後してライターを鳴らす。炎で足許を照らしながら、少しずつ離れていく。

多門は、先に若い組員を狙う気になった。

少し待つと、狙いをつけた獲物がこちらにやってきた。多門は左手に持った小枝の束から、一枝だけ右手で引き抜いた。

竹槍のようにはいかないだろうが、力任せにぶっ刺せば、それなりにダメージを与えることができそうだ。

多門は快い緊張感《こころよ》を覚えはじめた。二人の男を殺す気はなかった。大怪我を負わせるつもりだ。

「ジープは見つかったけど、あの野郎はどこにもいねえぜ」

男が相棒に言って、立ち止まった。三メートルほど離れた場所だった。

多門は、男の後ろに回り込んだ。できるだけ足音を殺したが、下生えが鳴った。

男がぎくりとして、体ごと振り返った。

多門は跳躍した。下から手製の武器を突き上げる。小枝は、男の喉に突き刺さった。

意外に深く埋まった。七、八センチか。そんなものだろう。

男は矢で射貫《いぬ》かれたように体を前後に揺すってから、泥人形のように後ろに倒れた。

多門は二本目の小枝を男の腹部に沈めた。男が凄《すさ》まじい叫びを放った。多門は男の懐を探った。スミス&ウェッソンM36を奪い、それをベルトの下に滑り込ませた。

「おい、どうしたんだ?」

遠くで、年嵩の男が大声をあげた。すぐに駆けてくる足音がした。

多門は、左の繁みに回り込んだ。

尖らせた枝を一本右手に握る。残りの二本は、左手の中だ。

足音が高くなった。右側で、若い男が小枝を引き抜こうとしていた。

「野郎にやられたんだな」

年上のほうの男がそう言いながら、勢いよく走ってくる。小型リボルバーを握っていた。

多門は、次の獲物の動きを見守った。

男が足を止め、若い相棒を抱き上げた。後ろ向きだった。多門は翔《か》けるように走った。

耳に風切り音がなだれ込んでくる。小枝を大きく振り翳《かざ》した。

男の背中に降り下ろす。

先端が滑った。角度が悪かったらしく、小枝は折れてしまった。

多門は男の尻《けつ》を蹴った。

男は前に転がった。二回転してから、立ち上がる。重い銃声が轟き、オレンジ色の銃口炎が瞬《またた》いた。

多門は身を伏せ、すぐに起き上がった。

羆のような巨体を蝶のように舞わせながら、間合いを詰めていく。スミス&ウェッソンM36がたてつづけに三度吼《ほ》え、それきり沈黙した。どうやら弾切れのようだ。

多門は小枝を両手に持って、風のように男にぶつかっていった。

男が悲鳴を洩らし、仰向けに倒れた。小枝は二本とも男の体に埋まっていた。一本は首の横、もう一本は胃のあたりに突き刺さっている。

血の色は見えないが、血の臭いがうっすらと漂ってきた。

多門は鎖で二人の男の膝の皿を砕いた。もう追ってはこられないだろう。

二人が死ぬかどうかは運次第だ。

多門は斜面をよじ登りはじめた。樹の幹や灌木に摑まりながら、ほとんどまっすぐに登った。

上の砂利道に這い上がると、多門は山の上にある敵の麻薬加工場に向かった。

砂利や土塊《つちくれ》を蹴散らしながら、走りに走った。傷の痛みに顔をしかめながらも、決してスピードを落とさなかった。

十分そこそこで、アジトが見えてきた。シボレーは同じ場所にあった。

多門は走るのをやめ、忍び足で車に近づいた。車内を覗くと、ジュラルミンケースとシグ・ザウエルP220はそのままだった。車のキーも抜き取られていない。

広川たち三人はぶっ倒れたままなのか。それとも、これは敵の罠か。

多門は小型リボルバーを引き抜き、撃鉄を起こした。

加工場に忍び寄り、中の様子をうかがった。広川たち三人はさきほどと同じ恰好で、高く低く呻いていた。

「好きなだけ寝てやがれ！」

多門は毒づいて、シボレーに乗り込んだ。

砂利道では、大型車はUターンできない。少し先まで走ると、道幅の広い場所があった。そこで車首の向きを変え、林道を下りはじめた。

後は二億円の回収だけだ。早く成功報酬を手に入れたい。着手金も、あと百万あるかどうかだ。

多門は車を運転しながら、どこまで逃げるか考えた。

ここで自分が暴れたことが、すぐにバレるとは思えない。しかし、泥塗れの恰好で札幌をうろつくわけにはいかないだろう。小樽の奥にある旅館にでも泊まるべきか。

定山渓温泉街を走り抜けると、小樽方面に向かった。

札樽《さっそん》バイパスを利用して、およそ一時間後に小樽に着いた。夜の十一時を過ぎていた。

小樽には一度来ている。

坂道が多く、なかなか風情《ふぜい》のある港町だ。

大きなホテルは駅の周辺にある。しかし、そういう所には泊まらないほうが無難だろう。ホテルの従業員に一一〇番でもされたら、面倒なことになる。

　多門は山側に数十分走らせた。

　そこに、小さな温泉街があった。ホテルや旅館が十数軒、山肌にへばりつくような感じで建ち並んでいる。

　多門はシボレーを温泉街の外れに駐め、歩いて温泉街に入った。もちろん、回収した物や拳銃を車内に残すようなへまはしなかった。指紋も拭い取った。

　割に新しいホテルに入った。

　フロントマンが多門の汚れた衣服に気づき、ぎょっとした顔になった。

「どうなさったんですか？」

「崖から転げ落ちちゃって、このざまですよ。札幌の家まで帰ってもいいんだが、ちょっと疲れたんで、今夜はこっちに泊まろうと思ってね」

「さようですか」

「部屋、空《あ》いてるかな。あっ、支払いのほうは心配ないから。そうだ、きみにこのピアジェをやろうか？　ちょっと飽きがきてるんだ」

「お部屋はございます」

　フロントマンが一拍置いて、にこやかに言った。ピアジェの話が効いたのか。それとも、客室は半分も埋まっていなかったのか。

ほどなく案内係のボーイが近づいてきた。

そのボーイに導かれて、エレベーターに乗り込む。

案内されたのは九階の和室だった。十畳間で、控えの間が付いていた。広縁もあった。

ボーイが去ると、多門はすぐに東京の長谷部に連絡を取った。

依頼人は自宅にも組事務所にもいなかった。組事務所で教えられた行きつけの和風クラブに電話をすると、長谷部はその店にいた。

「たったいま、品物《ブツ》を回収しました」

多門は一息に言った。

「そうか。よくやってくれたな。礼を言うぜ。それで、どこにあったんだ？」

「札幌の堀井興業に渡ってました」

多門は、経過を順序立てて語った。口を結ぶと、すぐに長谷部が言った。

「本当に花巻の笹森組が絡《から》んでたのかねえ。おれは、何かからくりがあるような気がするんだがな」

「からくり？」

「ああ。たとえば、鈴江一家の者が笹森組の組員に化けてたとかな」

「なんだかずいぶん拘《こだわ》りますね。鈴江一家に恨《うら》みでもあるような感じだな。過去に何かあったんですか？」

「別に何もねえよ。ただ、奥羽兄弟会もここ一、二年で傘下組織がかなり脱けたりしてるから、中核の鈴江一家もいろいろ大変だろうと思ったんだ」

「そうですか。それはそうと、明日にでも品物を組事務所に届けますよ。そちらの都合のいい時間に……」

「組事務所じゃねえほうがいいな。風間の持ち逃げのことを末端の連中には知られたくないんだ。そいつらから、組の不始末が外部に洩れるかもしれねえからな」

「それじゃ、どこか落ち合う場所を指定してください」

「明日の午後一時に、日比谷《ひびや》の帝都《ていと》ホテルのロビーで落ち合おうや。部屋を取っとくよ。品物は、そこで受け取る。その後、久しぶりに飯《めし》でも喰おうや」

「いいですね」

「そのときに、いくらか中間金を渡そうか」

「いや、成功報酬は二億円の回収が済んでからでいいですよ。それより、保奈美さんは無事にそっちに着きました？」

「ああ、戻ったよ。保奈美の件じゃ、本当に世話になったな。重ねて礼を言うぜ」

「長谷部さん、他人行儀な言い方しないでほしいな。とにかく、明日、東京で会いましよう」

多門はいったんフックを押し、盛岡のホテルに電話をした。

三日分の宿泊料金を保証金として預けてあったが、部屋を空けることを伝えておきたかったのだ。今夜はホテルに戻れなくなったことを告げ、すぐに受話器を置いた。

多門は一服すると、ひと風呂浴びることにした。

頭や顔面の傷に湯をかけるたびに、ひどく沁《し》みた。それでも体の汚れを洗い流したら、気分がさっぱりした。

ふと由紀のことが頭に浮かんだ。店に花は届いているだろうか。

エミリーもいい女だが、まだ色気が足りない。その点、由紀は文句のつけようがない。なんとか抱きたいものだ。

浴室を出ると、部屋係の五十四、五歳の女が特別注文の料理や酒を座卓に並べているところだった。

多門の顔の傷を見ても、女は何も言わなかった。さすがは接客のプロだ。夕食を摂《と》り終えたら、今夜は早めに寝《やす》んだほうがいいだろう。

多門はそう思いながら、座蒲団に腰を据えた。

4

居心地《いごこち》が悪かった。

なんとなく落ち着かない。どの客も盛装している。ネクタイを締めていない男性客は、多門だけだった。

けさ小樽で買った間に合わせのウールジャケットとスラックスは、まるで体に適《あ》っていなかった。上着の着丈も袖《そで》も短い。スラックスなどはソックスが見えるほどだった。

そんな不恰好な姿を他人に見られるのは、かなり耐えがたかった。客たちが自分の顔の傷を見ることも、気持ちを落ち着かせなくしていた。

帝都ホテルの中にある高級レストランだ。

多門は店の一隅で、長谷部とフランス料理をつついていた。数十分前に品物は渡してあった。こういう気取った店は、どうも好きになれない。格式張っているだけで、ボリユームがなさすぎる。

多門は胸底で毒づきながらも、健啖家《けんたんか》ぶりを発揮していた。

すでに鴨《かも》のテリーヌ、鱸《すずき》の岩塩焼き、帆立貝の殻焼きバジリコ風味、仔羊《こひつじ》の胸腺肉《きょうせんにく》のパイ包み焼きを胃袋に収め、いまは牛肉《ビーフ》ソテーのトリュフソース添えを半分ほど片づけたところだ。長谷部は舌平目のムニエルやキャビアを肴《さかな》にして、白ワインを傾けている。


「長谷部さんは、あんまり喰わないんですね」

「クマ、おまえが喰いすぎるんだよ。これじゃ、七、八万はふんだくられそうだ」

「なんだったら、ここはおれが払いましょう」

「いや、それはいいんだ。一週間で品物《ブツ》を回収してくれたんだから、フランス料理ぐらいは奢《おご》らなくちゃな」

　長谷部が小声で言った。

「現金《ゲンナマ》のほうも、なるべく早く取り戻しますよ」

「そのことなんだがな、あまり無理をしないでもらいてえんだ」

「どういうことなんです？」

　多門は奥歯で大ぶりのトリュフを嚙《か》み潰《つぶ》しながら、小声で問い返した。

「実はな、風間の不始末のことがだいぶ外部に洩れてるようなんだ。これ以上、噂が広まると、矢尾板組の看板に傷がつくだろう？」

「長谷部さん、ちょっと待ってください。矢尾板のおやっさんの話では、組の遣り繰り《シノギ》が楽じゃないから、何がなんでも銭と品物《ブツ》を回収してくれってことでしたでしょ？」

「そうなんだが、ちょっとおいしい話が転がり込んできたんだよ」

長谷部が一段と声をひそめた。

「どんな話なんです？」

「卸元《ネタモト》の熱川組がこれまでの韓国ルートとは別に、新たに中国ルートを摑んだんだよ。で、そっちから約五十キロのナマエフを回してもらえることになったんだ」

「五十キロも⁉」

「そうなんだ。それがばかりじゃねえ。コロンビアのメデジン・カルテルの残党からも、三十キロのコカインを流してもらえることになったんだ」

「そいつは凄《すげ》えや」

「コカインに重曹《じゅうそう》を混ぜてクラックにすりゃ、かなりの儲けになる。少なくとも、風間がかっぱらった二億円の数倍の収益《アガリ》は見込めるだろう」

「でしょうね。しかし、おれにもプライドがあります。だから、依頼された仕事を途中で打ち切るわけにはいきません」

多門はきっぱりと言った。

「もちろん、頼んだことはやり抜いてもらっていいんだ。けど、危険な思いまですることはねえって言ってるんだよ。命は、ひとつしきゃねえんだ」

「なあに、それほど骨の折れる仕事《ゴト》じゃありませんよ。いつか大物財界人の娘のスキャンダルを揉み消したときなんか、敵の人間がマフィアの殺し屋を五人も差し向けてきやがったんですから。笹森組と豊栄開発の動きをマークしてりゃ、必ず何かが浮かび上がってくるでしょう」

「それなら、それでいいんだ。それじゃ、これを渡しておこう」

長谷部が言って、かたわらの黒いアタッシェケースを膝の上に載せた。すぐにロックを解き、膨らんだ蛇腹封筒を摑み出した。

「何なんです、そいつは？」

「成功報酬の半分だよ。一千五百万入ってる。おまえは後でいいと言ってたが、うちの組長《オヤジ》が払ってやれって……」

「そういうことなら、ありがたくいただいときます」

多門は軽く頭を下げ、蛇腹封筒を受け取った。

だいぶ嵩張《かさば》っている。上着の内ポケットにはとても入らない。横の椅子の上に置く。

メインディッシュを平《たい》らげると、デザートが運ばれてきた。スフレのグラン・マニエ風味とかいう代物《しろもの》だ。

多門は食べてみた。ふわふわとしていて、まるで歯応えがない。甘さだけが舌に残った。洋梨のシャーベットにすべきだったか。

多門は少し悔やんで、赤ワインで口をゆすいだ。

「この足で、すぐに盛岡に舞い戻るつもりなのか？」

長谷部が葉煙草《シガリロ》に火を点け、低い声で訊いた。

「いいえ、代官山の塒《ねぐら》にちょっと寄ろうと思ってるんですよ。着替えが足りなくなってきたんでね。それに、この身《ナ》なり《リ》じゃ……」

「ま、好きなように動いてくれ。それから、適当に消えてくれていいよ。若い者が迎えに来るまで、まだ十五、六分あるんだ」

「それじゃ、おれは先に失礼するかな。すっかりご馳走になりました」

多門は蛇腹封筒を抱え、椅子から立ち上がった。

レストランを出て、ホテルの表玄関でタクシーに乗る。代官山のマンションに着いたのは、およそ四十分後だった。

多門は、エントランスロビーの集合郵便受けを覗いた。

七日分の夕刊や郵便物が溜まっていた。朝刊は、部屋のドア・ポストに入れてもらっている。エレベーターホールに向かいながら、郵便物に目を通す。

ダイレクトメールや仕立て屋の請求書が多い。

私信は二通だけだった。一通は自衛官時代の友人からの転居通知で、もう一通は島袋エミリーからの端書《はがき》だ。

多門はエレベーターに乗り込み、エミリーの便りを読みはじめた。

百万円を用立ててやったことに対する礼状だった。遠のいていた客足が、少しずつ戻ってきたとも認《したた》められている。多門はひと安心したが、エミリーに自宅の住所を明かしたことを後悔した。返済を当てにしていると、受け取られてしまったかもしれない。

多門はエミリーの裸身を思い浮かべたとたん、股間が熱く疼《うず》いた。そのとき、エレベーターが停止した。

六階だった。多門は降りた。借りている六〇一号室に入った。

部屋の空気は澱《よど》んでいた。

饐《す》えた臭《にお》いもする。食べかけのマンゴーが腐ってしまったようだ。

多門は千五百万円の入った蛇腹封筒を特別注文の大きなベッドの上に投げ落とし、ベランダ側のサッシ戸を開け放った。

生《なま》ごみを手早く片づける。水仕事の類は、あまり苦にならなかった。気が向いたときには、本格的なブイヤベースまでこしらえたりする。針仕事も器用にこなす。

といっても、多門は独身主義を貫《つらぬ》こうと考えているわけではなかった。ひとりの女に、とことんのめり込む自信がないのである。

たとえ妻がいたとしても、ほかの女性が何かで困っていれば、必ず放っておけなくなるにちがいない。その結果、妻を傷つけることになるだろう。そのことがわかっているから、結婚に対して前向きになれないのだ。

換気が済むと、多門はビニールの手提げ袋に衣類や下着を詰めはじめた。

堀井興業の広川からせしめた自動拳銃を衣類の間に忍び込ませる。弾倉《マガジン》には、まだ四発残っていた。

多門は、身に着けている服や下着をすべて取り替えた。

上は、英国製の生地《きじ》で仕立てた薄手のツイードジャケットだった。渋い焦茶《こげちゃ》を基調にした細かい格子柄《こうしがら》だ。グリーングレイのスラックスも、生地は国産品ではない。イギリスのドブソン社の製品だった。

羊毛とアルパカ毛の混紡だ。値はかなり張る。国産の安いスーツなら、五着は買える価格だった。首にイタリア製のアスコットタイを巻いていると、ベッド脇のナイトテーブルの上で固定電話が鳴りはじめた。

多門はベッドに腰を落として、ごつい手で受話器を摑み上げた。

「もしもし、クマちゃん?」

『紫乃』のママの声だった。

「やあ、久しぶり!　店、繁昌してる?」

「なに、暢気《のんき》なことを言ってんの。あんた、しばらく渋谷には近づかないほうがいいわよ」

「なんで?」

「ここんとこ毎晩、牧原組の奴らが店を覗きにきてるのよ。あんた、連中になんかしたんでしょ?」

「昔、褌《ふんどし》担ぎをやってた太っちょの組員を少しばかり痛めつけただけだよ」

「そうだったの、やっぱりね。ほとぼりが冷めるまで、当分、渋谷をうろつかないほうがいいわ」

「行きたくても行けないよ。仕事が忙しくて、全国を飛び回ってるんだ。これから、また岩手に行くんだよ」

多門は言った。ママには、セールス専門の宝石商と偽《いつわ》っていた。

「忙しいのは結構じゃないの。それで、ずっと部屋にいなかったのね。自宅の固定電話を何回も鳴らしたのよ」

「そりゃ、悪かったな。メッセージを入れといてくれればよかったのに」

「スマホも留守番電話も苦手《にがて》なのよ」

「ママはアナログ派だからな。仕事が一段落したら、また飲みに行くよ」

「そんなことはどうでもいいけど、やくざなんかと喧嘩するんじゃないの。いつまでも突っ張ってると、あんた、長生きできないわよ」

「長生きするだけが人生じゃねえさ」

「子供っぽいことを言ってる。もう三十五でしょ。少しは大人になりなさいな」

電話が切れた。

多門は苦笑して、受話器を置いた。ママの忠告はありがたかったが、牧原組の仕返しを恐れる気持ちは湧いてこなかった。

電話機の留守モードを解除する。留守中に録音されたメッセージが順に聴こえてきた。

仕事の依頼が二件入っていた。どちらも債権の取り立てに絡むトラブルの相談だった。急いで連絡をすることもないだろう。

煙草を二本喫うと、多門は蛇腹封筒を開けた。札束を見たとたん、自然に口許が綻《ほころ》んだ。

五百万円を所持し、残りの一千万円を部屋に残す。銀行に寄る時間はなかった。多門は自宅マンションを出て、タクシーで東京駅に向かった。

駅で少し待って、午後四時台発の東北新幹線に乗り込む。中途半端な時刻のせいか、車内は思いのほか空いていた。

多門は缶ビールを呷《あお》りながら、退屈な時間を過ごした。

やがて、下りの新幹線は盛岡駅に到着した。定刻より一分遅れの到着だった。午後七時半前だ。ラッシュアワーらしく、コンコースは混雑していた。

駅ビルを出る。

外は、少しばかり冷え込んでいる。気温は十度以下だろう。

多門は有料駐車場に急いだ。料金を払って、借りたままのレンタカーに乗る。エルグランドを一昨日《おととい》チェックインしたホテルに走らせた。

数分で着いた。地下駐車場からフロントに回る。

「あちらに、お客さまをお待ちの女性が……」

見覚えのあるフロントマンがロビーのソファに視線を向けた。

多門は首を捩《ねじ》った。

ソファには、野町保奈美が坐っていた。オフホワイトのスーツ姿だった。

ブルーのシルクブラウスが洒落《しゃれ》た感じだ。保奈美は何か思い詰めたような風情《ふぜい》で、フロアの一点をじっと見つめていた。

多門は部屋のキーを受け取り、ソファに歩み寄った。立ち止まると、保奈美がつと顔を上げた。にわかに彼女は、表情を明るませた。

「いったい、どうしたんだ？」

「多門さん！」

保奈美がすっくと立ち上がり、多門の胸に飛び込んできた。香水の匂いが鼻腔を甘くくすぐった。シャネルだろうか。

「なんでまた、ここに？」

「わたし、長谷部と別れるわ。やっぱり、あの男はわたしをねちねちといびったのよ。わたし、もう堪《た》えられない。だから、東京から逃げてきたの」

「まあ、落ち着けよ」

「わたしのこと、怒ってる？」

「いや、別に怒ってなんかないさ。ここじゃ何だから、ひとまずおれの部屋に行こうか」

多門は保奈美をやんわりと押し返し、急いでソファに置かれたフランス製のバッグを持ち上げた。保奈美を促《うなが》し、エレベーターホールに向かう。

八階の部屋に入ると、保奈美が抱きついてきた。背伸びをして、唇を求めてくる。

多門は巨軀を大きく折って、唇を重ねた。

保奈美の熱い舌を吸いつけながら、弾力性に富んだヒップを両手で揉む。弾む肉の感触に、官能を煽られた。保奈美が豊かな胸を強く押しつけてくる。

多門は欲望に火が点きそうになった。そのとき、長谷部の顔が脳裏ににじんだ。やはり、人の道を外すことはできない。淫らな衝動を抑え込む。

「ね、どうしたの?」

「これ以上のことは、できない。おれだって、そっちを抱きてえさ。だけど、抱いたら、人の道に外れちまう」

「いいわ、もう」

保奈美が哀しげに言い、多門から離れた。

「ちょっと煙草を買ってくる」

多門は言いおき、部屋を出た。煙草を切らしたわけではなかった。エレベーターホールの脇で、長谷部に連絡を取る口実だった。

多門は矢尾板組の事務所に電話をかけた。受話器を取ったのは組長だった。

「多門です。昼間、長谷部さんから成功報酬の半額をいただきました。気を遣《つか》ってもらって、恐縮です」

「そんなことより、長谷部の奴がとんでもないしくじりをやりやがったんだよ。いま、野郎は病院に入ってる」

「病院って、何があったんです？」

「そっちが回収してくれた例の品物《ブツ》を誰かに盗まれたらしいんだ」

　矢尾板が不機嫌そうに言った。

「もう少し詳しく話してもらえますか」

「帝都ホテルの駐車場で若い者の迎えの車を待ってるとき、奴は例のケースからちょっと目を離したらしいんだよ。その隙に、半グレっぽい二人組に盗《と》られたって話だったな」

「それで、長谷部さんはその男たちを追ったんですね？」

「ああ、そう言ってた。日比谷公園の中まで追ったらしいんだが、逆に二人組にぶっ飛ばされて、ちょっと怪我をしたんだよ」

「どの程度の怪我なんです？」

「たいした怪我じゃねえ。額をちょっと切って、足首を挫《くじ》いたんだ。ただ、殴り倒されたときに頭を強く打ったとかで、検査が必要らしいんだよ」

「そうですか」

「脳に異常がなけりゃ、二、三日で退院できるだろう」

「とんだことになりましたね」

「最悪だよ。誰か犯人に思い当たるような奴はいないか？」

「札幌の堀井興業がちょっと気になりますが、別に尾行されてる気配はありませんでしたしね」

「そうか。長谷部は品物《ブツ》が出てこなかったら、自宅を売っ払ってでもなんて言ってるが、この不始末はそんなことじゃ済まねえよ」

「というと、破門ですか？」

「まあ、そういうことになるだろうな。あいつは親父の代に部屋住みをはじめて、おれとは兄弟みてえにして育ってきたんだが、けじめはけじめだからな」

「それはそうでしょうが……」

多門が語尾を濁した。

「頭が痛いよ。いよいよとなったら、長谷部に詰め腹切らせるつもりだ」

「何もそこまでやらなくても。熱川組が中国ルートを摑んだって話じゃないですか」

「中国ルートを摑んだって⁉　誰がそんなはったりをかましたんだ？」

「おっと、勘違いしてました。それは、ほかの組の話だったな」

多門はとっさに話を合わせた。矢尾板は、長谷部が洩らした話をまったく知らない様子だった。

とぼけているのか。それとも、長谷部が組長には内緒で個人的な取引をする気になったのだろうか。

組長の慌《あわ》てぶりから察すると、芝居をうっているとは思えない。

だが、仮に後者だとしたら、合点《がてん》がいかない。たとえ大幹部でも、麻薬や銃器による内職は禁じられている。そんな危ない話を他人に洩らすとは考えにくい。

となると、長谷部は何か理由があって、苦し紛《まぎ》れの嘘をついたことになる。

「そんなわけだから、二億の現金《ゲンナマ》は何としてでも回収してほしいんだよ。こうなったら、そっちだけが頼りだ」

「できるだけのことはやってみます。長谷部さんに、おれが盛岡のホテルに戻ったことを伝えといてもらえます？」

「ああ、伝えるよ。明日、病院に行くことになってるんだ。ほかに何かあいつに伝言したいことは？」

「いいえ、特にありません」

多門は保奈美のことを言いそびれてしまった。

電話を切ると、すぐに部屋に戻った。保奈美は、さきほどと同じ姿勢でソファに坐っていた。保奈美をどうしたものか。多門は思案しながら、保奈美と向き合う場所に坐った。

「いろいろ考えてみたんだが、あんたが盛岡にいるのは危険だよ。豊栄開発の安藤って野郎に見つかるかもしれねえだろ？」

「でも……」

「東京に戻りなよ。折を見て、おれが長谷部さんにあんたを大事にするよう言ってやるからさ」

「要するに、あなたはわたしが嫌いなのよね？」

「好きとか嫌いとかって話じゃねえんだ。男同士の仁義ってやつがある。そのへん、わかってもらいてえな」

「ま、いいわ。どうもご迷惑をかけました」

保奈美が鼻白んだ顔で言い、バッグに手を伸ばした。多門は優しく言った。

「駅まで車で送ってやろう」

「いいえ、結構よ。女に恥をかかせないでちょうだい！」

保奈美は立ち上がると、小走りに部屋から出ていった。

多門は腰を上げかけたが、追わなかった。長谷部が怪我をしたことを告げる間《ま》もなかった。

煙草に火を点ける。室内には、保奈美の残り香がうっすらと漂っていた。

保奈美のことをぼんやり考えていると、自然に脳裏に長谷部の顔が浮かんだ。同時に、胸にわだかまっていた疑念が膨らみはじめた。

超一流ホテルの地下駐車場で、荒っぽい盗難に遭《あ》うものだろうか。なぜだか長谷部は、急に二億円の回収に積極的ではなくなった。そればかりではない。組長の矢尾板は、覚醒剤の中国ルートやコロンビアからのコカイン密輸入の話も知らないようだった。

長谷部の言動には、何か作為《さくい》のようなものが感じられてならない。

疑惑の向こう側には、いったい何があるのか。

罠、陰謀、野望、抹殺……。そんな言葉の断片が頭に浮かんでは消えた。何かがあるのか。あるいは、考えすぎなのだろうか。

多門は煙草の火を揉み消した。

川面《かわも》は暗かった。

幾つかの灯火が映《うつ》っているきりだった。北上川だ。

多門はレンタカーのエルグランドを駐めた。夕顔瀬橋の袂《たもと》だった。数十メートル先に、笹森エンタープライズ盛岡支社がある。

午後十時過ぎだった。

5

保奈美がホテルの部屋を出ていったのは、およそ二時間前だ。それから間もなく、多門は豊栄開発本社ビルの前で張り込みはじめた。

安藤が社内にいることは確かだった。

多門は友人になりすまして、電話口に当の本人を呼んでもらったのである。安藤の声だけを聴いて、すぐに電話を切った。そのことで警戒されたようだ。二時間近く待っても、安藤は会社から出てこなかった。

そこで、多門はパーマをかけた男を締め上げることにしたのだ。

豊栄開発本社ビルや笹森エンタープライズ盛岡支社の前で張り込みをすることは、間違いなく無謀だった。いたずらに敵を刺激することになる。

そのことは承知していた。

しかし、どの途《みち》、危険は迫ってくるだろう。となれば、逃げるか、闘うしかない。

闇討ちを待つのは、ひどく気の滅入るものだ。少なくとも、逃げるよりは追うほうが心理的には楽だろう。

そう思う一方で、多門は自分の軽率な動き方を胸のどこかで悔やんでいた。

きのう一日の動き方も賢《かしこ》いやり方ではなかった。その報《むく》いとして、危険な目に遭《あ》った。

しかし、もう走りだしている。このまま突っ走るほかにないだろう。いよいよ動きにくくなったら、杉浦に応援を頼めばいい。

多門は、カーラジオのスイッチを入れた。

チューナーをNHKのFMに合わせる。バリー・マニロウの古いヒットナンバーが流れてきた。ニューヨーカーたちの孤独と渇きを主題《テーマ》にした都会的な歌だった。

ナンバーが、ちょうどシンディ・ローパーに替わったときだった。

細長いビルから、例のパンチパーマをかけた男が出てきた。やはり、勘は正しかった。

多門は、にっと笑った。

男は橙《だいだい》色のジャージの上下に、黒革のボマージャケットをだらしなく引っ掛けている。サンダル履《ば》きだった。

ゴールドのブレスレットなんか、ドブに捨てちまえ！　多門は肚《はら》の中で罵倒《ばとう》して、ラジオのスイッチを切った。

男が原付きバイクに跨《また》がった。

ヘルメットは被《かぶ》らずに、急発進させた。こちらに向かってくる。

多門は車を走らせはじめた。

原付きバイクは夕顔瀬橋を渡ると、田沢湖線に沿って数十分走り、滝沢《たきざわ》村に入った。そこから、岩手山の方向に進んだ。小岩井《こいわい》農場のある方だ。

民家の明かりはぐっと少なくなり、田や畑が目立つようになった。

田は、まだ代掻《しろか》きもはじまっていない。刈り取られた稲の根っこが残っている。東北地方の田植えの時期は、もうしばらく先だ。

パーマをかけた男は、尾行に気づいているのか。だとしたら、自分をどこかに誘い込む気なのだろう。

多門はミラーをちょくちょく覗いた。

しかし、怪しい車は接近してこない。どうやら思い過ごしのようだ。

多門は一気に加速した。

すると、原付きバイクが急に脇道に入った。細い農道だった。一方通行で、道幅も狭かった。とてもエルグランドは入れない。

多門は闇を透《す》かし見た。農道と並行する形で、二車線の車道が近くを走っている。その道に入った。じきに原付きバイクと横一線に並んだ。と、パンチパーマの男は原付きバイクをUターンさせた。来た道を戻りはじめる。

多門は後続車がいないのを確かめ、車をリヴァースで走らせた。

すぐに広い車道にぶつかった。素早く農道の出入り口を塞いだ。と、原付きバイクはまたもや逆走しはじめた。

「逃げる気なら、さっさと逃げやがれ!」

多門は、ステアリングを拳で叩いた。ちょうどそのとき、原付きバイクが畦道《あぜみち》に入った。数十メートル先でライトの光が揺れた。

次の瞬間、男はバイクごと田圃《たんぼ》の中に転げ落ちた。それきり起き上がらない。誘いか。罠でもかまわない。

多門は車を降り、全力で駆けた。風圧で息が詰まりそうだった。パンチパーマの男は右の太腿を押さえながら、苦しげに唸っていた。

多門は立ち止まり、ダンヒルのライターを鳴らした。

小さな炎が、あたりを薄ぼんやりと明るませる。水田の中は少し湿っていた。

だが、靴が深く沈むほどはぬかるんでいない。原付きバイクの後輪が空転している。

男は懐を探ろうとはしなかった。どうやらブローニング・ハイパワーは、所持していないようだ。

多門は畦から降り、男を五、六度蹴りつけた。

終始、無言だった。場所は選ばなかった。好きな所を蹴りつける。蹴りは、どれも深く埋まった。男は転げ回っただけで、まったくの無抵抗だった。

「なんて名だ？」

多門は訊いた。

男は呻きながらも、鼻先で笑った。そのふてぶてしさが妙に神経に障《さわ》った。それに、何者かに自分が引きずり回されているという怒りもあった。

多門は丸太並みの脚で、男の喉笛を蹴り込んだ。さらにミニバイクを掴み上げ、それで男の右の太腿を数回ぶっ叩いた。男が声を放って、体を丸めた。

「は、早ぐ名前さ言え！」

「玉山《たまやま》ってんだ」

男が喘《あえ》ぎながら、捨て鉢に言った。

「は、は、函館で堀井興業に売った品物を、ほ、ほ、豊栄開発はどうやって手さ入れた？」

「そ、そんなこと、知らねえよ」

「ま、まあ、いいべ」

多門は屈み込んで、足許の泥を掬《すく》い取った。それを玉山の口の中に押し込む。

玉山が顔を横に向けて、泥を吐き出した。多門は玉山の腹の上に乗っている原付きバイクを摑み、目の高さまで持ち上げた。

「口さ割らねば、こいつを、お、おめの顔面さ落とすど！」

「な、何を喋りゃいいんだよっ」

「さ、さ、笹森組が、秋田のグランビューホテルさ押し入ったんだべ？」

「………」

玉山は答えなかった。

多門は黙って原付きバイクを放した。それは玉山の胸部のあたりに落下し、跳ねて泥の上に転がった。玉山が太く細く唸りながら、体を左右に振った。多門は唸り声が熄《や》むまで待った。

しばらくすると、玉山が言った。

「行ったよ、ホテルに」

「そ、それで？」

「部屋にあった覚醒剤《シャブ》と金の入ったサムソナイト製のキャリーケースを奪《と》った。それから、女も連れ去ったよ」

「か、か、風間って男さ轢き殺したのは？」

「神戸連合会の客分たちだよ」

「鈴江土木建設のトラックをかっぱらったのも、そ、そ、そいつらなのけ？」

「それは、おれの舎弟分のひとりが……」

「金は、どごにある？」

「おれは知らねえんだ。キャリーケースごと兄貴に渡したきりだから」

「あ、兄貴って、だ、だ、誰なんだ？」

「それだけは勘弁してくれよ。そんなことまで喋ったら、おれ、殺《や》られちまう」

「い、い、言わねば、いま、おれがおめを殺すど！　それでも、いいのけ？」

「おれには、女房も子供もいるんだ。まだ死にたくねえよ」

「な、泣き言は通用しねえど！」

「わ、わかった。組長代行の佐々木《ささき》彬光《あきみつ》だよ」

「豊栄開発の小川社長は、こ、今度の覚醒剤《シャブ》の情報《ネタ》さどっから仕入れたんだ？」

多門は畳みかけた。

「そういうことは、おれたちにはわからねえ。佐々木の兄貴あたりは知ってると思うけどな」

「お、お、小川の頼みで、笹森組が動いたんだべ！　そ、そんだば、現金《ゲンナマ》は豊栄開発に渡ってるな？」

「そのへんのことも、おれたちクラスの人間には、わからねえんだ」

「きのう、ほ、ほ、堀井興業に売った品物《ブツ》の代金さ全額キャッシュで貰ったわけじゃねえべ？　安藤が持ってたアタッシェケースにゃ、とても三億五千万も入らねえからな」

「あんた、取引額まで知ってんのか⁉」

玉山が驚きの声をあげた。

「き、き、きのうは現金《キャッシュ》でいぐら受け取ったんだ？」

「五千万だよ。後は、豊栄開発のメインバンクに振り込まれてると思うよ」

「現金《ゲンナマ》は、あ、あ、安藤が会社に持ち帰ったのけ？」

「そうだよ」

「笹森組は薄汚え仕事さ手伝って、豊栄開発からいぐら貰ったんだ？」

「そういうことは、佐々木の兄貴か、笹森の組長《オヤジ》ぐらいしかわかるわけないじゃねえか」

「きゅ、急に開き直りやがったな。もっと痛い目さ遭いてえのけ？」

「そうじゃねえよ。組の秘密をペラペラ喋っちまった自分に腹を立ててるんだ」

「そうけ。お、おめが喋ったことは、おれのポケットさ入ってるＩＣレコーダーにそっくり収まってるからな」

多門は、はったりをかました。

「ええっ。それじゃ、おれは……」

「そ、そんだ。おめは笹森組の組長や佐々木に、おれのことさ喋れなぐなったわけだ。録音音声の複製さ笹森組の事務所に送りつけたら、お、おめはすぐに消されるべ」

「あんたのことは誰にも言わねえ。おれだって、ばかじゃない。てめえの首を絞めるようなことはしねえよ」

「長生ぎしたがったら、そ、その心がけさ忘れねえことだな」

多門は冷たく言い放って、畦に上がった。雑草を千切って、手と靴の汚れをこそげ落とす。

多門はエルグランドまで大股で歩いた。

ようやく陰謀の構図が見えてきた。しかし、一連の事件の黒幕が小川かどうかは、まだわからない。小川の背後に誰かがいるような気もする。

そのあたりを少し探ってみるか。何か大きなスキャンダルでも嗅ぎ当てれば、思いがけない余禄《よろく》にありつける。たっぷり銭が転がり込んでくれれば、好きな女に店でも買ってやれる。

多門はエルグランドの運転席に乗り込み、エンジンを始動させた。十一時十分過ぎだった。

多門は急に由紀の顔を見たくなった。『トルネード』は、まだ営業中だろう。

店に向かう。中ノ橋までは、三十分そこそこだった。『トルネード』の前の路上にエルグランドを駐め、階段を駆け降りる。

店のドアを手繰《たぐ》ると、明るい笑い声が聞こえた。

奥のボックス席に、五十歳前後の男がいた。中肉中背だ。チタンフレームの眼鏡《めがね》をかけ、渋いグレイのスリーピースを着込んでいた。ホステスたちと由紀が侍《はべ》っている。

客は、その男だけだった。

テーブルの上には、キング・オブ・キングスとレミー・マルタンのルイ十三世が無造作に置かれている。スコッチのほうはともかく、ブランデーは超高級品だった。店の仕入れ値でも、八、九万円はするはずだ。

どこかの成金が派手な遊びをしているのだろう。

多門は自分の浪費癖は棚に上げ、男に蔑《さげす》みの眼差《まなざ》しを向けた。

そのとき、ママの由紀がひょいと振り返った。新しい客に、ようやく気づいたようだ。

ホステスのひとりも、多門に気がついた。彼女は腰を上げかけたが、ママに手で制された。まだ機嫌がよくないようだ。

多門は、店の中を眺め回した。

あちこちに花瓶が置かれている。どれも、あふれんばかりにカトレアや洋蘭が挿《さ》してあった。華《はな》やかな雰囲気が店に満ちている。

自分が贈った花だろう。多門はそう思いながら、カウンターのスツールに腰かけた。ちょうど中ほどだった。カウンターには、客の姿はなかった。

バーテンダーが戸惑った顔で、曖昧な頭の下げ方をした。多門は笑顔を向けた。

「きょうはおとなしく飲むつもりだ。とりあえず、トム・コリンズでももらおうか」

「トム・コリンズのベースは、確かダブルのジンでしたよね。それに、砂糖と……」

「レモン汁を入れ、クラブ・ソーダを注《つ》ぐ」

「ああ、そうでした」

「頼りねえバーテンだな。いいよ、ターキーのロックを作ってくれ」

「はい。いま、すぐに」

バーテンダーが、きまり悪げな表情でバーボンのボトルを選び取った。

「ボックス席でご機嫌なのは誰なんだい？」

多門は小声で訊いた。飲んでいる男が地元の名士なら、豊栄開発の小川社長とつき合いがあるかもしれない。そう思い、探りを入れたのだ。

「そういうご質問には、ちょっと……」

「そうだよな。そうだ、手相を観《み》てやろう」

「何なんです、急に？」

「いいから、早く手を出せよ」

「まいったなあ」

バーテンダーがぼやいて、面倒臭そうに右手を差し出した。多門は上着の内ポケットから一万円札を抓《つま》み出し、バーテンダーの手の中に押し込んだ。

「あんた、金運があるよ。もう少し口数が多くなると、もっと運が開けるぜ」

「なんの真似《まね》なんですっ」

「もっと大人になれよ。ボックスにいる男と飲み友達になりてえんだ」

「申し訳ありませんが、ご紹介するわけにはいきません。おたくのこと、よく知りませんのでね」

「それじゃ、せめて男の名前とか仕事を教えてくれや」

「何を考えてるんです？」

「そんなふうに他人をすぐに疑ったりすると、いい友達ができねえぞ」

「余計なお世話ですっ」

「裁判官じゃねえんだから、もう少し気楽に生きろや。人生、愉《たの》しまなくちゃな」

多門は言って、さらに二枚の万札を上乗せした。

バーテンダーの表情に、かすかな変化が生まれた。金の嫌いな人間は、めったにいない。多門は、もう二万円を追加した。

すると、バーテンダーが小声で言った。

「藤原《ふじわら》さんって方ですよ。県庁の開発室の室長さんです」

「役人にしちゃ、ずいぶん羽振りがいいな。この店には、よく来てるのかい？」

「週に二、三度ですね」

「勘定は自前《じまえ》なのか。それとも、どこかにツケを回してんのかな？」

「そこまではお答えできません」

　バーテンダーは素早く五枚の万札を小さく折り畳み、黒いヴェストのポケットに入れた。

　開発室の室長なら、当然、ディベロッパーとは接触があるだろう。勘定は、豊栄開発あたりに払わせているのではないか。

　多門は、ポケットから煙草を取り出した。

　ロングピースをくわえようとしたとき、鼻腔に甘い匂いが滑り込んできた。多門は体を捻った。由紀が近づいてくる。無表情だった。白と黒の大胆な柄のスーツ姿だ。アールデコ調のネックレスが似合っている。

　多門は先に口を開いた。

「追い出す気なら、一杯飲んでからにしてくれ。もうロックを注文しちまったんだ」

「花なんかで、あなたの失礼な態度は帳消しになりませんよ」

　由紀は立ち止まると、開口一番に言った。だが、切り口上ではなかった。語調は割に柔らかかった。顔つきも穏《おだ》やかに見えた。

「花をプレゼントしたのは、ただの気まぐれだよ」

「詫びのつもりなんでしょうけど……」

「話題、変えようや」

「そうね。お顔の引っ掻き傷は、どうなさったの？」

「なあに、ちょっとな」

「どこかの仔猫《こねこ》ちゃんに、爪をたてられたようでもなさそうね」

「一杯だけ飲んだら、おとなしく帰るよ。ママに迷惑かけたくねえからさ」

「もうたっぷり迷惑かけられたわ。いまさら優等生ぶっても駄目ですよ。あなたらしくないわ」

「それもそうだな。しかし、みなさん、上客のお相手でお忙しいようだからさ」

多門はボックス席を見やって、厭味《いやみ》たっぷりに言った。

「男が拗《す》ねたり僻《ひが》んだりしてもいいのは、十代までよ。後は見苦しいだけじゃないかしら？」

「ママは啄木鳥《きつつき》みてえな女だね。他人《ひと》の弱いとこを容赦なくつつきやがる」

「うふふ。どうぞあちらの席に」

由紀が奥のボックス席を示した。

多門は、その席に移った。先夜の席だった。由紀が酒とオードブルを運んできて、正面に腰かけた。今夜も身ごなしが優美だった。由紀にバーボンウイスキーの水割りを振る舞う。

二人はグラスを軽く触れ合わせ、それぞれ口に運んだ。

「駅の近くにある長田不動産のおっさんが、常盤さんのことを誉めてたぜ」

「あなた、やっぱり笹森組の……」

「まだ信用してもらえねえのか。おれは笹森組とは無関係だ」

「だけど、わたしや常盤のことを調べ回ってるんでしょ？」

「そうじゃない。おれは、豊栄開発や笹森組のことをちょっとな」

多門は、ぼかした言い方をした。まさか事実を明かすわけにはいかない。

由紀は何か不安そうだった。

「話題を変えるか。旦那は元気だったかい？」

「なんでもお見通しなのね。元気は元気だったけど、刑期を半年も延ばされてしまったらしいの」

「なんで、また……」

「うちの男《ひと》、看守さんを殴ってしまったらしいんですよ。なんでも同じ房の人が熱があるのに、作業に駆り出されそうになったとかで、黙っていられなかったと言うの」

「旦那は侠気《おとこぎ》があるんだな。そんなふうに無器用にしか生きられない男って、おれは嫌いじゃないよ」

「わたしも常盤のそういうところに惹《ひ》かれたんだけど、もう若くないんだから、少しは周《まわ》りの人間のことも考えてくれないとね」

由紀が淋しげに笑い、残りの水割りをひと息に飲み干した。

気丈《きじょう》に見えても、やはり男とは違う。たったひとりで留守を預かる日々は、重く切ないにちがいない。

多門は二杯目の水割りをこしらえてやった。

由紀は、それも瞬《またた》く間に飲んでしまった。多門は黙って三杯目を作った。由紀は遠慮しなかった。速いピッチで多門の酒を飲みつづけた。

多門は頭の中で、必死に励ましの言葉を探した。

しかし、言葉など所詮《しょせん》は虚《むな》しい。そんな思いに妨《さまた》げられ、結局は何も言えなかった。

二人は黙《もく》しがちに飲みつづけた。

やがて、閉店時刻を迎えた。由紀は藤原という先客を送り出すと、ホステスやバーテンダーを先に帰らせた。多門は小声で言った。

「おれも、そろそろ引き揚《あ》げなくちゃな」

「多門さんはいいの。わたしのお酒の相手をしてもらうんだから」

由紀が嫣然《えんぜん》とほほえみ、店内の照明を半分落とした。それから彼女はマーテル・エクストラとブランデーグラスを手にして、多門の席に戻ってきた。目許がほんのり赤い。

「少し酔ったんじゃないのか？」

「ううん、酔ってなんかいないわ。でもね、今夜は飲みたいの」

「なら、つき合おう」

「誰だって、たまには羽目《はめ》を外したくなる晩もあるでしょ？」

「ある、ある！」

多門は俄然《がぜん》、気分が弾《はず》んできた。

女が深酒をしたがるのは、たいがい自分を支えきれなくなりかけているときだ。何かいいことが起こりそうな予感が胸に拡がった。

「このブランデーは店の奢《おご》りよ。どんどん飲んで」

由紀がはしゃぎ声で言って、二つのグラスに高級ブランデーをなみなみと注《つ》いだ。

二人は改めて乾杯した。グラスを重ねるごとに、由紀は寛《くつろ》いだ気配を見せるようになった。いい傾向だ。潤んだような瞳で見つめられると、ぞくりとする。

「スモークド・サーモンとミックスナッツでもお持ちしますね」

由紀が不意に立ち上がった。

その拍子《ひょうし》に、少しよろけた。多門は素早く腰を上げ、由紀の体を支えた。

柔らかな体だった。温《ぬく》もりが手に伝わってきた。何かに衝《つ》き動かされ、多門はやにわに由紀を抱き竦めた。腕の中で、由紀が小さな声をあげた。

多門は強引に唇を重ねた。

やや肉厚な唇は熱かった。吸いつけてから、多門は舌を伸ばした。そのとたん、先端に鋭い痛みを覚えた。由紀に嚙まれたのだ。多門は少しも怯《ひる》まなかった。いい女ほどプライドが高い。

多門は、ふたたび強引に舌を捩《ねじ》入れた。由紀が全身で抗《あらが》う。多門は気にしなかった。舌を押し進める。

由紀は歯をかたく閉じていた。やむなく多門は舌の先で、由紀の歯茎を掃《は》きはじめた。次の瞬間、左の頰に平手《ひらて》打ちを見舞われていた。乾いた音がした。

「ふざけたことをしないでちょうだい！」

「小娘じゃあるまいし、そんなにむきになるなよ。そっちが色っぽかったから、つい出来心でな」

「見損《みそこ》なわないで！　帰って、帰ってちょうだいっ」

「もう何もしないよ。飲み直そうや」

多門はそう言って、由紀の肩に手を掛けた。その手を由紀が邪慳《じゃけん》に払った。

そのときだった。若い男が店内に駆け込んできた。若武者を連想させる長髪の青年だった。きょうも長い髪をひとつに束ね、肩に垂らしている。

「おい、ママに何をしたんだっ」

男が涼しげな目を攣《つ》り上げ、走り寄ってきた。

その右手には、いつかと同じサバイバルナイフが握られている。

「龍ちゃん、なに勘違いしてるの？　わたしはお客さまにブルースのステップをお教えしてたのよ」

由紀が笑顔で言った。諭《さと》すような口ぶりだった。

長髪の男は、いくらか不服そうな表情で突っ立っていた。由紀が、ふたたび言った。

「龍ちゃん、とにかくナイフをしまいなさい」

「は、はい」

男がナイフを革鞘《かわざや》に戻した。

ママは大人だ。ますます惚れそうだ。多門は、由紀の機転に救われた気がした。いい大人が見境もなく女に抱きついたと知れたら、やはりばつが悪い。

「この子、星野《ほし》龍二《のりゅうじ》っていうんですよ。毎晩、わたしを家まで送ってくれてるの」

由紀が多門に言い、龍二にほほえみかけた。弟のようにかわいがっているらしい。

だが、龍二が由紀に注《そそ》ぐ眼差しは熱かった。紛《まぎ》れもなく、男の目だった。

といっても、邪《よこしま》な光は感じられない。どうやら龍二という若者は、由紀に憧れにも似た思慕《しぼ》を抱いているようだ。

「こちらは、多門さんよ。とっても面白い方なの。龍ちゃん、一緒に飲まない？」

「せっかくだけど、おれは遠慮しときます。おれ、店の前で待ってますよ。どうぞごゆっくり！」

龍二が引き攣った笑みを浮かべ、小走りに店を出ていった。

「ママのおかげで刺されずに済んだよ」

多門は笑顔で言った。

由紀の表情も和らいでいた。小娘じみた抵抗をしたことを大人げなかったと反省したのだろう。所作《しょさ》に余裕がうかがえた。

「あの子は、むやみに他人《ひと》を傷つけたりはしないわ」

「やくざ者には見えない坊やだな」

「ええ、育ちはいいの。彼のお父さんは、北大の教授なんですよ。龍ちゃんも札幌の名門高校に通ってたんだけど、女友達を救《たす》けるんで、半グレに大怪我させてしまったの。それで、少年院に入れられちゃったんですよ」

「ふうん」

「少年院を出てからは、何となく家に居《い》づらくなったらしいの。そんなことがあって、こっちに流れてきたんですよ。パチンコ屋の店員をやってるころに、常盤と知り合ったようね。それで、鈴江一家に……」

「ああいう坊やは筋者にゃ向かねえな。人間が優しすぎるし、第一にもったいない」

「わたしも、そう思ってるんですよ。常盤が戻ってきたら、龍ちゃんを堅気《かたぎ》にしてあげるつもりなの」

「そのほうがいいな。坊やを待たせちゃ、気の毒だ。ママ、勘定してくれないか」

「今夜は、いいんですよ。わたしの愚痴を聞いてもらったんですから、お金なんかいただけません」

「そうはいかないよ」

多門は懐を探って、七、八枚の一万円札を無造作に抓み出した。正確には数えずに、札を由紀の手に強引に握らせる。

店を出ると、龍二が足踏みをしていた。四月とはいえ、夜はまだ肌寒かった。

視線が合うと、龍二は軽く会釈した。特に敵意は抱いていないようだ。

「ママのエスコートを頼むな」

多門は言って、レンタカーに走り寄った。

あたりを見回してから、素早く運転席に入る。飲酒運転になるが、まったく気にしなかった。怪しい人影は見当たらない。

多門はエンジンを始動させた。

第四章　他殺遊戯

1

焦点が合った。

距離が一気に縮まり、望遠レンズが人間の顔を捉《とら》えた。鮮明だった。

目の動きさえ見て取れる。

多門は落葉松《からまつ》林の中から、クラブハウスにカメラを向けていた。早坂《はやさか》高原のゴルフ場だ。盛岡市からは数十キロ離れている。

林のすぐ右手に、十番ホールが拡がっていた。まだ人の姿はない。

由紀の店で飲んだ晩から、五日が経っている。時刻は午後一時近かった。

クラブハウスには、岩手県内の名士たちが集まっていた。

地元の商工会議所主催のゴルフコンペの日だった。十数人のプレーヤーはハーフを回り終え、クラブハウスで思い思いに寛いでいた。

コンペが行なわれることを教えてくれたのは、地元の新聞記者だった。

きのう、多門はその記者に居酒屋で接近し、豊栄開発に関する情報を集めようとした。しかし、相手の記者は多門を怪しみ、ほとんど何も喋ってくれなかった。唯一得られたのが、きょうのゴルフコンペのことだった。

多門はカメラをゆっくりと振った。

レンズの中に、豊栄開発の小川社長の顔が飛び込んできた。小川はブランド物の赤いカシミヤセーターを着て、黒ビールを傾けていた。ドイツのビールだ。同じテーブルに向かっているのは、民放テレビ局の会長と銀行の頭取だった。

多門はシャッターを切りはじめた。

プレーヤーたち全員の顔をアップで撮《と》っていく。撮り終えたころ、小川が立ち上がった。にこやかな表情で、テーブルを回りはじめた。

名士たちと和《なご》やかに談笑しては、次のテーブルに移る。なかなかまめな男だ。社交上手だからこそ、誰か大物に取り入ることができたのだろう。

ただ、ひとりだけ小川が素っ気ない挨拶をした相手がいた。

六十歳前後の額《ひたい》の禿《は》げ上がった男だった。その男のほうも愛想がなかった。小川に目礼しただけで、にこりともしない。それどころか、わずかに顔さえしかめた。

二人は不自然なほどよそよそしかった。

禿げた男の顔には、かすかな記憶があった。だが、多門はすぐには思い出せなかった。それなりに世間に知られた人物であることは間違いない。

多門は、望遠カメラをビニールの手提《さ》げ袋の中に収めた。

代わりにエナーテル社製の高性能双眼鏡を摑み出した。レンズの倍率を最大にし、ふたたびクラブハウスの様子をうかがう。

林の中は静かだった。

葉擦《ず》れの音もしない。時たま、野鳥のさえずりが届くきりだ。

きょうこそ、小川の黒い人脈を探り出してやる！

多門は胸底で吼《ほ》えた。何か小川の弱みを握り、一連の事件の真相に迫る気でいた。

もはや悠長には構えていられなくなった。

黒い影がちらつくようになったからだ。多門は、あまり大胆には動けなくなった。そこで彼は、元刑事の杉浦将太を四日前に東京から呼び寄せていた。

杉浦には、豊栄開発と笹森組の動きを探ってもらった。だが、いまのところ期待したほどの収穫はもたらしてくれていない。

杉浦が摑んでくれたのは豊栄開発の安藤勝利が一昨日の朝、ひと月の予定でハワイに出張したことと笹森組の玉山が同じ日に変死したことの二つだけだった。

どうやら豊栄開発の小川社長は多門の動きに不安を覚え、安藤を海外出張に赴《おもむ》かせたようだ。

玉山は佐々木あたりに詰問され、多門に痛めつけられたことを吐いてしまったのだろう。そのため、巧妙な手口で笹森組に消されたと思われる。

豊栄開発も笹森組も、社員や組員の被害届を警察に出してはいないらしい。

どちらも警察の介入によって、自分たちが今回の事件の捜査線上に浮かぶことを恐れたのだろう。

事件といえば、堀井興業の広川たちのことは新聞やテレビでまったく報道されなかった。堀井興業は覚醒剤の密売が発覚することを懸念《けねん》し、泣き寝入りする気になったようだ。

新城組の阿波根たちや風間の友人の久住も、警察に被害届を出してはいないのではないか。沖縄や新潟の刑事たちの影は、まったく見ていない。

多門は、これまでに仕事で数えきれないほど暴力団員を痛めつけてきたが、相手が警察に泣きついたケースは一件もなかった。彼らも脛《すね》に傷を持つ身なのだ。

ここ数日、多門は日に一度は矢尾板組の組長に連絡をしている。敵の襲撃を躱《かわ》すために毎日、ホテルを変えていたからだ。

矢尾板の話によると、長谷部はさきおとといの午後に退院したらしい。

脳挫傷は負っていなかったという話だった。帝都ホテルの地下駐車場で盗まれたという二十キロの覚醒剤は、依然として見つかっていないらしい。

そのことで、矢尾板は苦《にが》り切っていた。長谷部は退院後、組事務所には一度しか顔を出していないという。そのことも、矢尾板には面白くないようだった。

多門は折を見て、いったん東京に戻るつもりでいた。

長谷部に会って、覚醒剤を盗まれたときの状況を直《じか》に訊《き》いてみたかった。彼の傷も、自分の目で確かめたい気がしている。というのは、長谷部の不自然とも思える言動を怪しむ気持ちが日ごとに膨《ふく》らんでいたからだ。

風間直樹が秋田市の千秋公園の前で轢き殺された日、なぜか豊栄開発の小川社長は多門が盛岡駅に到着することを知っていた。駅に着くまでは、尾行者はいなかった。

あの日、多門が秋田から盛岡に回ることを知っていたのは追分組の若菜と長谷部だけだ。

若菜には、秋田を発《た》つ時刻については何も話していない。長谷部には、これから盛岡に向かうという言い方をしたはずだ。

仮に、どちらか一方が小川と内通していたとすれば、長谷部のほうが疑わしい。

その疑惑は、多門の内部でずっと燃えくすぶっていた。しかし、その疑念を打ち消したいという思いも強かった。

だが、その後の長谷部の不自然な言動を考え併《あわ》せると、覚醒剤盗難事件も何やら狂言のようにも思えてくる。長谷部以外に犯人の二人組を目撃した者がまったくいないらしいことが、どうも引っかかる。長谷部が自分の体を傷つけたとも考えられなくはない。

ただ、狂言だったとしても、うまく説明のつかない部分がある。

長谷部は駆け出しのやくざではない。掟破《おきて》りに対する裁きの重さと厳しさは、充分すぎるほど弁《わきま》えているはずだ。そのことを忘れるわけはあるまい。

何か事情があって、あえて掟を破る気になったのか。そうして手に入れた覚醒剤であっても、長谷部自身が売り捌《さば》くことは極めて難しい。矢尾板組の大幹部ともなれば、けっこう顔を知られているものだ。

豊栄開発の小川社長が、それを代行してやったのか。

そうだとすれば、長谷部と小川は何かで結びついているはずだ。しかし、いまのところは二人の接点は見えてこない。

杉浦が何か手がかりを摑んでくれると、大いに助かる。

多門は双眼鏡に目を当てながら、胸中で祈った。

数十分後、クラブハウスからゴルフコンペ参加者が三々五々、姿を見せた。

その中に、小川も混《ま》じっていた。プレーヤーたちは、間もなく後半のラウンドに入るはずだ。

多門は手提げ袋を持ち上げ、少しばかりグリーンから遠ざかった。

落葉松の幹に凭《もた》れて、双眼鏡を目に当てる。十番ホールの芝は青々としていた。ほとんど風はない。頭上の空は、青く澄みわたっている。絶好のゴルフ日和《びより》だ。

数分後、プレーが再開された。

プレーヤーの多くは高齢者だった。そのせいか、一様にスイングが弱い。腰の切れも悪かった。当然のことながら、球《ボール》は伸びない。百六十ヤードほど飛ばすのが精一杯のようだった。

それに較《くら》べて、小川のプレーは際立《きわだ》っていた。

ゆったりとしたスイングだったが、ヘッドスピードは速かった。腰の切れもシャープだった。距離は楽に二百七十ヤード近くは稼《かせ》いでいた。順調にプレーすれば、小川が優勝するかもしれない。

ずっとプレーを眺めていても仕方ない。コンペが終わるまで、車の中で寝ることにした。

多門は双眼鏡をビニールの手提げ袋に入れ、大股で歩きだした。

樹木の間を縫いながら、外周路に出た。外周路の向こうに拡がっている森林の奥の林道に駐《と》めてあった。レンタカーは、エルグランドではない。白いアルファードだった。きのうの午前中に借りたのだ。

少しでも敵の目を欺《あざむ》き、自由に行動したかった。

多門は車に乗り込んで、シートを倒した。

二時間ほど微睡《まどろ》み、早坂高原カントリークラブのゲートに向かった。コンペの後、小川は誰かとどこかで会うかもしれない。そう考え、引きつづき尾行する気になったのである。

ゲートを潜《くぐ》り、車を広い駐車場に駐めた。

多門はグローブボックスから、ハンチングと黒縁《くろぶち》の眼鏡を取り出した。変装用の小道具だ。ハンチングを被《かぶ》り、眼鏡をかける。レンズに度は入っていない。視力は両眼《め》とも一・二だった。

ミラーを覗《のぞ》く。

我ながら、少しばかり印象が違って見えた。しかし、二メートル近い巨軀はいかんともしがたい。車を降りれば、すぐに敵の目につくはずだ。変装は、気やすめに過ぎなかった。

なるべく体を低くしていよう。多門はシートを倒し、深く凭れ掛かった。

いつしか陽《ひ》は大きく傾いていた。西の空だけが赤かった。

県境を越えた。

もう青森県だった。前を行くロールスロイスは、ひたすら北上している。ステアリングを操《あやつ》っているのは小川自身だった。

多門はアルファードのスピードを上げた。

早坂高原カントリークラブを離れてから、ちょうど三十分が経過している。

コンペの優勝杯を手にした小川がゲート横の駐車場に現れたのは、プレーヤーがあらかた散った後だった。額の禿げ上がった六十絡みの男は、早々に引き揚げてしまっていた。

多門は一定の距離を保《たも》ちながら、ロールスロイスを追尾しつづけた。

十数分後、小川の車は八戸《はちのへ》市に入った。市街地を低速で抜け、やがて黒塀を巡らせた料亭に吸い込まれていった。多門は軒灯《けんとう》に目をやった。『田沢《たざわ》』という屋号だった。

小川は公共施設の用地買収の件で、青森に来たのだろうか。それとも、誰か大物とこの料亭で落ち合うことになっているのか。

料亭の前は丁字路になっていた。

多門は車を右折させ、すぐに路肩《ろかた》に寄せた。ルームミラーに、『田沢』の入口が映《うつ》る場所だった。車寄せも駐車場もよく見える。

小川がかなり年配の女将《おかみ》に迎えられ、玄関の奥に消えた。多門は煙草に火を点《つ》けた。一服し終えたとき、黒塗りのレクサスが料亭の車寄せに滑り込んでいった。

多門はミラーを凝視《ぎょうし》した。

高級国産車の運転席から、見たことのある中年男が降りた。岩手県庁の藤原開発室室長だった。

藤原が後部のドアを恭《うやうや》しく開けた。姿を見せたのは、額の禿げ上がった男だった。ゴルフ場で小川に素っ気ない態度を取りつづけた人物だ。

やはり、彼らは裏で繋がっていたようだ。後から来た男の表情は穏《おだ》やかだった。少なくとも、談判に来たのではないだろう。さっきのよそよそしさは芝居だったのだろう。

自分の読みは外れてなかったようだ。

多門は、にっと笑った。

藤原と六十年配の男が連れだって、料亭の玄関に入っていった。

少し待つと、半纏《はんてん》をまとった下足番の老人が玄関から出てきた。熊手で、前庭の玉砂利《たまじゃり》を均《なら》しはじめた。

下足番は、見るからに頑固そうだ。金を握らせて、小川たちの座敷に盗聴マイクを仕掛けさせるのは難しいだろう。仲居さんと接触することも、無理のようだ。

多門は思案にくれた。

料亭は、ふつう予約客しか受け入れない。多門自身が中に入り、小川たちの会話を盗聴することは不可能だ。しかし、何とか密談を録音したかった。

密談の内容が危《ヤバ》いことなら、小川の弱みを握れる。そいつをちらつかせて、事件の全貌を吐かせてやるか。ついでに、密談音声のメモリーをこちらの言い値で買い取らせる手もある。そうなれば、一石二鳥だ。

多門は、それを期待しはじめた。

下足番の老人が玄関の中に消えた。それから十五分ほど経過したころ、二人の芸者が玄関から出てきた。ともに三十代の半ばに見えた。

二人は女将に短い挨拶をすると、慌《あわ》ただしく黒塀の外に出た。別の料亭で、お座敷がかかったのだろう。

二人の芸者の姿を見て、多門は妙案を思いついた。

小川たちも話が済んだら、座敷に芸者を招《よ》ぶにちがいない。別の座敷で接客中の芸者を回してもらう手配がついているのか。それとも、贔屓《ひいき》の芸者を置屋から呼びつけるつもりなのか。どちらとも考えられた。

多門は、後者に賭けてみることにした。

レンタカーの助手席に置いたビニール袋の中を探る。抓《つま》み出したのは、小指の先ほどの大きさの盗聴マイクだった。半径三百メートル以内の物音は鮮明に拾ってくれる。

タイミングをうかがってから、多門は車を降りた。

高性能の盗聴マイクは、ジャケットのポケットに忍ばせておいた。

『田沢』の前の道をゆっくりと往復しはじめる。

三往復半したころ、暗がりの向こうから和服姿の女が足早にやってきた。

あでやかな色の着物が夜目《よめ》にも美しい。信玄袋《しんげんぶくろ》のような物を提げている。粋筋《いきすじ》の女にちがいない。

多門は酔っ払いを装《よそお》うことにした。

鼻歌をくちずさみながら、千鳥足で女に近づいていく。多門は歩きながら、上着のポケットに手を突っ込んだ。指の間に盗聴マイクを挟む。

多門は半眼のまま、ふらふらと進んだ。

芸者らしい女は、数メートル先まで近づいていた。多門はわざと足を縺《もつ》れさせ、路上に倒れた。女が立ち止まった。

「おばんです。えへへ、ちょっくら飲み過ぎちゃってね」

「大丈夫ですか？」

「なんの、これしきの酒。よっこらしょっと」

多門は掛け声を発し、のっそりと立ち上がった。

そのとき、また、わざとよろめいた。女が手を差し伸べてきた。多門は体を前後に揺らしながら、右手を女の身八口《みやつくち》に伸ばした。盗聴マイクを袂《たもと》の中に落とし、ごく自然に半歩退《さ》がった。

女が手を放した。

「どうも失礼をばいたしました！」

多門は童顔をくしゃくしゃにし、おどけて敬礼した。

女が小さくほほえみ、『田沢』に駆け込んでいった。

芸者が、小川の座敷に上がることを祈りたい。多門は顔をきっと引きしめ、アルファードに駆け戻った。

ドアを閉め、パワーウインドーのシールドを十センチほど下げた。密閉状態だと、どうしても受信能力が低下する。

ビニール袋から、レコーダー付きのFM受信機を掴み出した。

すでにイヤフォン・ジャックは差し込んである。レシーバーを耳に宛《あ》てがい、チューナーを少しずつ回していく。芸者が小川たちの座敷に行くことを願いつつ、周波数を合わせた。

耳障《ざわ》りな雑音《ノイズ》が消え、音声が聴こえた。

「小川社長がお待ちかねよ。早くお座敷に上がってちょうだい」

「はい、すぐに行きます」

さっきの女の声だ。女将に急《せ》かされて、女が座敷に急ぐ物音が響いてきた。

「ついてるな」

多門は声に出して呟き、録音のスイッチを入れた。ICレコーダーはマッチ箱よりも小さい。

ややあって、ふたたび女の声が流れてきた。

「菊千代《きくちよ》です。遅くなってしまって、申し訳ございません。失礼させていただきます」

「おう、待ってたぞ」

男の声が応じた。小川だ。

多門は豊栄開発本社ビルに地元新聞社の記者を装って、数日前に電話をしている。電話口に小川が出ても、彼はひと言も喋らなかった。揺さぶりの電話だった。そのとき、小川社長の声を聴いている。間違いはなかった。

菊千代が座敷に入る気配が伝わってきた。

客に型通りの挨拶をして、酌《しゃく》をしはじめる。客は男が三人だった。すでに二人の芸者が相手を務《つと》めていたようだ。彼女たちの声は、それほど若くない。

「先生も、おひとつどうぞ！」

「ありがとう」

菊千代の声に、男の短い返事が重なった。嗄《しわが》れ声だった。おそらく禿げ上がった男だろう。

いったい何者なのか。多門は耳を澄ました。

「藤原さんもどうぞ」

菊千代が三人目の客に酌をした。開発室室長の藤原に間違いないだろう。

「先生は、次期の知事選にご出馬なさるそうですね？」

「おい、そのことを誰から聞いたんだ？」

「社長さん、わたし、いけないことを申し上げたのかしら？」

菊千代がうろたえ、小川に助け船を求めた。

「先生、ご心配なく。ここにいる連中は、口が堅《かた》い人間ばかりですので」

「しかし、小川君……」

「いいじゃありませんか。先生が、ご出馬されることは事実なのですから」

「それはそうだがね」

「先生が知事になられたら、わが岩手県も飛躍的な発展を遂《と》げますよ。都市が再開発され、産業誘致がさらにうまくいけば、大都会に出てしまった若年層もどっとUターンしてくるでしょう」

「わたしも、それを望んでいる」

「先生が県政のトップに立たれれば、すべてが好転しますよ」

「しかし、選挙というものは蓋《ふた》を開けてみんことにはわからんからな」

「先生にそんな気弱になられたら、わたしはどうなるんです？　この際ですので、はっきり申し上げます。民自党《みんじ》の公認だけでは、正直なところ、不安なんですよ。ですので、一日も早く野党各党の協力を得られるよう、先生ご自身から強く働きかけてほしいのですよ」

「小川君、そんな話をこんな席でするもんじゃない」

「高橋《たかはし》先生、わたしはもどかしいんですよ。先生は県議としての実績もおありだし、南《なん》部《ぶ》藩のご家老の末裔《まつえい》でいらっしゃる。知事としての資格は、充分すぎるほどです」

「わかったよ。日本革新党は無理だが、民協《みんきょう》党や社会市民党に打診してみよう」

「よろしくお願いします。ご必要なものは、いつでもご用意します。今夜は、グレープフルーツをひと箱お持ちいたしました」

「うむ」

「それはそれとして、例の件の情報は、できるだけ早目にわたしのほうに……」

「近いうちに、必ず藤原君に連絡させるよ。もう仕事絡みの話はよそうじゃないか。こういうところで、ちょっと無粋《ぶすい》だよ」

「ごもっともです。もう申しません。おい、菊千代、何か舞ってくれ」

小川の声が高く響き、会話が中断した。

席がざわつき、やがて三味線の音《ね》が聞こえてきた。多門は、イヤフォンをこころもち浮かせた。先生と呼ばれる人物は、副知事の高橋壮一郎《そういちろう》のようだった。高橋は有力者のひとりだ。

初めて見たときに見覚えのある顔だと思ったが、副知事の高橋だったのか。

豊栄開発の小川社長は副知事に賄賂《わいろ》を贈り、その見返りとして工場誘致計画、市街地再開発計画、リゾート開発計画などの情報を入手したのではないのか。それによって、豊栄開発は土地転がしで巨利を得、さらに土木工事などの公共事業を受注することに成功したのだろう。

どの地方でも、しばしば見られる汚職の構図だ。

どうやら小川は、高橋を知事に仕立てる野望を抱いているようだ。高橋が知事になれば、小川はもっと潤《うるお》うことになる。それを期待して、彼は選挙資金の援助を買って出たらしい。

三味線が鳴り熄《や》み、拍手が湧いた。

菊千代が席に戻る様子が伝わってきた。小川と高橋がゴルフ談義をはじめた。それに、芸者たちや藤原が加わった。そのうち釣り談義に移り、あけすけな猥談《わいだん》も交《か》わされた。

そうこうしているうちに、宴《うたげ》が終わった。

多門はレコーダーのスイッチを切り、ＦＭ受信機を片づけた。煙草をくわえる。

高橋は、藤原室長に目をかけている感じだ。藤原のほうも、何か特別な思いを抱いているような印象だった。どうやら藤原が、ふだんは高橋と小川の連絡役を務めているようだ。その労を犒《ねぎら》う意味で、小川は自分の会社の接待費で藤原に自由に飲ませてやっているのだろう。多門はミラーを注視しつづけた。

煙草の火を消したとき、小川たち三人が料亭の玄関から出てきた。小川が自分の車のトランクルームを開けた。

藤原がレクサスのトランクルームを開け、小川に歩み寄った。

小川が何か囁《ささや》いた。藤原が小さくうなずき、小川の車のトランクルームから段ボール箱を抱え上げた。箱には、グレープフルーツの絵が印刷されている。

藤原が段ボール箱をレクサスに移す。

中身は選挙資金にちがいない。だいぶ重そうだ。数億円の金が入っているのではないか。

料亭の玄関先で堂々と銭の受け渡しをするとは、なんと大胆な連中だ。もし誰かに見られても、県警の捜査二課や盛岡地検の連中を抑《おさ》え込むだけの根回しをしているのか。

多分、そうなのだろう。

多門は自問自答した。

小川がトランクを閉め、先にロールスロイスをスタートさせた。

多門は追わなかった。レクサスを尾行する気になっていた。藤原に促《うなが》されて、高橋がレクサスのリア・シートに乗り込んだ。藤原が女将に短い挨拶をして、あたふたと運転席に入る。

多門はエンジンをかけた。

レクサスが『田沢』を出て、右に曲がった。料亭の前まで車をバックさせ、多門は後を追った。レクサスは市街地を走り抜けると、三戸《さんのへ》町方面に向かった。

海沿いの八戸市から西へ数十分、内陸部に走った所に三戸町がある。どうやら高橋と藤原は国道四号線を利用して、盛岡に引き返す気らしい。

四号線に入ると、レクサスがスピードを上げた。

多門も加速した。そのとき、大型トレーラーが強引に割り込んできた。

笹森組の者か。多門は一瞬、身構えた。

しかし、トレーラーは何も仕掛けてこない。思い過ごしだった。トレーラーを追い抜き、元の車線に戻る。二台の車を間に挟んで、レクサスを追尾しつづけた。

レクサスはまっすぐ盛岡に戻った。

高橋副知事の私邸は、原敬《はらけい》記念館の近くにあった。盛岡駅前の繁華街とは線路を挟んで反対側だ。駅からは、車で十分近くかかるかもしれない。

武家屋敷のたたずまいを色濃く留めた宏大《こうだい》な邸宅だった。レクサスは、邸内の車寄せに横づけされた。

多門は門扉《もんぴ》の少し手前でアルファードを停止させた。いったんエンジンを切り、表札を検《あらた》めた。やはり、高橋壮一郎と記《しる》されていた。段ボール箱を玄関先に運び入れると、藤原は歩いて邸《やしき》から出てきた。

レンタカーのエンジンを始動させ、低速で尾《つ》けていく。

藤原の自宅は、数百メートル離れた場所にあった。ちょうど盛岡商業高校の裏手だった。それほど敷地は広くない。家屋もありふれたものだ。建坪《たてつぼ》は三十五、六坪か。

多門は副知事と開発室室長の自宅のある場所を頭に刻《きざ》みつけ、車をホテルに向けた。

十分そこそこで、岩手公園と駅の間にある新しい高層ホテルに着いた。アルファードを地下駐車場に入れ、多門はフロントに回った。

部屋の鍵《キー》を受け取って、エレベーターホールに急いだ。

ホールに立ったとき、背中に他人の視線を感じた。笹森組の組員か。多門は体を反転させた。スーツ姿の保奈美が、きまり悪げな顔で歩み寄ってくる。先日とは服装が異《こと》なった。だが、バッグは替わっていない。

「まだ盛岡にいたのか⁉」

多門は先に声を発した。

「夕方、新幹線でこっちに来たの。やっぱり、あなたのことが忘れられなくて。市内のホテルを一軒ずつ探し歩いて、やっとここを突き止めたのよ」

「ホテルを一軒ずつ探し歩いたって⁉」

多門は胸が熱くなりそうだった。

「わたしが頼れるのは、あなただけなの。お願い、冷たくしないで」

「長いこと、ここでおれを待ってたのか？」

「二時間以上は待ったと思うわ。でも、そんなことはどうでもいいの。こうして、多門さんに会えたんだから」

「とにかく、部屋に行こう」

多門は放っておけない気持ちになった。保奈美が安堵《あんど》した表情になり、多門の腕を取った。

二人は八階に上がった。八〇七号室に入ると、多門はひとまず保奈美をソファに坐らせた。

「晩飯は？」

「夕方、ピザを食べたわ」

「ピザなんて、おやつだな。ここのフィレステーキ、けっこういけるぜ。ここに運ばせよう」

多門は電話機に歩み寄った。

受話器に手を伸ばしたとき、保奈美が後ろから抱きついてきた。背と腰の中間に、保奈美の乳房が密着している。いい感触だった。

保奈美は百六十五、六センチの身長だが、十センチ前後のハイヒールを履《は》いていた。

「今夜こそ、わたしを抱いてね」

「飯は後にしよう」

多門は向き直って、保奈美を抱きしめた。

保奈美が瞼を閉じた。多門は保奈美の顎を上向かせ、大きく背を屈《かが》めた。唇をついばむように吸う。保奈美が喉の奥で呻いた。なまめかしい声だった。

長谷部の愛人だから、これまで自制してきた。しかし何かの弾《はず》みで、男と女が道を踏み外す。それが人生というものだろう。

多門は肚《はら》を括《くく》った。

保奈美が舌を忍び込ませてきた。かすかにペパーミントの匂いがした。ほんの少し前に、メンソール入りの煙草を喫ったらしい。二人の舌は際限なく戯《たわむ》れ合った。

多門は保奈美の髪を片手でまさぐり、もう一方の手で体を撫《な》ではじめた。それに応えるように、保奈美も指を這《は》わせる。

唇を貪り合いながら、二人は相手の衣服を一枚ずつ脱がせていった。

多門は薄紙を剝《は》ぐような気持ちで、ブラウスやランジェリーを取り除いた。保奈美の手つきは、少しばかり性急だった。

二人は壁側のベッドに縺《もつ》れ込んだ。

保奈美が下だった。多門は横向きになって、白い裸身を眺めた。保奈美の豊かな胸が大きく波立っている。

「きれいな体だ。何度見ても、眩《まぶ》しいな」

多門は乳房に手を伸ばした。

弾みの強いふくらみが掌《てのひら》に吸いついた。硬《かた》く痼《しこ》った乳首を指でくすぐると、保奈美が吐息《といき》を洩《も》らした。切なげな吐息だった。

二人は性技を競《きそ》い合い、長い情事に耽《ふけ》った。

2

扉が左右に開いた。

九階だった。多門はエレベーターを降りた。

サザンクロスホテルだ。このホテルは、盛岡駅から徒歩で数分の場所にある。

多門は左右をうかがった。不審な人影はなかった。

手首の時計を見た。

あと数分で、約束の午後二時になる。杉浦将太が九〇三号室で待っているはずだ。

まだ保奈美は、ベッドで眠っているだろう。明け方まで三度も求め合ったから、疲れたはずだ。

多門はにやついて、廊下を歩きだした。

保奈美には、夕方まで出かけてくるというメモを残してきた。この先、保奈美とどうなるのかはわからない。なるようにしかならないだろうが、なるべく保奈美の気持ちに添うようにするつもりだ。

九〇三号室のドアをノックする。

杉浦の短い返事があり、間もなくドアが開けられた。

逆三角形の顔が見えた。元悪徳刑事だ。頰がこけ、いつも目が赤い。慢性的な寝不足のせいらしい。

「時間には正確だな」

杉浦が尖った顎を撫でながら、にんまりした。灰色のニットシャツの上に、細かい柄の入ったジャケットを羽織っている。

多門は室内に入った。

ツインベッドの部屋だった。しかし、昨夜、杉浦が女を引っ張り込んだ痕跡はなかった。

「杉さん、電話でいい情報《ネタ》を摑んだって言ってたよね」

「まあ、坐れや」

杉浦が言って、片方のベッドに浅く腰かけた。彼は小男だった。百六十センチそこそこしかない。二メートル近い多門に突っ立っていられると、うっとうしい気分になるのだろう。

多門は、もう一方のベッドに腰を落とした。マットが深く沈んだ。

「昨夜《ゆうべ》、おれは岩手県警にいる古い知り合いと市内を飲み歩いたんだよ。もちろん、遊びじゃないぜ」

杉浦がナイフのような鋭い目で、まっすぐに見据《みす》えてきた。真剣になったときの癖だった。

「その知り合いって、やっぱり、組対《そたい》？」

「いや、捜査二課にいる男だよ。年齢《とし》はおれより少し若いんだが、中野の警察学校で同じ研修を受けたことがあるんだ」

「二課の人間と会ったんなら、かなりの情報を摑んできたな」

多門は言った。捜査二課は、汚職、詐欺、横領、背任、選挙違反、告発事件などの捜査を手がけるセクションだ。

「ああ、A級の情報ばかりいただいてきたよ」

「杉さんも人が悪いな。そういう知り合いがいるんだったら、おれに紹介してくれなくちゃ」

「そんなことしたら、おれのサイドビジネスが成り立たなくなるじゃねえか。それはともかく、豊栄開発はだいぶ危《ヤバ》いことをやってきたようだな」

「前置きはいいから、本題に入ってよ」

「わかった。県警の二課は二十年以上も前から、豊栄開発の小川社長をずっと内偵してるそうだ。県会議員に金をばらまいてるって告発があったらしくて、それからずっとな」

杉浦が言った。

「で、どうなの？」

「与党の議員だけじゃなく、野党の連中にまで鼻薬をきかせてるらしいよ。もちろん、役所のお偉方も手懐《てなず》けてるって話だったな」

「県警がそこまで言い切ってるんだったら、当然、小川には逮捕歴があるじゃない？」

「いや、それが一度もないそうだ。小川って奴は相当、悪知恵が発達してるらしく、県出身の国会議員なんかに手を回して、いろいろ押さえをやってきたようだな。それで、一度も尻尾《しっぽ》を摑まれてないんだろう」

「それじゃ、いい情報を摑んだとは言えないんじゃないの？」

「クマ、おまえはせっかちでいけねえな。話は最後まで聞けや」

「わかった、話をつづけてよ」

「もう昔の話なんだが、東北新幹線のルート予定地について中央官庁経由で県はルート決定の半年近く前に、ほぼ確実な情報を得てたそうだ。それとほとんど同じ時期に、豊栄開発は二十社ぐらいダミー名義で現ルートの周辺地を買い漁《あさ》りはじめたらしいよ」

「ということは、小川は県の有力者の誰かから、事前に……」

「そういうことだろうな。県警二課も特定の人物をマークしていたらしいんだが、状況証拠だけしか摑めなくて、結局、その件の捜査は打ち切りになったそうだ」

「大物になりゃ、警察《サツ》や地検なんか怖くもねえんだろう。汚職の揉み消しぐらい、どうってことないだろうな」

多門は言って、ナイトテーブルに長くて逞《たくま》しい腕を伸ばした。クリスタルの灰皿を引き寄せ、煙草に火を点ける。杉浦がうなずきながら、腹立たしげに言った。

「権力を握った奴は、おれたちの想像を超《こ》えるような影響力を持ってるからな」

「羨《うらや》ましい話だぜ。おれも大物《ビッグ》になりたいね。権力と銭を握りゃ、飛び切りの美女たちを毎晩のように抱けるだろうしな」

「いかにもクマらしい発想だな。それはそうと、豊栄開発の小川社長は東北新幹線用地と周辺部の土地を買い漁ってからは、一層、頻繁《ひんぱん》に県庁に出入りするようになったらしい。特に開発室には、まるで自分のオフィスに通うような感じだったそうだ」

「おそらく小川の野郎は、開発室の室長なんかを毎晩のように接待してたんだろう」

多門は、短くなった煙草の火を揉み消した。脳裏には、現開発室室長の藤原の顔がにじんでいた。

だが、多門は余計なことはいっさい杉浦には話さなかった。

「小川はそんなふうにして、次々に新しい事業を成功させてきたんだろう。いま、豊栄開発は八幡平《はちまんたい》の奥の屋《や》ノ棟《むね》岳や前森《まえもり》山の山林や田畑を買い漁ってるって話だったぜ」

「そう。そのあたりは、安比《あっぴ》高原の隣接地なんだ。まだ自然が、ほとんど手つかずの状態で残ってるんじゃねえのかな」

「クマ、そこにいずれ安比高原のリゾートランドよりも数倍も大きな総合リゾートビレッジができるって話、知ってるか？」

「いや、知らない」

「そうか。おれも知らなかったんだが、なんでも大手の建設会社や不動産会社など四社がプロジェクトチームを結成して、大規模な開発を計画してるらしいんだよ」

「リゾート開発ブームだからな」

「ああ。すでに青写真が出来上がってて、県にも打診があったらしいんだ。二、三年先には、プロジェクトチームが用地買収に乗り出すことが決定してるそうだよ」

「そのプロジェクトチームが動き出す前に、豊栄開発は開発予定地を買い漁る気なんだな」

「もうかなりの面積を買ったようだぞ」

杉浦が妙な笑い方をして、赤い目をしばたたかせた。

「なんか確信あり気だね？」

「実は、けさ早く予定地に行ってみたんだよ。法務局に出向いて、それから土地を手放した地元の人間にも会ってきた」

「さすがプロの調べ屋だ。仕事が早いね」

「二課にいる知り合いから聞いた話をクマに伝えるだけじゃ、一種の詐欺だからな。それだけで経費別で百万もふんだくっちゃ、おれの良心が疼《うず》くってもんだ」

「それなら、今回の謝礼は二十万ってことにしてもらおうか」

「クマ、そりゃねえよ」

「冗談だって。それより、話のつづきを頼む」

多門は促《うなが》し、二本目の煙草に火を点けた。

「豊栄開発名義で登記されてる土地は、一カ所もなかったよ。でもな、豊栄のダミーらしい会社は、すぐにわかった。ある売主のじいさんが交渉に訪れた名もない不動産屋に『うちは豊栄開発の系列会社ですから、支払いについてはまったく心配ありません』と言われたらしいんだよ」

「豊栄は、そういうダミー会社名義で買い集めた土地の登記をして、買い占めをカムフラージュしてやがるんだろう」

「おそらくな。もちろん節税のためって側面もあるだろうが、本当のとこは買い占めで行政筋との癒着《ゆちゃく》が露見することを恐れてダミーを使ってるにちがいないよ」

杉浦が言って、短い脚を組んだ。

きのう、小川は八戸の料亭で高橋副知事に何かねだっていた。豊栄開発は、どんな情報を欲しがっているのか。別のリゾート開発予定地の情報か、あるいは市街地再開発の事業計画か何かなのか。ディベロッパーが行政筋から引き出したい情報は、それこそごまんとあるにちがいない。

多門は煙草を深く喫いつけた。

「そうそう、法務局で笹森組の組長の長女の名前をいくつか見かけたよ。それがどういうことを意味するかは説明する必要ないな」

「ああ。小川と笹森組の強い結びつきは、ほかにもいくつかあるんだ」

「そうか」

杉浦が短く応じ、ふと思い出したような口調で言い重ねた。

「県警捜査二課の旦那が、しきりに首を捻ってたことがあるな」

「どんなことで？」

「抜け目なく立ち回ってきた豊栄開発がどういうつもりなのか、自社名義で去年の夏ごろに岩手県内の過疎《かそ》地ばかりを選んで、五十万坪も買ったらしいんだよ」

「過疎地ばかりを五十万坪も⁉」

多門は何か裏があると直感した。

「そうなんだってさ。地形、交通、道路条件のどれも、まるでよくない宅地や山林らしいんだ。なんでそんな物件を買ったのか、不思議がってたよ」

「その五十万坪は、いまも小川の会社が所有してるのかな？」

「いや、その大部分が数カ月後に東京の不動産会社に転売されてるそうだ。ちょっと待ってくれ。確か会社の名をメモしたと思うよ」

杉浦が上着の内ポケットから焦茶《こげちゃ》の手帳を取り出し、ページを捲《めく》りはじめた。

多門は煙草の火を消した。

「書いてあったよ。港区にある『協立《きょうりつ》土地建物』って会社だ。この会社も買った物件を半年以内に、次々に手放してる。二課の旦那が法務局で確認したらしいから、間違いないだろう」

「杉さん、転売先も訊いてくれた？」

「おれは元刑事の調査員だぜ。そのへんは抜かりねえよ。転売先が、これまた妙でな。二部上場の電子部品メーカー、新興宗教団体、医療法人、マスコミ文化人、輸入車販売会社の社長と、まるでわけがわからないんだ。税金対策の不動産購入なら、もっと付加価値のある物件を買うよな？」

「だろうね。ひょっとしたら、そうした会社や個人は何か弱みがあって、とんでもねえ土地を高値で強引に引き取らされたんじゃねえのかな」

「クマ、冴《さ》えてるじゃねえか。きっとそれだよ。どんな組織や個人にも、たいがい他人に知られたくないことが一つや二つはあるもんだ」

「杉さんが言うと、妙に説得力があるな。なんか古傷《ふるきず》に触れるようだけどさ」

「古傷じゃないよ。おれは、いまでも現役の強請屋《ゆすりや》だぜ。クマ、豊栄開発の小川社長を強請るんだったら、おれにも一枚嚙ませねえか？」

「杉さん、おれはそんなこと考えてもいないよ」

「いや、おまえは何か隠してる。今度の依頼の内容も、ほんの一部しか話してくれなかったよな」

「このおれが信用できないってのか？」

「おれ自身が悪党だから、おまえのことはよくわかるんだよ。しかし、クマの企業秘密ってやつもあるだろう」

「杉さんにゃ、かなわねえな」

「そうだ、忘れないうちに隠し撮りした写真を渡しておこう」

杉浦が立ち上がり、ソファセットに歩み寄った。

ソファの上のトラベルバッグの中から、写真の入った袋を摑み出した。多門も立って、杉浦のかたわらまで歩いた。

「笹森組長と代行の佐々木彬光の写真がほとんどだが、一応、組員の顔写真も撮っといたよ。何かの役に立つかもしれないからな」

「助かるよ」

多門は袋を受け取り、七、八十枚の写真にざっと目を通した。陰謀を暴《あば》く材料になるような写真は一葉もなかったが、これだけ組員たちの顔写真が揃っていれば、たやすく尾行者を見つけ出せるだろう。杉浦が真顔《まがお》で言った。

「クマ、あんまり小川をなめてかかるなよ。抜け目なく生きてきた野郎ってのは、どんな卑劣な手段だって使うもんだ」

「慎重に動くよ。杉さん、こいつは約束のものだ」

多門は上着の内ポケットから、二つの札束を摑み出した。

「二百万？　約束は百万プラス経費だったはずだ。しかし、たいして動き回ったわけじゃないから、経費込みで一束だけ貰っとこう」

杉浦は百万円だけを取り、素早く懐に滑り込ませた。

「それじゃ、おれの気持ちが済まない」

「残りの百万は、クマに預けておくよ」

「杉さんも言い出したら、聞かねえからな。それじゃ、どっかでうまいもんでも奢《おご》らせてよ」

「せっかくだが、シャワー浴びたら、すぐに上りの新幹線に乗りてえんだ。女房をあんまりほったらかしにしておくと、若い医者とでき
ちまうからな」

「ふふっ。奥さん、その後どうなの？」

「相変わらずだな。こっちの気持ちも知らねえで、毎日二十四時間、おねむになってるよ」

「偉いよ、杉さんは」

多門は、しんみりと言った。妻に対する杉浦の屈折した愛情が痛いほど伝わってきた。かけがえのない女のためには、ダーティーな生き方も厭《いと》わない。そんな潔《いさぎよ》さが好ましかった。

「他人《ひと》んちのことはいいから、命奪《タマと》られないようにしな」

「そうだね」

「じゃあ、そのうち東京で飲もう」

杉浦が爪先《つまさき》立って、多門の肩を叩いた。正確には肩ではなく、鎖骨のあたりだった。

「杉さん、また！」

多門は軽く手を挙げ、大股で部屋を出た。

エレベーターで地下駐車場まで降り、レンタカーのアルファードに乗り込んだ。

すぐに車を走らせ、そのまま前夜から泊まっているホテルに戻る。わずか五、六分しかかからなかった。

多門はアルファードを地下駐車場に置くと、一階のグリルに足を向けた。急にコーヒーが飲みたくなったのだ。グリルに入ると、なんと由紀がいた。

なんでママが、こんな所にいるのか⁉

多門は驚いた。その驚きは、すぐに心配に変わった。

由紀が何か思い詰めた様子で、細巻煙草を吹かしていたからだ。

淡いオリーブ色のブラウスの上に、生成《きな》り色のバルキーカーディガンを羽織っている。下はダークグレイのタイトスカートだった。店にいるときとは印象が異なる。

〝昼の顔〟も、何か別の魅力があった。

多門は、由紀のテーブルに歩み寄った。

立ち止まると、由紀がつと顔を上げた。一瞬、困惑顔になった。すぐに目だけで笑い、喫いさしのアメリカ煙草の火を消した。

フィルターに口紅は付いていなかった。

色の落ちにくいルージュを使っているらしい。チャーミングな女性は神経が濃《こま》やかだ。

多門は、卓上にコーヒーカップが二つあることに気がついた。男と会っていたのか。

「一昨日《おととい》からお店に見えないので、もう東京に戻られたのかと……」

「ちょっと野暮用でバタバタしてたんだよ」

「いまは、このホテルに泊まってらっしゃるの？」

「ああ、昨夜《ゆうべ》からな。それより、密会の相手はどこにいるんだい？」

「何を言ってるの。少し前まで、豊栄開発の小川社長がいたんですよ」

「ええっ。あんたたち、そういう関係だったのか⁉」

「いやだ、勘違いしないでくださいな。小川社長は新しい家主として、わたしをここに呼びつけたんですよ」

由紀が苦笑しながら、小声で言った。

「新しい家主って、どういうことなのかな？」

「お店の入ってるビルを先月、豊栄開発が土地ごと買い取ったらしいんですよ。つまり、オーナーチェンジってことね」

「ちょっと坐らせてもらうぞ」

多門は、由紀の正面に腰を下ろした。由紀が話をつづけた。

「それで小川社長は、家賃の値上げを通告してきたの。それも、いまの家賃の二・五倍にしてもらいたいって」

「そいつは、べらぼうな話だな」

「ええ、そうよね」

「鈴江一家の誰かに相談してみたら、どうなんだい？」

「それはできないわ。常盤が一家のみなさんにご迷惑をかけてしまったし、親分も体調が勝《すぐ》れないから」

「小川は、家賃の値上げのことだけを言ってきたのか？」

「それだけじゃないの。滞納している家賃を十日以内に納めないと、賃貸契約を解除するともね。確かに二百五、六十万の家賃を溜めてしまったけど、まだ八百万円の保証金を超《こ》えてるわけではないから、立ち退《の》きを要求される謂《いわ》れはないんですよ」

「それはそうだよな」

多門は短く応じ、通りかかったウェイターに二人分のコーヒーを注文した。

ウェイターが遠ざかると、由紀が吐き捨てるように言った。

「小川は最低の男だわっ」

「何か不愉快なことを言われたんだな？」

「ええ。あの男は急にわたしの手を握って、『二人で二、三日、温泉にでも行かないか』なんて言ったのよ。そうすれば、家賃は据え置きにしてやるし、滞納してる家賃も帳消しにしてやってもいいと……」

「それで、そっちはどうしたんだ？」

「あいつの顔に唾を吐きかけてやったわ。そうしたら、あの男は捨て台詞《ぜりふ》を残して帰ったの」

「いかにも、あんたらしいな」

多門は何やら嬉しくなった。

「ああいう男は絶対に赦《ゆる》せないわ。ほかのテナントの方と相談して、一方的な値上げにはとことん反対するつもりよ。場合によっては、家賃を供託するわ。必要なら、弁護士を雇ってでも闘います」

「そういうまともなやり方じゃ、奴には対抗できないと思うがな」

「あなたは泣き寝入りしろと言うのっ」

由紀が表情を硬くして、突っかかってきた。

そのとき、ちょうどコーヒーが運ばれてきた。二人は口を噤《つぐ》んだ。ウェイターはすぐに歩み去った。

「そうじゃないんだ。闘う方法を少し考えてみたほうがいいんじゃねえか。そう言いたかったんだよ」

コーヒーカップを由紀の前に押しやりながら、多門は言った。

「どんな方法があるっていうの？」

「その前に、ちょっと訊いておこう。ママは、小川のことをまともな実業家だと思ってるのかな？」

「笹森組とのつき合いが深いようだから、かなりダーティーな商売をしてるんでしょうね」

「小川が鈴江一家から遠ざかったことについては、当然、知ってるよな？」

「ええ。あなたがなぜ、そんなことまで知ってるの!?」

「そんなことより、小川はなかなかの曲者《くせもの》だぜ。笹森組を使って、鈴江一家を陥《おとしい》れようとした疑いがあるんだ」

「秋田の轢き逃げ事件のことね？」

「ああ、まあ」

「あれは、小川の指図で笹森組の連中がやったの？」

「その疑いが濃いんだよ」

「やっぱり、そうだったのね。小川社長が何か企んでるような気はしてたの」

「実はおれ、小川の不正を摑みかけてるんだ」

多門は周《まわ》りを見てから、小声で言った。

「不正？」

「ああ。そのことをちらつかせれば、家賃の不当な値上げなんか、簡単に撥《は》ねつけられるだろう。その件はおれに任せてくれないか？」

「強請や脅迫めいたことはしたくないわ。わたしはわたしのやり方で、小川と闘います」

「奴は、そっちが考えてるほどの紳士じゃないんだ」

「だいたいの想像はつくわ」

「ふられた腹いせに、奴は何か厭がらせをするだろう」

「あいつの言いなりになんかならないわ」

「わかったよ。ママの好きなようにすればいいさ」

「ええ、そうするわ。わたし、そろそろ……」

「せめてコーヒーぐらい飲んでいけよ」

「悪いけど、わたしの分も飲んでくださいな」

由紀が腕時計を見て、静かに立ち上がった。

多門は釣られて、腕時計に視線を落とした。三時十五分過ぎだった。由紀が急ぎ足で歩み去った。

いくら何でも、保奈美はもう目を覚ましただろう。部屋に電話して、ここで飯を喰うか。まだ寝ていたら、起こしてしまうことになる。

多門は、自分の部屋に戻る気になった。

伝票にサインをし、席を立つ。グリルを出て、エレベーターに乗り込んだ。

部屋のドアに近づいたとき、室内から保奈美の甲高《かん》い声が響いてきた。

「あんたなんか、もう信用できないわっ」

相手の声は聴こえない。保奈美は電話で誰かと話しているようだった。

どこのシティホテルも隣室との仕切り壁の防音には気を遣《つか》っているが、廊下側の壁は割に薄い。そのせいで、静かなときには室内の物音や気配が廊下に洩れてくる。現に多門は各地のホテルで、宿泊客の歌声や情事のなまめかしい声を幾度も聞いている。

このホテルも例外ではなかったわけだ。

多門はドアの前にたたずみ、保奈美の電話が終わるのを待つことにした。

「だって、まるで誠意がないじゃないのっ。そう、お金のことよ。まだ振り込んでないなんて、ふざけてるわ。そうよ、さっき銀行に問い合わせたの！」

保奈美は、誰かに金を貸しているのか。あるいは何かの報酬を貰えなくて、苛立《いらだ》っているのだろうか。

「もう言い訳なんかたくさんよ。あんたがそのつもりなら、わたしだっておとなしくはしてない。そうよ、あんたのことを密告《チク》ってやるわ！」

保奈美の声が沈黙した。受話器をフックに置く音は聞こえなかったが、どうやら電話を切ったらしい。

いま部屋に入るのは間《ま》が悪い。

多門はそっと廊下を逆戻りして、フロントに降りた。

そのとき、ふと思い立って矢尾板組に連絡を取る気になった。館内で電話をするのは避けたい。多門はホテルを出て、車寄せの近くでスマートフォンを耳に当てた。組事務所に電話をかける。

受話器を取ったのは組長の矢尾板だった。

「多門です」

「現金《ゲンナマ》の回収は、まだか？　依頼をしてから、もう十日以上になるぞ」

「ほぼ目鼻がつきましたから、もう少し時間をください」

多門は冷や汗が出そうだった。いつもの仕事よりも、だいぶてこずっている。そのことは認めないわけにはいかなかった。

「豊栄開発の小川って奴が花巻の笹森組を使って、例の物をかっぱらわせた疑いが濃いんだろ？」

「ええ」

「だったら、なんで一気に小川って野郎を締め上げないんだっ」

矢尾板は不満げだった。

「小川は、かなりの大物と繋がってるようなんですよ。ですんで、下手うつと、そちらさんにもご迷惑をかけることになるでしょうね」

「なら、もう少し待ってみるか」

「よろしく！　その後、盗まれた物は？」

「出てきやしねえさ」

「長谷部さんは、そこにいます？」

「あれっ、野郎はそっちに電話しなかったのか⁉　多門に会いに行くって、今朝《けさ》十時か
そこらに東北新幹線に乗ったんだ」

「そうなんですか」

多門は平静に答えたが、内心は穏やかではなかった。

「あのばか、何やってやがるんだっ」

「そのうち、ひょっこり現われるでしょう」

「そっちは、長谷部が失敗《ドジ》踏んだことをどう思う？」

「どういう意味なんです？」

多門は慎重に言葉を選んだ。長谷部に何か割りきれないものを感じているとはいえ、まだ迂闊《うかつ》なことは口走れない。

「おれは、長谷部の話になんか裏があるような気がしてるんだよ」

「裏というと？」

「帝都ホテルといったら、超一流のホテルだ。その地下駐車場の中で、例のケースがかっぱらわれるなんてな。しかもチンピラ風の二人組は防犯カメラに映ってなかっただけではなく、目撃した人間がひとりもいないなんて、話がおかしいとは思わねえか」

「不自然な感じはありますが、長谷部さんは怪我をさせられたわけですから」

「確かに傷はあったよ。しかし、自分でてめえの体を傷つけることだって、可能は可能だぜ。まさか長谷部の野郎が、てめえで傷をこさえて……」

矢尾板は言いさして、急に口を噤んだ。

長谷部を疑いはじめているのは、自分だけではなかった。多門は自分の推測に確信を深めた。

「もし野郎がおれを裏切ったりしたら、生かしちゃおかねえ。それから奴がてめえの女房にやらせてる商売も、全部ぶっ潰してやる」

「長谷部さんは、どんな商売をやってるんです？」

「カラオケスナック、テイクアウト専門の鮨屋、それから不動産屋だよ」

「不動産屋までやってるとは、なかなか遣《や》り手なんですね」

「不動産のほうは、休眠会社みたいなもんだ。去年、岩手の山か何かを何十万坪も買って、大損したらしいんだよ。その後は、ほとんど土地の売買はしてないはずだ」

「その会社は、どこにあるんです？」

「港区の三田《みた》だよ。『協立土地建物』とかいう社名だったな。クマ、そんなことをどうして知りたがるんだ？」

「不動産の仕事に、ちょっと興味があるんですよ。年齢《とし》取ったら、そんな仕事をはじめようかと思ってるんです」

多門はもっともらしく言った。厚く立ちこめていた霧に、裂《さ》け目ができたような気がした。小川と長谷部が繫《つな》がっていることは、もはや疑う余地はないだろう。

「クマ、いまの仕事を早く片づけて、おれの相談に乗ってくれねえか」

矢尾板が沈んだ声で言った。

「何があったんです？」

「女房が、佐世子が蒸発したみてえなんだ。きのうの晩に黙って家を出たっきり、なんの連絡もないんだよ。ひょっとしたら、若い男と駆け落ちしたのかもしれねえな」

「何か思い当たることでも？」

「いや、具体的には別に何も。ただ、ちょっと佐世子を縛り過ぎたような気もするもんだからな」

「それはご心配ですね」

「ああ。調査会社に佐世子を捜させてもいいんだが、おれの面子《メンツ》もあるしな。若い者に捜させてはいるんだが、なにせ素人だから。そっちがやってくれると、ありがてえんだがな。どうだろう？」

「人捜しは専門ではありませんが、そちらがお困りでしたら、お手伝いしましょう」

「ひとつ頼むよ。一両日中に一度、東京に戻って来てくれねえか。電話じゃ、詳しい話はできねえからな。それじゃ、そのときに……」

矢尾板が心細そうに言い、先に電話を切った。

多門は通話終了ボタンを押し、静かに笑った。貞淑そうに見えた組長夫人も、なかなかやるものだ。好きな男と駆け落ちしたのなら、どこまでも逃げるといい。

自分は捜す振りだけしよう。

多門は楚々《そそ》とした佐世子の顔を思い起こしながら、胸底で呟いた。

そろそろ部屋に戻っても、いい頃合だろう。多門はホテルのロビーに駆け込んだ。

3

カードキーを抓《つま》み出したときだった。

部屋のドアが内側に引かれた。多門は反射的に半歩退《さ》がった。

ドアが大きく開けられ、保奈美が小さく叫んだ。右手にバッグを提げている。

「どこに行くつもりだったんだ？」

多門は小声で問いかけた。

「ど、どこって、あなたを捜しによ」

「メモに気づかなかったようだな」

「読んだわ。でも、あなたに逃げられたんじゃないかと思ったの」

「ばかだな。奥に行こう」

多門は、保奈美を押し戻した。

保奈美がコンパクトなソファに坐り、バッグをコーヒーテーブルの上に置いた。多門も、保奈美の前に腰を下ろした。

「ねえ、どこに行ってたの？」

「ちょっとな」

「今夜も、そばにいていいんでしょ？」

「長谷部さんが、ここに来るそうだ」

「ええっ」

保奈美が狼狽《ろうばい》した。

「さっき矢尾板組に電話をしたんだよ。長谷部さんは、朝の十時ごろに東京を発《た》ったらしい」

「それじゃ、もう彼は盛岡に着いてるのね。多門さん、逃げましょうよ。二人のことを知ったら、あの男はきっとわたしたちを殺すにちがいないわ」

「そんなことはさせない。おれに任せておけ」

「怖いわ、わたし」

保奈美が急に立ち上がって、部屋の中を意味もなく歩きはじめた。その顔は血の気を失って、紙のように白かった。

保奈美の怯《おび》え方は尋常ではない。まるで本気で、長谷部に殺されるとでも思っているようだ。なぜなのか。

多門は考えはじめた。

さきほど保奈美は誰かと電話で言い争っていた。そのことと関わりがあるのではないだろうか。

「何かトラブルに巻き込まれたのか？」

少し迷ってから、多門は訊いた。

「それ、どういう意味なの？」

「深い意味はないんだ。ただ、そっちがすごく怯えてるように見えたもんでね」

「長谷部は病的に嫉妬深い男だから、逆上したら、本当に何をするかわからないのよ」

「おれがうまくやるから、何も心配しなくていい」

「だけど……」

「下のグリルで何か喰おう」

「わたし、どこにも行きたくないわ。この部屋にずっといたいの」

「意外に憶病なんだな」

「だって、わたしは長谷部を裏切ったのよ。だけど、あいつが悪いんだわ。わたしをさんざん利用して、約束を守ろうとしなかったんだから」

保奈美がそこまで言って、慌《あわ》てて口を閉ざした。その足は止まっていた。

「さんざん利用された？　約束を守らなかったって、どういうことなんだ。話してくれ」

「たいしたことじゃないのよ。長谷部は奥さんと別れて、わたしと結婚してくれるって言ってたの。だけど、ちっとも誠意を示してくれなかったのよ」

「そっちが長谷部さんと結婚したがってたとは意外だな。それどころか、むしろ彼をうっとうしがってたように感じたが……」

「わたしだって、ふつうの女だわ。やっぱり、安定した生活は魅力的よ」

保奈美がうろたえ気味に言い、ふたたびソファに腰を沈めた。目が落ち着かない。何かを隠していると思われる。

「ルームサービスを頼むか」

多門は腰を上げ、電話機に足を向けかけた。それを制して、保奈美が呟くように言った。

「なんだかあまり食欲がないの」

「残した分は、おれが喰ってやるよ」

「わたし、少し横になりたいわ」

「それじゃ、おれはちょっとシャワーを浴びてくる」

多門は手早く衣服を脱ぎ、トランクス姿で浴室に向かった。混乱した頭の中を整理したかったのだ。

多門は全裸になると、バスタブの中に入った。熱めのシャワーを頭から被《かぶ》る。

長谷部と豊栄開発の小川は、『協立土地建物』で繫がった。そのことは、大きな収穫だった。

豊栄開発が、風間の轢き逃げ事件や品物《ブツ》と銭の強奪に関わっているようだと報告したときも、長谷部はおかしかった。豊栄開発と聞いても全然、驚いた様子は見せなかったし、やたら鈴江一家が臭いと繰り返していた。

一連の事件に長谷部が関わっていたことは間違いなさそうだ。

伯父貴面《おじきづら》して自分に仕事を依頼しておきながら、途中で心変わりしたのか。

多門は巨軀を震わせた。信頼していた人間に裏切られた憤《いきどお》りとたやすく騙《だま》された自分を呪《のろ》う思いが、胸の奥で交錯していた。

多門は怒りに駆られて、かたわらにあるシャンプーのミニボトルを握り潰した。掌《てのひら》に残った液体を頭になすりつける。いくらかウエーブのかかった頭髪を力任せにごしごし洗いはじめた。

最初から、長谷部が仕組んだ茶番だったのかもしれない。多門は手を止めた。

風間の持ち逃げ事件そのものが、長谷部の策謀だったのではないか。多門に回収を依頼したのも、矢尾板組長の目をくらますためのミスリード工作だったのだろう。そう考えれば、すべてがすっきりする。

沖縄で風間が筋者らしい二人組に撃たれそうになったという話も、長谷部がこちらの手が届く前に事件を闇に葬ってしまおうとしたと考えたのではないか。そうなら、笹森組の連中を使ったのだろう。

多門は、ふたたび頭に置いた両手を動かしはじめた。

そうだとすれば、保奈美はどういう役回りになるのか。

頭が泡だらけになった。それでも多門は、無意識に両手で掻き回しつづけた。

長谷部がここに来ると告げたとたん、保奈美は明らかに怯えはじめた。それに妙なことも口走った。長谷部にさんざん利用されたとか、約束を守らなかったと繰り返した。

女がさんざん利用されたというと、まず思い浮かぶのは肉体《ボディー》だ。つまり、セックスである。

保奈美はこちらの動きを探るため、わざと接近してきたのかもしれない。要するに、保奈美はスパイだったと疑える。

多門はシャワーノズルを留具から外し、頭の泡を洗い落とした。

長谷部は保奈美を巧《たく》みに操り、舎弟の風間を罠に嵌《は》めたのではないのか。保奈美が色仕掛《ハニートラップ》けで風間を唆《そそのか》して、組の金と覚醒剤を持ち逃げさせたのだろう。

シャワーの湯量調節ダイヤルを全開にし、今度は体を洗いはじめた。

保奈美は与えられた自分の役回りに厭気がさして、長谷部に逆《さか》らう気になったのだろう。考えてみれば、あの女も気の毒だ。

多門はしみじみと思った。

足許で、湯滴が躍るように跳ねている。シャワーの音が高いせいか、保奈美の気配はまるで伝わってこない。もう寝入ったのか。

多門は体を洗い終え、シャワーのダイヤルを絞った。バスタオルを掴み取って、頭と全身を拭《ふ》く。

この部屋でまごまごしていたら、自分も保奈美も危ない。長谷部は欲のためなら、舎弟の風間を罠に嵌めたと考えられる悪党だ。どんな汚ない手を使ってくるか、わかったものではない。

多門は腰にタオルを巻きつけて、急いで浴室を出た。何気なく部屋のドアを見ると、内錠が外れていた。長谷部がくることに怯えを感じた保奈美が、こっそり逃げ出したのだろうか。

多門は部屋の奥に走った。

ベッドの横に保奈美が倒れていた。俯《うつぶ》せだった。

声をかけてみたが、返事はなかった。細目の麻紐が首に二重に巻きつけられている。

多門は禍々《まがまが》しい予感を覚えながら、保奈美を抱き起した。すでに息絶えていた。

多門は室内を素早く見回した。

殺人者がどこかに潜んでいる気配はうかがえなかった。おそらく犯人はホテルの従業員になりすまして、保奈美にドアを開けさせたのだろう。

保奈美の口のあたりが薬品臭い。犯人は保奈美にエーテルかクロロホルムを嗅がせてから、絞殺したようだ。

多門は、保奈美の白い喉に喰い込んでいる麻紐をほどいてやった。

頸部には、二本の索溝《さくこう》がくっきりと彫り込まれていた。その索溝の痕《あと》が痛々しい。

保奈美は、少し瞼を開いている。眼球を包んでいる白色の鞏膜《きょうまく》が赤く濁っていた。浮き立った無数の毛細血管が妙に生々しかった。

体は、まだ充分に温かい。昨夜の激しい交わりの情景が多門の脳裏に蘇《よみがえ》った。いくつかのシーンが明滅した。死と性は、どこかで結びついているのか。

この死体をどうすればいいのか。

多門は困惑した。頭の中に夥《おびただ》しい数の黒い気泡が詰まっているような感じだった。

このままでは、自分が保奈美を殺したと疑われるだろう。昨夜、保奈美と一緒にいるところをホテルの従業員たちに見られていた。

死体をどこかに移すべきか。

しかし、どこに隠し場所があるというのか。深夜ならともかく、この時刻に死体を部屋から運び出すことは不可能だろう。たとえ死体を毛布ですっぽりと包んだところで、誰かの目に触れることになるのではないか。

といって、部屋の浴室やベッドの陰に隠してみても、わずかな時間を稼げるだけだろう。早く決断しないと、敵の人間が警察に密告電話をかけるかもしれない。

気の毒だが、ここに遺《のこ》して去ることにした。

多門はベッドに死体を寝かせ、毛布で顔まで覆った。

合掌して、ベッドから離れる。多門は大急ぎでトランクスと衣服をまとい、部屋の中を見回した。自分の物をすべてボストンバッグとビニールの手提げ袋に詰める。

犯行に使われた麻紐も袋に入れた。素手で紐に触れてしまったからだ。

ベッド、ナイトテーブル、ソファセット、ドア・ノブなどの指紋を入念に拭ってから、多門は何喰わぬ顔で部屋を出た。

フロントで精算をするつもりだったが、途中で気が変わった。カードキーの指紋をフロントマンの前で拭うわけにはいかない。

フロントには、二日分の宿泊料金を渡してあった。

不足分は、たいした額ではないだろう。多門はそれを踏み倒すことにした。どのホテルも偽名で泊まってきた。住所や電話番号も、でたらめだった。

多門は地下駐車場に降りた。

周囲を見回してから、アルファードに乗り込む。

荷物を助手席に置いたとき、多門は車内に整髪料の香りがうっすらと籠《こも》っていることに気づいた。彼自身はヘアトニック類はいっさい使っていない。

何者かが車内に入ったようだ。その気になれば、車のドア・ロックは造作なく解ける。

敵が何か仕掛けたにちがいない。

多門は緊張した。耳を澄ます。タイマーの針音はしない。ダッシュボードやグローブボックスにも何も変化はなかった。

多門は灰皿を引き出して、覗き込んでみた。

妙な物は見当たらない。ステアリング、シフトレバー、ハンドブレーキ、アクセルペダル、フットブレーキなどを点検してみたが、どれもいつも通りに作動した。

多門は安堵して、エンジンを始動させた。

キーを捻《ひね》ったとき、さすがに指先が震えた。その瞬間に爆破装置が作動する仕組みになっていたら、いまごろ五体は千切れ飛んでいたにちがいない。

多門は車を発進させて走路に出た。

そのとき、助手席の下でかすかな金属音がした。

多門はすぐに車を空いているスペースに入れ、静かにブレーキペダルを踏んだ。

シフトレバーをＰ《パーキング》レンジに入れる。エンジンは切らなかった。

ふたたび多門は、耳に神経を集めた。

息を殺す。と、助手席のあたりから、規則正しいリズムが聞こえてきた。

時を刻む音に似ている。時限爆破装置か。

多門は全身が粟立《あわだ》った。体温が急激に低下したように感じられた。それでいて、頭の芯《しん》だけがやけに熱い。

多門はバッグと手提げ袋を胸に抱え、運転席のドアをいっぱいに開けた。それから彼は腫《は》れものに触るような気持ちで、助手席のシートを静かに移動させた。

真っ先に視界に映《えい》じたのは、カードタイプの薄いタイマーだった。

全身の血が凍りついた。タイマーのコードは四角い箱に接続されている。箱は文庫本ほどの大きさで、二冊分あまりの厚みがあった。

その箱の中に高性能の炸薬が仕込んであるにちがいない。

箱からは六本のコイルコードが延び、その多くはシートの深部に潜り込んでいる。配線は割に複雑そうだった。下手にいじったら、命を落としかねない。

多門はタイマーを見た。

もうすぐ十秒を切りそうだ。青っぽい液晶文字が9、8、7……と刻々と秒を刻んでいる。多門は周囲を素早く見渡した。

近くに駐まっている車は、たった一台だった。人の姿は見当らない。

多門は四秒前に車を飛び出し、全速力で駆けた。三十メートルあまり突っ走って、コンクリートの支柱に身を寄せた。

次の瞬間、広い駐車場に重々しい爆発音が轟いた。

足許が揺れた。地鳴りに似た音が響き、凄まじい閃光が走った。駐車場の壁や支柱が一瞬、赤く染まった。すぐに金属音やシールドの欠片《かけら》が、礫《つぶて》のように四方に飛び散った。

多門は振り返った。

レンタカーが完全に炎に包まれ、黒煙を噴き上げている。すでに屋根の部分とドアは消えていた。

駐車場の係員が数人、ブースから走り出てきた。そのうちのひとりは化学消火器を抱えていたが、燃える車には近寄ろうともしなかった。

敵は自分を爆殺する気だったにちがいない。

多門は走路を駆けはじめた。そのままスロープを駆け上がって、ホテルの外に出る。十数秒後、急に体が震えはじめた。手足の動きが、ぎこちない。自分がマリオネットになったような感じだった。

歩いているうちに、体の震えは止《や》んだ。

多門は大股で歩いた。できるだけ早くホテルから遠ざかりたかった。といって、大の大人が街の中を走ったりすれば、かえって怪しまれることになる。

おそらく部屋の指紋は、完璧には拭いきれなかっただろう。となると、警察は前科者の指紋照会をして、自分のことを割り出しそうだ。もちろん捜査が進めば、こちらが保奈美殺しの犯人ではないことはわかる。しかし、その前に別件で逮捕されたら、二、三日は留置場に泊められるだろう。

多門は気が重くなった。

数百メートル歩くと、消防車のサイレンが響いてきた。ホテルに駆けつけるのだろう。やみくもに歩き回っているうちに、多門は駅の近くの柳新道《やなぎしんどう》に出ていた。緑色の公衆電話を目にしたとき、ふと彼はあることを思いついた。

長谷部の自宅に電話をかける。自分のスマートフォンを使うわけにはいかなかった。長谷部の妻が受話器を取ったら、何も言わずに電話を切るつもりだ。声を知られているからだ。

電話口に出たのは、大学生の息子のようだった。

「豊栄開発の者ですが、お父さんは何時ごろ、東京を発《た》たれました？　お父さんがまだ会社にお見えにならないもので、確認の電話をしたんですよ」

多門は、とっさに思いついた嘘を口にした。

「親父なら、朝の十時前後の東北新幹線に乗ったと思います。ひょっとしたら、小川のおじさんの自宅にいるんじゃないのかな。盛岡に行くときは、たいがいおじさんとこに泊まってますから」

「そう。うちの小川社長と長谷部さんは、確か義理の兄弟か何かでしたよね？」

「違いますよ。小川のおじさんとうちの親父は従兄弟《いとこ》同士です。二人の母親が姉妹なんですよ」

「ああ、そうでしたっけね。それじゃ、社長の自宅に電話してみましょう。どうもね」

多門は電話を切って、指を打ち鳴らした。

これで、二人の結びつきがわかった。二億円と覚醒剤の持ち逃げ事件は、長谷部が仕組んだものだろう。もはや疑いの余地はない。それでも、念を入れるべきか。

多門はもう一度、頭の中を整理しはじめた。

長谷部は愛人の保奈美を言いくるめて、風間直樹に接近させた。保奈美は色仕掛けで風間を誑《たぶら》かし、矢尾板組の金と麻薬を持ち出させた。保奈美が風間に同行したのは、一種の陽動作戦だったのだろう。もちろん、風間を見張る必要もあった。

保奈美は風間に隠れて、密かに長谷部に連絡を取りつづけた。

長谷部は、従兄《いとこ》の小川に紹介された笹森組の組員二人をこっそり沖縄に向かわせ、風間を狙撃させた。しかし、風間を葬り損なって、金と覚醒剤をせしめることに失敗した。

やむなく長谷部は、チャンスが訪れるのをじっと待った。

そして彼はついに秋田で風間をトラックで轢き殺させ、まんまと二億円と二十キロの覚醒剤を手に入れた。直《じか》に手を汚したのは、笹森組の組員たちだろう。覚醒剤の換金は従兄に頼んだ。小川は笹森組に相談し、札幌の堀井興業にルートをつけてもらった――。

そう推測できる。

多門は、なおも考えつづけた。長谷部は矢尾板にはもっともらしい話をして、わざわざ多門に風間と保奈美を追跡させた。そこまでやれば、まず疑いは持たれない。

思い起こしてみると、長谷部の言動はどこか怪しかった。

覚醒剤やコカインの新ルートの話も、矢尾板は知らなかった。帝都ホテルの地下駐車場で二十キロの覚醒剤をチンピラっぽい二人組に盗《と》られたという話は、狂言だったにちがいない。

長谷部は、現金二億円の回収にも途中で消極的になった。

あれは、からくりを見破られることを恐れたからではないのか。保奈美が自分に接近してきたことも、思い返せば不自然だ。長谷部は保奈美にこちらの動きを探らせていたのだろう。

そう考えると、謎がいっぺんに解ける。

長谷部が一連の事件に関与していたとなると、風間が拐帯《かいたい》した二億円は豊栄開発か笹森組経由で、すでに彼の手に渡っているのだろう。いったんは回収した覚醒剤も堀井興業に戻っているはずだ。その代金の三億五千万円も、長谷部の懐に入っているにちがいない。

長谷部はちょっとした思いつきで、五億五千万の金を組から詐取《さしゅ》したわけだ。あまりに単純なトリックが逆に真相を隠すことになったのだろう。

長谷部は組織のトップに立てないことを悟り、実業家か何かに転身する気になったのか。あるいは、組長に何か恨みがあって、それが裏切りの引き金になったとも考えられる。

多門は、ふたたび受話器を摑み上げた。番号案内係に花巻の笹森組の電話番号を調べてもらう。

タッチコールボタンを押すと、ツーコールで電話が繫がった。三十歳前後の男が電話口に出た。

「東京の長谷部忠親の代理の者だが、ちょっと確認したいことがあるんだよ」

「例の品物《ブツ》のことでしょうか？」

「そう。あれは豊栄開発さんのほうから、予定通りに先方さんに……」

多門は際どい芝居を打った。あまり賢いやり方ではなかったが、気持ちが急《せ》いていた。

「その件でしたら、ご心配なく。小川社長から受け取って、すぐにうちの幹部がじきじきに堀井興業に届けましたので」

「そいつはご苦労さん！」

「どういたしまして」

相手が電話を切った。

受話器を取ったのがまだ若い組員だったから、うまく引っかかってくれたのだろう。運がよかった。結局、自分は道化にされたわけだ。他人《ひと》になめられたら、この稼業はおしまいだ。この決着はきっちりつける。

多門は歩きだしたが、まだ行き先は決まっていなかった。ただ、本能的に盛岡市内から、しばらく遠ざかったほうがいいかもしれないと考えていた。

保奈美の死体が発見されれば、当然、警察は動き出す。敵も多門の爆殺に失敗したと知れば、次の手を打ってくるだろう。

盛岡をいったん離れるとなると、多門は急に由紀のことが気がかりになった。溜《た》めた家賃を理由に、由紀は小川から理不尽《りふじん》なことをされつづけるのではないか。せめて未納分の家賃を払えば、小川も由紀にしつこく言い寄れないかもしれない。

自分が未払い分を肩代わりしてやることにした。といって、いま動くのはまずい。鈴江一家の龍二に自分の代理を頼んでみるか。

多門は足を速めた。

駅から延びている開運橋通りを左に折れ、大通りを突っ切る。しばらく行くと、中央通りにぶつかった。それを左に曲がる。

少し歩くと、鈴江一家の事務所が見えてきた。古ぼけたビルだった。

多門は事務所に入った。

出入口の近くに、見覚えのある痩せた男が立っている。

「あ、あんたは！」

「尖《とん》がんなよ。喧嘩《ゴロ》まきに来たんじゃない。ちょっと龍二って坊やに頼みてえことがあってな。いないのか？」

「龍二だば、奥にいることはいるけんど」

「呼んできてくれ。『トルネード』のママのことで、ちょっと話があるんだ」

「いま、呼んでくっから」

痩せこけた男が椅子から立ち上がり、奥に走った。

多門は事務所の前の路上にたたずんだ。時を置かずに、龍二がやってきた。白っぽいトレーナーの上に、黒革のジャンパーを着込んでいる。下は草色のカーゴパンツだった。

どう見ても、やくざには見えない。大学生か、売れないロック・ミュージシャンといったところだろう。

多門は、龍二を数軒先にあるカフェに誘った。

店内には、ヒップホップ系の軽音楽が低く流れている。客の姿はなかった。

奥まった席に腰かけ、二人分のコーヒーをオーダーした。それは、待つほどもなく運ばれてきた。

「話って何なんです？」

龍二が硬い声で訊《き》いた。まだ、すっかり気を許しているわけではないようだ。

「ちょっと使いに走ってもらいてえんだ」

多門はそう前置きして、ホテルのグリルで由紀から聞いた話をかいつまんで喋った。

「そんなに店の家賃を溜めてたのか。おれ、まったく気づきませんでした」

「後でママに怒られそうだが、なんか放っておけない気持ちになってな。ここに、三百万入ってる。こいつを豊栄開発の社長に届けてくれねえか。超過分は、家賃の前払いってことにしてもらってくれ」

多門はあり合わせの紙でくるんだ札束を懐から掴み出し、無造作にテーブルの上に置いた。

「未払いの家賃は、おれが何とかしますよ。組の大幹部たちに相談すれば、二百五、六十万の金は……」

「そんなことをしたら、きっとママは怒るな。彼女の性格は、よくわかってるだろうが！」

「それは、まあ。ところで、おたくはいったいどういう気持ちでこんなことを？」

「銭を用立てる気になったかってことだな」

「ええ」

「別に点数稼ぎをしたくて用立てる気になったわけじゃないぜ。うまく言えねえけど、ママの気っぷに惚れたってことかな」

「それだけですか？」

龍二が疑わしげな顔で、ひと口コーヒーを啜《すす》った。ブラックのままだった。

「ああ、それだけだ。妙な魂胆《こんたん》なんかねえよ」

「どうして自分で豊栄開発に行かないんです？」

「ある事情があって、いまは社長の小川と顔を合わせたくねえんだよ。だから、こうやって頼みにきたんだ。とにかく、この金を小川の会社に持ってってくれ。もちろん、ママには内緒でな」

「それじゃ、一応、お借りするってことで……」

「それで気が済むんだったら、それでもいいさ」

「おたく、いったい何者なんです？」

「おれのことより、てめえのことを心配しろ」

「上から目線だな」

龍二が、むっとした顔になった。

「おまえとも、もう会えねえかもしれないな」

「もしかしたら、警察に追われてるんじゃないですか？」

「警官《マッポ》に追われるようなヘマはやらねえよ」

「それじゃ、笹森組のほうですか？」

「おまえ、おれを尾《つ》けてやがったのか？」

「おれは、笹森組の殴り込み《カチコミ》を警戒してただけですよ」

「そのときに、おれを見かけたってわけか？」

「ええ、そうです。それはそうと、いい隠れ家があります。誰に追われてんのか知らないけど、そこなら、まず見つからないと思うな」

「どこなんだ、そこは？」

多門は少し気持ちが動いた。なぜだか、龍二ともう少しつき合ってもいいという気持ちになっていた。

「鈴江土木建設の独身寮です。二つばかり空き部屋があるんですよ」

「そうか」

「独身寮はこの近くにあります。一応、低層マンション風の造りです。1Kだけど、バストイレ付きなんですよ。だから、当分は暮らせるでしょう」

「急に協力的になったな。なんでなんだ？」

「おたく、ちょっと常盤の兄貴みたいなところがあるから」

「おれに勝手に空き部屋なんか提供したら、おまえ、まずいことになるんじゃねえのか？」

「それは心配ありません。あの寮には、上の人たちはめったに行きませんのでね」

「そうかい。なら、そこに二、三日厄介《やっかい》になるか」

「どうぞ。それじゃ、ここで待っててください。おれ、事務所から空き部屋のキーを持ってきますんで」

龍二が革ジャンパーを脱ぎ、それで三百万円を包み込んだ。

盛岡に身を潜めるのは、悪くない考えかもしれない。灯台下《もと》暗しということもある。

敵を電撃的に叩いて、さっと身を隠す。この際、一気に勝負に出るか。

といっても、敵もかなり警戒しているだろう。やみくもに豊栄開発本社や小川の自宅に乗り込んでも、勝算はなさそうだ。八戸の料亭で盗聴した密談音声も、切札にするにはちょっと弱い。県庁開発室の藤原を叩けば、何か埃《ほこり》が出そうだ。その弱みで、長谷部と小川の二人を燻《いぶ》り出してやるか。

多門はそう肚《はら》を括《くく》って、龍二に言った。

「甘えついでに、もうひとつ頼まれてくれねえか」

「なんです？」

龍二が問い返してきた。

「おまえ、車持ってねえか？　持ってたら、ちょっと貸してくれや」

「車はないけど、ヤマハの七五〇《ナナハン》ccはあります。それでもよけりゃ、どうぞ使ってください。事務所の駐車場に置いてあるんですよ」

「それじゃ、ちょっと貸してもらおう」

多門は言った。レンタカーよりも、単車のほうが小回りが利く。フルフェイスのヘルメットを被れば、顔も隠せる。長いことは無理だとしても、少しの間なら敵や警察の目を欺《あざむ》くことはできるだろう。

「これは、駄賃とバイクのレンタル料だ。取っといてくれ」

多門はスラックスのポケットから、十枚の一万円札を摑み出した。龍二は手を振ったが、無理に受け取らせた。

それから間もなく、二人は店を出た。

龍二の案内で、鈴江一家の専用駐車場に入る。彼のマシンは、ヤマハXS七五〇スペシャルだった。まだ走行距離は一万キロにも満たない。

フルフェイスのヘルメットは、ミラーに掛かっていた。

「おれの荷物は寮に運ぶか、事務所に置いといてくれねえか」

「あまり動かないほうが、いいんじゃないのかな」

「すぐに戻ってくるよ」

「それじゃ、事務所で待ってます」

「わかった」

多門はヘルメットを被り、オートバイに跨《また》がった。

すぐにエンジンを始動させ、ギアを一速に踏み入れる。クラッチレバーをゆっくりと緩め、スロットルを少しずつ開いていく。

ヤマハは快調に走りはじめた。中央通りに出て、岩手県庁をめざす。

数分走ると、目的の建物が見えてきた。バイクを県庁の駐車場に駐め、県庁の中に入る。多門は開発室に向かった。

八戸の『田沢』の従業員になりすまして、室員に藤原室長との面会を求める。

多門はあっさり室長室に通された。そこには、藤原がいた。大きなデスクに向かって、書類に目を通していた。

女性職員が部屋から出ていくと、藤原は立ち上がった。

「やあ、ご苦労さん。何か忘れ物をわざわざ届けにきてくれたって？　おや、きみは見かけない顔だな。きみ、本当に『田沢』の人なのか？」

「大声をあげたら、撃ち殺す！」

多門は威嚇《いかく》し、ドア・ノブのフックを押した。すぐに腰の後ろから、シグ・ザウエルP220を摑み出す。

藤原が口の中で呻いて、キャビネットまで後ずさった。チタンフレームの眼鏡が、ずり落ちかけている。多門は拳銃で脅しながら、藤原を応接セットのソファに坐らせた。自分も長椅子に腰を沈める。

「き、きみは、な、何者なんだねっ」

「余計なことは喋るんじゃねえ！　おれが質問したときだけ口を開きな」

多門は圧《お》し殺した声で言って、拳銃を左手に持ち替えた。ポケットから、ICレコーダーを取り出す。それを卓上に置き、すぐに再生ボタンを押し込んだ。

雑音が六、七秒つづき、『田沢』での密談の音声が流れはじめた。

藤原は、自分のことを知らないようだ。小川社長は、県庁の人間には長谷部と組んでやった悪事のことはひた隠しにしているらしい。当然といえば、当然だろう。

「こ、これは……」

藤原が蒼《あお》ざめ、すぐに絶句した。

「説明するまでもねえだろうが、録音音声の三人の男は豊栄開発の小川社長、高橋副知事、それから藤原さん、あんただ」

「きみは、いや、あ、あなたは地検の方なんですか？」

「あんた、ばかか。地検の人間が、こんなふうに押し入るはずねえだろうがっ」

「目的は、か、金なんだな。わかった、ICレコーダーのメモリーを買うよ。いくらで譲《ゆず》ってくれる？」

「そう慌《あわ》てんな」

多門はICレコーダーを停止させた。

藤原が絶望的な顔つきになった。

「あんたは県内の開発計画の情報を小川に流して、荒稼ぎしてたんだろう?」

多門は問いかけた。だが、返事はなかった。

「黙ってると、脳天が吹っ飛ぶぜ」

「し、仕方がなかったんだ。悪いこととは知りながらも、前室長の顔を潰すわけにはいかなかったんで。それに、高橋副知事には面倒を見てもらってたからね」

「男だったら、言い訳なんかするんじゃねえ!」

「す、すみません」

藤原がうなだれた。

「小川から、どのくらい貰ったんだ?」

「現金では一億弱です。そのほかに絵画や腕時計をいただきました」

「そのロレックスは、奴からのプレゼントか?」

「は、はい。あなたがどこのどなたかなんてことは、決して訊きません。ですので、どうかメモリーを譲ってください」

「それについては、後で相談しようじゃねえか。副知事の高橋が、なんだって小川みたいな奴につけ込まれたんだ? 何か弱みを握られたとしか考えられないな」

「そうなんだ。いや、そうなんですよ。ご長男のことをネタに小川社長が……」

「その話を詳しく聞きてえな」

「わかりました。もう二十数年前の出来事ですが、当時、医大生だった高橋先生のご長男が盛岡市の郊外で酔っ払い運転をしてて、若いホステスを撥《は》ねてしまったんですよ。土砂降《どしゃぶ》りの晩でした」

「女は即死だったのか？」

「いいえ、まだ死んではいませんでした。しかし、ご長男はすっかり取り乱してしまって、そのホステスを車に乗せて山の中に……」

「女の息の根を止めて、土の中にでも埋めちまったんだな？」

「ええ、その通りです。その一部始終を死んだ女のヒモが目撃してたんですよ。そのヒモというのが、いま笹森組の組長代行になってる佐々木彬光なんです」

「それで？」

多門は促《うなが》した。藤原がうなずき、また喋りはじめた。

「佐々木はその話を笹森組の組長に教え、二人で高橋先生を強請《ゆす》って、かなりの額の口止め料を脅し取ったんです。それから一年ほどして、笹森組長は今度は豊栄開発の小川社長を連れて高橋先生のお宅に……。当時、小川は町の不動産屋でしたが、半分やくざみたいな暮らしをしてたようです。それで、笹森組の組長なんかと親しくなったみたいですね。そのころ、高橋先生はまだ副知事ではありませんでしたが、国土交通省出身の県議でしたので、東北新幹線に関する情報は早くから入手されてたんですよ」

「小川は口止め料を要求する代わりに、県内の新幹線ルート予定地を教えろと迫ったんだな？」

「そうです。それから高橋先生は金融筋の紹介をさせられた上に、借金の保証人にもさせられたんです。それが、深みに嵌まるきっかけになってしまったんでしょう」

「よくあるパターンだな」

「その後、小川は工場誘致計画、市街地再開発計画、リゾート開発計画などの情報を流せと迫ったんですよ」

「なるほどな」

「高橋先生がそれらの情報を提供すると、小川社長は計画予定地を中心に、その周辺部の土地を安い値で買い漁ったんです。土地を売りたがらない者がいると、笹森組の連中がさまざまな厭がらせをして……」

「確かに小川社長は悪党だよな。しかし、高橋だって、そっちと同じように飴玉《あめだま》をしゃぶってきたんだろ？」

多門は言った。

「いつも小川社長が、強引に手土産を先生に押しつけてただけですよ」

「強引にだって？　よく言うぜ。『田沢』じゃ、段ボール箱に入った選挙資金をあっさり受け取ったじゃねえか」

「受け取らなかったら、後で何をされるかわかりませんのでね」

藤原が弱々しい声で言い訳した。

「あの箱には、いくら入ってたんだ？」

「三億です。あのお金には、まだ手をつけていないでしょう。高橋先生は本気で選挙運動をする気はないんですよ。知事になったら、もっと小川たちは甘い蜜を舐めようとするでしょうからね。その録音音声のメモリーを押さえられるなら、先生はあの三億円をあっさり手放すと思います」

「ちょっとばかり額が低いんじゃねえのか」

多門は左目を眇《すが》めて、スライドを引いた。

初弾を薬室《チャンバー》に送り込んだのだ。撃つ気なら、後は引き金を絞ればいい。

藤原が恐怖に顔を引き攣《つ》らせながら、嗄《しわが》れた声で言った。

「わ、わたし、預金が六千万ほどあります。それを上乗せしてもかまいません」

「三億六千万なんて半端《はんぱ》な額だな。きりのいいところで、五億にしてもらおう」

「ご、五億ですって⁉」

「高橋副知事に相談してみなよ。それからもう一つ、小川の致命的な弱点を摑みてえんだ。何かねえか？」

多門は訊いた。

「ありますよ、密談音声のメモリーが」

「メモリーがあるって？」

「は、はい。高橋先生に言われて、わたし、小川社長と会うときは必ず鞄の中にICレコーダーを忍ばせてたんですよ。ですんで、小川の脅迫めいた言葉はおおむね録音されています。先生はいざとなったら、小川たちを道連れに自滅する覚悟なんでしょうね」

「そのメモリーは高橋副知事が持ってるのか？」

「いいえ、そこのキャビネットの中に保管してあります」

藤原がそう言って、後ろを振り返った。

多門は藤原を立ち上がらせ、密談音声のメモリーを持ってこさせた。メモリーは十三個もあった。数個、聴いてみた。

録音音声の中で高橋副知事は何回となく、小川君と呼びかけている。当然、小川にインパクトを与えられるだろう。

「メモリー、そっくり貰ってくぜ」

「ええっ」

「用が済んだら、録《と》った音声メモリーと一緒に渡してやるよ。ただし、五億円と引き換えだ」

多門は、十三個のメモリーを蛇腹封筒に入れた。自分のＩＣレコーダーは、レザージャケットの内ポケットに突っ込んだ。

「お金はいつごろまでに用意すれば？」

「一両日中に用意しといてくれ。こっちから連絡すらあ」

多門は自動拳銃の安全装置を掛け、腰の後ろに戻した。蛇腹封筒を抱えて、部屋を出る。

県庁の建物を出ると、多門はバイクを愛宕町にある小川邸に走らせた。十分もかからなかった。宏大な邸宅の前を素通りして、付近を一巡する。

笹森組の組員らしき男たちは見えない。

本社ビルの前で時たま見かけるガードマンたちの姿も目に留《と》まらなかった。まだ午後五時半前だ。小川は会社にいるか、長谷部とどこかで善後策を練っているのではないか。

バイクを広い門扉《もんぴ》の近くに駐め、多門はポストに歩み寄った。メモリーの一つを投げ込みかけたとき、門の左横にあるガレージの前に赤いアウディが停まった。

運転席には、四十一、二歳の女が坐っていた。

小川の妻だろうか、助手席には十七、八歳の娘がいた。目鼻立ちが小川にそっくりだ。娘にちがいない。

多門はアウディに駆け寄った。

女に会釈《えしゃく》すると、運転席のウインドーシールドが音もなく下がった。

「あのう、何でしょう？」

「失礼ですが、小川社長の奥さまではありませんか？」

「はい、小川の家内です」

「ご主人が帰られたら、このメモリーを必ず聴くようお伝えください」

「何ですの、そのメモリーは？」

「ご主人のお好きなラブソングですよ」

多門は密談音声のメモリーを小川夫人に渡し、バイクに駆け戻った。ヤマハに打ち跨がったとき、ガレージのオートシャッターが作動しはじめた。

多門は大型バイクを発進させた。鈴江土木建設の独身寮で夜を待つつもりだ。

4

インターフォンが鳴った。

午後九時過ぎだった。多門はボストンバッグと蛇腹封筒を簡易ベッドの下に押し込み、のっそりと立ち上がった。独身寮の一室だ。部屋は三階にある。奥の角部屋だった。

寮のエントランスは、オートロック・システムではなかった。管理人もいない。誰でも、外部から廊下までは入れる。

笹森組の組員たちが、ここを嗅ぎつけたのか。

多門は拳銃を握って、玄関まで抜き足で歩いた。ドア・スコープを覗く。

意外にも、来訪者は由紀だった。

桔梗《ききょう》色のニットドレスの上に、白いコートを引っ掛けている。化粧がやや濃かった。

どうやら店から回ってきたらしい。多門は拳銃を靴入れの中に隠し、急いでドアを開けた。

「龍ちゃんから聞いたの、あなたがここにいることを」

由紀が口を開く。表情が硬い。

「入る？」

「ええ、お邪魔するわ」

「居候《いそうろう》の身だが、まあ、入ってよ」

多門は言って、奥の洋室に戻った。

殺風景な八畳間だった。ベッドのほかには何もない。

部屋に入ってきた由紀が立ったまま、切り口上《こうじょう》で言った。

「なんだって余計なことをしてくれたのっ。話は龍ちゃんから、すっかり聞いたわ」

「あいつ、お喋りだな」

多門は巨体を縮めて、頭を掻いた。いたずらを見咎《みとが》められたような気持ちだった。ことさら目尻を下げて、笑いでごまかす。

「テナントのみなさんに、共に闘おうって呼びかけてたのに」

「別に未払いの家賃を払ったからって、小川社長に屈したってことにはならねえと思うがな」

「保証金を取り崩すまでは、こちらに営業権があるのよ」

「それはわかってるが……」

「ご親切はありがたいけど、勝手なことはしないでほしいの。これで、用立てていただいたものを相殺《そうさい》してください」

由紀がコートのポケットから、ビロードの小箱を摑み出した。指輪入れだろう。

「何だい、そいつは？」

「ダイヤの指輪です。常盤から貰った物だけど、これを処分してくださいな。龍ちゃんが払ってしまったお金を取り戻しにいったんだけど、豊栄開発はお金を返してくれなかったの。買い叩かれたとしても、三百万にはなると思うわ」

「そんな大事な宝石は受け取れないな。おれが軽率だったよ。そっちのプライドを踏みにじっちまったんだからな。謝るよ、この通りだ」

多門は土下座し、灰色のカーペットに額を擦《こす》りつけた。口説きたい女の機嫌を取り結ぶためなら、どんなことでもする。多門は何度も頭を垂れた。

由紀が慌てて膝をつく。

「多門さん、何もそんなことまでしてもらわなくてもいいの」

「これで足りなきゃ、ぶん殴ってくれ。蹴ってもいいよ」

「やめて！　お願いだから、もうやめてちょうだいっ」

由紀が叫ぶように言い、多門の両手を床から引き剝《は》がそうとする。

だが、多門は腕の力を緩めなかった。由紀の光沢のある髪が揺れている。頭を振るたびに、馨《かぐわ》しい匂いが漂った。

多門は衝動的に由紀の肩に片手を掛けていた。

由紀が一瞬、身を硬くした。しかし、声はあげなかった。

二人の視線が熱く交《まじ》わった。

由紀の瞳の中に、自分の顔が小さく映っている。急に由紀が長い睫毛《まつげ》を伏せた。危《あや》うい気持に陥《おちい》りかけている自分に気づいたのだろうか。

多門はハムの塊のような逞しい腕で、由紀を抱き寄せた。

すぐに由紀が腰を引く。またもや多門は、由紀を引き寄せた。官能的な唇から、かすかな声が洩れた。

ふたたび二人は視線を絡《から》ませた。

由紀は、もう目を逸《そ》らさなかった。射《い》るように直視してくる。多門は瞳孔が痛くなりそうだった。彼の内部で、抑えていたものが崩れた。由紀を強く抱き締め、唇を塞《ふさ》いだ。

腕の中で、由紀が小さく抗《あらが》う。

かまわず多門は、唇を強く吸った。舌の先で、由紀の上唇をなぞる。柔らかくて滑《なめ》らかだった。

少し経つと、由紀の体がほぐれた。手から、指輪の入った小箱が転げ落ちた。

多門は由紀の唇を貪《むさぼ》った。由紀が控え目に舌を迎え入れた。

舌と舌が深く絡み合って、ひとつになる。

由紀が吐息を洩らし、横坐りになった。多門も唇を合わせながら、脚を崩した。二人はどちらからともなく、相手の体をまさぐりはじめた。

言葉はなかった。黙って互いの肌の温《ぬく》もりを求め合う。

やがて、多門は由紀を優しく押し倒した。

斜めに胸を重ねる。ベッドの枕を掴み、由紀の頭の下に宛《あ》てがってやった。

「あなたには本当は感謝してるの。だけど、素直になれなくて……」

由紀が言いながら、全身でしがみついてきた。布地を通して、肌の火照《ほて》りが伝わってくる。

多門は由紀を強く抱き締め、唇を滑らせつづけた。

項《うなじ》のあたりから、花のような匂いがうっすらと漂ってくる。心に、やすらぎが拡がっていく。

多門はたっぷりと時間をかけて、由紀を裸にした。

その作業は心を弾ませた。欲望もそそった。染《し》みひとつない白い裸身は、哀しいまでに美しかった。肌は白磁器のような手触《てざわ》りだった。滑《なめ》らかで、優しい。

豊かな乳房は、充分に張りがあった。鴇色《ときいろ》の乳首はやや小さめだったが、硬く張りつめていた。股間の翳《かげ》りは淡いほうだろう。綿毛のように手に優しかった。体の芯は熱を孕《はら》み、潤みを湛《たた》えている。

「暗くして」

由紀が腕で目許を覆った。腋毛《わきげ》は処理されていた。

多門は立ち上がって、電灯を消した。

闇が訪れた。暗がりの底だけが仄《ほの》明るい。それほど由紀は色が白かった。

多門は手早く全裸になり、ふたたび胸を合わせた。

由紀の動きが大胆になった。ためらうことなく、多門の昂《たか》まった陰茎を握った。その瞬間、多門は甘やかな疼《うず》きを覚えた。快感が波紋のように腰全体に拡がっていった。

由紀の指は休みなく動いた。

情熱的な愛撫だった。渇《かわ》きを癒《いや》すような激しい求め方が、由紀の心のありようを痛切に物語っていた。

多門は急速に昂まった。

二人は穏やかな獣になった。傷口を舐め合うように優しく愛撫し合う。

多門は、あえて技巧は用《もち》いなかった。由紀との行為を遊戯化することに、なにか抵抗があったからだ。心の赴《おもむ》くままに動いた。

由紀も妙なサービスはしなかった。恣《ほしいまま》に振る舞った。それでいて、彼女は慎《つつし》み深かった。

昇りつめるときは、必ず多門の肩や二の腕に軽く歯を当てた。圧《お》し殺された呻きの分だけ、由紀は裸身を烈《はげ》しく震わせた。

「こ、こげな思いさしたら、お、おれ……」

追うような形で、多門も果てた。脳天から体の底まで痺《しび》れた。しばらく二人は動かなかった。

射精感は鋭かった。余韻は、いつまでも尾を曳《ひ》いた。

「あなたって、女を抱くときは優しい狼《おおかみ》みたいね」

「な、なんか文学的な言い方なっすな。お、おれは、へ、へ、下手だったってことけ？」

「ううん、逆よ。だいぶ女性を泣かせてきたんじゃない？」

「そっちこそ、ク、クマ殺しだったよ」

「クマ殺し？」

「お、おれの綽名《あだな》はクマなんだ」

「そういえば、どことなく似てるわ。あなた、東北の出身だったのね」

「そ、そんだ」

会話は、それきり跡絶《とだ》えた。

二人は離れた。由紀は室内を明るくしたがらなかった。

だが、多門は由紀の裸身をくっきりと網膜に灼《や》きつけておきたかった。いきなり彼は、電灯のスイッチを入れた。

室内が明るんだ。

由紀が小さな声をあげた。しかし、素肌を隠そうとはしなかった。美しい女体だった。

二人は、二つの磁石のように身を寄せ合った。濃厚なくちづけを長く交わした。

「わたし、もうお店に戻らなければ」

由紀が恥じらいを含んだ声で言い、ほつれた髪を指で梳《す》き上げた。伏し目がちだった。

二人は衣服をまとった。その間、どちらも無言だった。

多門はビロードの小箱を拾い上げた。

「こいつは、やっぱり受け取れないな」

「そうなら、立て替えていただいたお金は必ずお返しします。でも、しばらく時間をくださいね」

由紀は、手にしているコートのポケットに小箱を入れた。

「店まで送ろう」

「せっかくだけど、少しひとりで歩きたいの」

「そうか。じゃ、そこまで……」

多門は、由紀を玄関口まで送った。

由紀が微笑し、静かにドアを閉めた。

足音が遠ざかったとき、多門は下駄箱の上にビロードの小箱が残されているのに気づいた。すぐに廊下に出たが、もう由紀の姿は見えなかった。

明日にでも、店に持っていってやろう。多門は小箱をダンガリーシャツの胸ポケットに入れ、部屋に戻った。

一服して、気持ちを引き締める。このまま甘やかな気分に浸《ひた》っていると、男の意地や怒りが萎《しぼ》みそうだった。腑《ふ》抜《ぬ》けにはなりたくない。

多門は煙草の火を消すと、スマートフォンを取り出した。

小川社長の自宅に電話をかける。受話器を取ったのは娘のようだった。

小川は帰宅していた。少し待つと、豊栄開発の社長が電話口に出た。

「録音音声は聴いたかい？」

「多門だなっ」

「従弟《いとこ》の長谷部忠親が、そばにいるんじゃねえのか？」

「な、何を言ってるんだ。わたしは、そんな男は知らない」

「しらばっくれやがって。かみさんと娘をさらっちまうぞ。親子丼ってやつは、けっこう刺激的らしいからな」

「そちらの要求は何なんだ？」

「まずは長谷部の身柄と二億の金を渡してもらおうか。それから三日以内に、札幌の堀井興業に売りつけた二十キロの覚醒剤《シャブ》を買い戻せ。それを済ませたら、メモリーの商談に入ろうじゃねえか」

「妻に渡したメモリーは、どっちから手に入れたんだ？」

「どっちって、誰と誰のことだい？」

「おかしな探り合いはやめようじゃないか。メモリーは高橋先生からか、それとも藤原君のほうなのか？」

「それを知って、どうする気だ？」

「別に、どうもしやしないさ」

「メモリーをおれに渡した奴を笹森組の連中に殺《や》らせるつもりか？」

「…………」

「図星だったようだな」

「あの種のメモリーは、あと何個ある？」

「十二個だ。それに、『田沢』で盗聴した音声もあるぜ」

「ええっ。いくらで譲《ゆず》ってくれる？」

「その話は後だ。すぐに長谷部に連絡を取りな。あの野郎はどこにいる？」

「あるホテルだよ。しかし、いまは外出中のようだから、もう少し待ってくれ」

「いいだろう。笹森組に泣きつくのはかまわねえが、おれに何か仕掛けてきたら、てめえらを皆殺しにしちまうぞ」

「そちらの要求は全面的に呑《の》むよ。だから、妻や娘には手を出さないでくれ」

「それは、あんたの出方次第だな。また、連絡する。銭をたっぷり用意するんだな」

多門は言い放って、通話を切り上げた。

敵がすんなり命令に従うとは思えない。多門は明日の夕方にでも、小川の妻と娘を人質に取るつもりだ。

多門は矢尾板組の組長に電話をしかけて、すぐに思い留《とど》まった。長谷部が裏で糸を引いていたことを報告したところで、別段、事態が好転するわけではない。

多門はロングピースを二本灰にすると、風呂に入った。

体には、由紀の匂いがまとわりついていた。それを洗い落とすのは少々、惜《お》しい気もした。だが、未練たらしいことはしたくなかった。

これまでに肌を合わせた女は数限りない。

その中でも、由紀は確実に三本の指に入る。こうまで、ひとりの女性にのめり込んでしまった自分が信じられない。

多門は自分の一途《いちず》さに戸惑いながらも、由紀を独占したいという思いもあった。しかし、由紀には内縁の夫がいる。その夫は服役中の身だ。

そんなときに、由紀を奪うのは卑怯だろう。第一に、由紀は常盤に愛想を尽《つ》かしたわけではない。いまも内縁の夫をかけがえのない男と思っているのではないか。

行きずりの男と女が弾《はず》みで、束《つか》の間《ま》、心と体の渇《かわ》きを癒《いや》し合った。どちらも少しは満足感を味わうことができた。それでいいではないか。

多門は自分に言い聞かせながら、全身をごしごしと洗った。由紀の匂いは、たちまち消えた。少し哀《かな》しかった。

浴室を出ると、ホームテレフォンの子機が鳴っていた。裸のまま、子機に駆け寄る。

「多門さん、大変なことになったんだ」

子機を耳に当てると、龍二の切迫した声が聞こえた。

「何があったんだ？」

「笹森組の奴らが『トルネード』の入口近くにガソリンを撒《ま》いて、火を点けやがったんだ。それでバーテンダーと二人のホステス、それから数人の客が店内に閉じ込められてるんですよ。いま、消火中なんですけど、多分、全員が新建材の有毒ガスにやられて助からないだろうって話です」

「由紀さんは、ママはどうした？」

「無事です。たまたまお客さんを送りに外に出てたんですよ。だけど、ママはたったひとりで匕首《ドス》を持って小川の自宅に乗り込む気みたいなんです。小川の悪辣《あくらつ》な厭がらせは、絶対に赦《ゆる》せないって言ってました」

「なんだって⁉」

「おれ、これからすぐにママを追います」

「そうしてくれ。おれも、小川の家《ヤサ》に向かうよ」

「お願いします。あっ、てめえらは！」

龍二の声が急に遠のき、電話が乱暴に切られた。笹森組の組員たちが龍二を襲ったにちがいない。

多門は受話器をフックに返し、手早く衣服を身に着けた。下駄箱の中から自動拳銃を取り出し、それをベルトの下に挟む。

由紀を先に救うべきか。それとも、若い龍二を助けてやるべきか。しかし、龍二はどこにいるかわからない。とりあえず、ママが先だ。多門は決断した。

部屋を飛び出し、階段を駆け降りる。

龍二の大型バイクに跨《また》がり、急いでスタートさせた。ヘルメットは被らなかった。

十分ほど走ると、小川邸が見えてきた。

邸《やしき》の周《まわ》りは寺だらけだった。人っ子ひとりいない。

多門はオートバイを邸の前に駐《と》め、門扉《もんぴ》に走った。

そのとき、暗がりから白いスーツ姿の女が不意に現われた。なんと矢尾板の若い後妻の佐世子だった。多門は心底、驚いた。

「あんたが、なんでこんな所に⁉」

「わたし、東京から逃げてきたんです。あなたに逢いたくて、ずっと捜し回ってたの」

「おれを⁉」

「ええ。あなたに、一目惚《ぼ》れしてしまったの。逢いたくて、逢いたくて……」

佐世子が全身で抱きついてきた。

次の瞬間、多門は尖鋭《せんえい》な痛みを腹部に感じた。本能的に佐世子を突き飛ばし、自分の腹を見た。針付きのアンプルが突き刺さっている。

針を抜こうとすると、腹の肉が引き攣《つ》れた。どうやら針には返しがあるらしい。

「アンプルの中身は何なんだっ」

「筋弛緩剤《きんしかんざい》の一種だそうよ。でも、致死量じゃないらしいわ」

佐世子が後ずさりながら、冷然と言った。

多門は歯を喰いしばって、アンプルの針を引き抜いた。激痛に見舞われた。シャツに鉤裂《かぎざ》きができてしまった。アンプルの中の液体は、三分の一ほど減っていた。

多門はアンプルを路面に叩きつけた。

佐世子が跳《と》びすさった。アンプルが砕け、破片と液体が四散する。

「なんだって、あんたがおれにこんなことをしたんだ⁉」

「後ろを振り返ってみたら？」

「えっ」

多門は体ごと振り向いた。

三メートルほど先に、背広姿の長谷部忠親が立っていた。その右手には、Y字型の狩猟用パチンコが握られている。アメリカ製のスリングショットだろう。

握りの部分は軽合金で、ゴムは強力なものだ。鋼鉄球を使えば、野牛や鹿を仕留めることができる。

多門は腰の拳銃を抜いた。

安全装置を外す。すでに長谷部は、強力ゴムを耳の後ろまで引き絞っていた。

スリングショットの強力ゴムが鋭く鳴った。弾が放たれる。

多門は、脇腹に大粒の散弾を撃ち込まれたような衝撃と痛みを覚えた。巨体を折る。

多門は背を丸めながら、腹を触った。指先に血が付着した。

足腰の力が萎《な》え、全身の筋肉が引き攣りはじめた。

ことに胸筋の強張《こわば》りが強い。濡れた革のベストで圧迫されているような具合だ。胸苦しい。息もつけなくなるのか。

戦慄《せんりつ》に取り憑《つ》かれた。叫ぼうとしても、声が出ない。

多門は膝をつき、力なく頽《くずお》れた。

「いまのは麻酔弾だよ。キシラジンとかいう強い麻酔薬が数分で、おまえの体内に回るだろう」

「長谷部、て、てめえは……」

多門はやっとの思いで遊底被《スライド》を滑らせ、自動拳銃の引き金《トリガー》に指を巻きつけた。

だが、指先に力が入らない。まるで他人の指のようだ。もどかしく、腹立たしかった。長谷部がしゃがみ込んで、多門の手から拳銃を奪《うば》った。すぐに銃口が向けられる。

多門は全身が痺《しび》れはじめた。

すべての筋肉がセメントで固められたように動かなくなった。血管も強張っている感じだ。

「おれは、組長《オヤジ》に仕返ししたかったんだよ。組長の矢尾板は底意地《そこいじ》の悪い男でな。おれが優《すぐ》れたものや美しいものを手に入れると、必ず横盗《ど》りしやがった。若いときから、ずっとそうだったな。死んだ姐《あね》さんは、おれが本気で惚れた最初の女だったんだよ」

「そうだったのか」

「だから、今度はおれが矢尾板の大事なものを奪ってやったのさ。おれは、佐世子と人生をやり直すことにしたんだよ。女房《バシタ》とは近々、正式に離婚する。こっちで、事業をやろうと思ってんだ」

長谷部が長々と喋った。その声が、やけに遠い。何かの残響のように聞こえる。

二つの人影が陽炎《かげろう》のように揺らめき、不意に視界が翳《かげ》った。多門は、何かに強く引きずり込まれた。

それから、どれほどの時間が流れたのか。

多門は肌寒さを覚え、意識を取り戻した。打ちっ放しのコンクリートの上に寝かされていた。両腕の自由が利《き》かない。

背の後ろで、両手首を縛られていた。肌に冷たい物が喰い込んでいる。

針金だった。割に太い。多門は両手首に力を漲《みなぎ》らせた。しかし、縛《いまし》めは少しも緩《ゆる》まなかった。

「くそっ！　ここはどこなんだ」

多門は喚《わめ》いた。声が虚《むな》しくこだました。

暗くて何も見えない。

かすかにガソリンの臭《にお》いがする。オイルの貯蔵室なのか。湿った空気が澱《よど》んでいる。地下室なのかもしれない。

波の音が小さく聞こえる。海が近いようだ。

多門はひとまず上体を起こし、ゆっくりと立ち上がった。数歩よろけた。

レザージャケットは脱がされていた。長袖のダンガリーシャツは、いくらか濡れているだけだった。胸ポケットのビロードの小箱は抜き取られていない。もう血は止まっていた。シャツが傷口にこびりついている。不快だった。

ベルトは抜かれていた。

買ったばかりのIWCも外されている。腕時計は、笹森組の若い組員か誰かが嵌《は》めているにちがいない。売れば、かなりの小遣《こづか》いになるだろう。

目が暗さに馴《な》れてきた。

多門は歩いてみた。歩けることは歩ける。しかし、足を踏み下ろすたびに筋肉が疼《うず》いた。まだ体は完全には元に戻っていないようだ。

由紀と龍二のことが気にかかった。二人とも敵の手に落ちたにちがいない。どこで、どうしているのか。安否が気がかりだ。

多門は一歩ずつ歩いた。

四方はコンクリートの壁だった。高い位置に矩形《くけい》の採光窓があった。灌木《かんぼく》の間から、いくつかの星が見えた。

壁の一部が抉《えぐ》れている。

そこに鉄扉《てっぴ》が嵌まっていた。多門は後ろ向きになって、扉に触れてみた。のっぺりとしている。外側から錠を掛ける仕組みになっているようだ。

肩で扉を押してみた。

びくともしない。多門は三十センチの靴の先で、鉄扉を蹴りはじめた。乾いた音が響き渡る。

数分後、荒々しい足音がこちらに近づいてきた。騒ぎに気づいたらしい。

複数の靴音だった。足音が扉の前で止《や》み、頭上の裸電球が灯《とも》った。

十五畳ほどのスペースだった。ガレージのような造りで、何も置かれていなかった。

ただ、コンクリートの床に円《まる》い染みがあった。そこには、ドラム缶が置いてあったと思われる。

多門は、扉の横の壁にへばりついた。息を殺す。

施錠《せじょう》が解かれ、鉄扉が開いた。廊下にも、電灯が点いている。

「おい、扉の横に隠れてることはわかってるんだ。無駄なあがきはよしな」

男の声がした。濁った声だった。そう若くはなさそうだ。

見抜かれていたか。

多門は苦く笑い、壁から離れた。

戸口に、笹森組の佐々木と三十歳前後の男が立っていた。男は佐々木の舎弟だろう。

「ここは、どこなんだ？」

多門は佐々木に訊いた。

「いいべ、教えてやろう。小袖《こそで》海岸の外れにある別荘だよ。久慈《くじ》市だ」

「小川の別荘だな？」

「そんだ。このあたりにゃ、民家も別荘もねえ。この別荘の後ろ側は断崖絶壁なんだ。だがら、逃げられねえど」

佐々木は、岩手弁混じりの標準語を喋った。

「おれは、どのくらい意識を失ってた？」

「二時間ぐれえかな」

「『トルネード』のママと鈴江一家の若い衆は、どこにいる？」

「そんだらこと言えるけ。それより、メモリーさある場所を吐きな。ママも小僧も知らねえようだったよ」

「二人を痛めつけたんだな！」

「いいから、メモリーのある場所さ吐けっ」

「知らねえな」

多門は佐々木を睨《ね》めつけ、鼻先で笑った。佐々木が細い目を尖《とが》らせ、かたわらの男に目で合図を送った。

男が指を鳴らしながら、近寄ってくる。

背は百七十四、五センチと決して大きくはないが、筋骨隆々《きんこつりゅうりゅう》だった。片方の耳が潰《つぶ》れ、鼻がひん曲がっている。組の中では、腕っぷしが強いほうなのかもしれない。

多門はやや腰を落とし、プロテクターのような肩を小さく振りはじめた。ウォーミングアップだ。

男が不意にロングフックを放った。多門は上体をのけ反らせて、パンチを躱《かわ》した。すぐに前に踏み出し、右足を飛ばす。

風が湧いた。男の臑《すね》が鈍い音をたてる。腰がわずかに沈んだ。

多門は、男の急所を膝で蹴り上げた。

的《まと》は外さなかった。男が呻き、膝を折った。倒れかかってきた。

多門は横に動き、足払いを掛けた。

男が横倒しに転がった。すかさず多門は、男の顔面を蹴り込んだ。肉が震え、頬骨が鳴った。男の体が独楽《こま》のように回った。

「この野郎っ」

佐々木が駆けてきた。段平《だんびら》を握っている。鍔《つば》のない日本刀だ。刀身は六十数センチだった。

斬られるかもしれない。そう思ったが、多門は体が竦《すく》むようなことはなかった。過去に似たような場面には何度も追い込まれていた。手脚を縛られ、海の中に投げ込まれたことすらあった。

佐々木が段平を一閃《いっせん》させた。

刃風が重い。多門は、とっさに後ろに退《さ》がった。間を置かずに、白い光が揺曳《ようえい》した。

今度は横に逃《のが》れた。すぐ回し蹴りを放つ。

佐々木の腰が砕けた。だが、多門も体勢を崩してしまった。回し蹴りは無謀すぎたか。

倒れた男が跳ね起き、頭から突っ込んできた。まるで闘牛だ。

多門は、頭突きを腹に受けた。

鳩尾《みぞおち》に近い場所だった。息が詰まった。多門はよろけた。

そのとき、股間を蹴られた。

一瞬、気が遠のいた。頭の中が白く濁った。呻いて、ほぼ二メートルの巨身を丸める。

肩に肘打ちが落とされた。片膝をつくと、佐々木が脇腹を蹴り込んできた。躱《かわ》せなかった。

容赦のない前蹴りだった。

内臓が捩《よじ》れた。筋肉も悲鳴をあげた。

多門はうずくまった。ほとんど同時に、頭頂部《しゅとう》を手刀で強打された。

目から火花が出た。

男の右フックが多門の顔面に炸裂した。スナップの利いた重いパンチだった。

多門は横に転がった。佐々木が壁まで後退した。

「たっぷり礼をさせてもらうぜ」

男が声を張り、キックを浴びせてきた。

それは、辛うじて躱《かわ》した。しかし、二発目の蹴りは避《よ》けられなかった。顎に当たった。

多門は舌を嚙んでしまった。口中に鉄錆《てつさび》臭い味が拡がった。血の味だ。

多門は痛みを堪《こら》えて、ぐっと顎を引いた。喉をまともに狙われたら、もっとダメージが大きい。

また、男の右足が浮いた。

多門は目で、男との距離を測《はか》った。二メートルも離れていない。腰を軸にして、体を素早くスピンさせた。相手の膝の下を先に蹴った。

男が声を洩らした。だが、倒れない。

すぐに間合いを詰め、足を飛ばしてくる。多門は右胸を蹴られ、次に胃のあたりをキックされた。痛みは重かった。前屈《かが》みになった。

多門は吐き気に襲われた。しかし、苦い胃液がわずかに込み上げてきただけだった。

「そのくらいでいいべ」

佐々木が男に言った。

男が短い返事をして、すぐに多門から離れた。

佐々木が近づいてきた。しゃがむなり、段平の抜き身を首筋に貼りつけた。刀身はひんやりしていた。

「もう、じたばたしねえほうがいいど」

「じたばたしたくたって、もう体が動かねえよ」

「まんず口の減らねえ野郎だな。おい、立て！　いいもの見せてやるべ」

「もう立ちたくねえな」

「立つべし！　三つ先の地下室まで歩かせるだけだ」

佐々木がそう言い、残忍そうに笑った。

多門は二人に摑み起こされ、地下室から連れ出された。

5

血の海だった。

あまりの惨《むご》たらしさに、多門は目を覆いそうになった。

夥《おびただ》しい量の血糊は、まだ凝固《ぎょうこ》していない。血の臭いが濃かった。むせそうだ。

血溜まりの中に倒れているのは由紀と龍二だった。

全裸にされた由紀は、黒い革紐《かわひも》で縛られていた。痛ましい姿だった。両腕を後ろ手に結《ゆ》わかれ、折り曲げられた両脚もウエストのあたりで括《くく》られている。逆海老《ぎゃくえび》固めに似た縛られ方だ。

全身、血みどろだった。

陰部を深く抉《えぐ》り取られ、片方の乳房も切り落とされている。乳房は、鋭利な刃物で輪切りにされたようだ。喉も横一文字に搔っ切られていた。

背、腰、尻、太腿には、数十本の金串が突き立てられている。顔だけは無傷だった。それが、せめてもの救いだ。

龍二も無残な姿だった。

上半身だけ裸にされている。仰向けだった。皮膚が焼け爛《ただ》れて、表皮があちこち火脹《ひぶく》れになっている。まるで氷袋だ。ガスバーナーの炎で炙《あぶ》られたのだろう。

二つの眼窩《がんか》には、アーチェリーの矢が埋まっていた。鏃《やじり》は、後ろの頭蓋骨まで達していそうだった。破壊された水晶体が、零れ落ちかけている。

右腕がなかった。

肩の付け根から切断され、近くに転がっていた。指も一本断《た》ち落とされている。腹には鍬《くわ》が沈んでいた。鍬の刃と肉の間から、腸《はらわた》が食《は》み出している。

カーゴパンツの股ぐらには、小便の染《し》みがあった。

それだけではなく、排泄物特有の臭気もする。極度の恐怖が括約筋を緩めてしまったのだろう。美青年には、およそ似つかわしくない死に方だ。

「お、おめら、そ、それでも人間け！」

多門は大声を張り上げた。怒りで、体の震えが止まらない。煮え滾《たぎ》る思いで、舌も縺《もつ》れた。

「人間だがら、あそこまでやれるんじゃねえのけ？　おれは、そう思うぜ」

佐々木が冷然と言って、せせら笑った。

「な、なして二人を殺《や》ったんだっ」

「そこに死んでる女《おなご》は、小川社長に匕首《ドス》さ向けたんだ。それからな、おれのへのこさ嚙み切ろうとしやがったのよ。ちゃんとしゃぶってくれりゃ、何も殺しゃしなかったんだどもな。小僧のほうは命懸《が》けで、ママさ逃がそうと暴れたんだ。それだがら、殺《や》っつまったのさ」

「て、て、てめえ！」

多門は高く吼えて、佐々木を肩で弾き飛ばした。すかさず横にいる手下の男を蹴り上げる。手下も吹っ飛んだ。

通路に倒れた佐々木が目を血走らせ、慌てて懐を探った。

蹴るには遠すぎる。佐々木がスミス&ウェッソンの38口径を掴み出した。

多門は身を翻《ひるがえ》した。

いったん逃げることにしたのだ。五、六メートル走ると、後ろで重い銃声が轟《とどろ》いた。

多門は左の腿《もも》に灼熱感を覚えた。銃弾が肉を数ミリ削《そ》いだようだ。

多門はバランスを失って、通路に倒れた。前のめりだった。顔面を擦《こす》った。

起き上がろうとしたとき、頭に銃口を押し当てられた。火薬の臭いが鼻を衝《つ》く。

「う、撃ったら、いいべ！」

「まだ殺すわけにはいかねえんだ。これから、おめにショーさ演ずてもらわねばなんねんだがら」

佐々木がそう言い、拳銃を頭から離した。

ちょうどそのとき、笹森組の組員らしい男たちが駆け寄ってきた。三人だった。

多門は男たちに摑み起こされ、奇妙な地下室に押し込まれた。檻《おり》に似た造りだった。

通路側には、太い鉄格子が嵌《は》まっていた。その上に、金網が張られている。三方の壁はコンクリートだった。

コンクリートの床は擂鉢状《すりばちじょう》になっていた。

天井は吹き抜けだった。起重機のアームに似た鉄骨が横に延び、そこから鉄の鎖が垂れ下がっている。先端部分は鉄のフックだった。

高窓の下あたりに、天井桟敷《さじき》に似た張り出し部分があった。バルコニーのような造りだ。一段高所の見物席か何かなのだろう。

天窓は分厚い透明ガラスだった。そこから、星屑《ほしくず》が見える。

多門は、黒い布で目隠しをされた。男たちが慌ただしく出ていった。

いったい何をやらせる気なのか。

多門は、不安と怯えで叫びそうになった。

腿の傷が痛い。鮮血を吸ったチノクロスパンツが腿にへばりついている。気持ちが悪かった。

「クマ、怖《こえ》えか？　泣きたきゃ、泣けよ。どっちみち、おめえは死ぬんだ。なにも見栄《みえ》なんか張ることねえだろうが！」

頭上から、長谷部の声が降ってきた。

多門はバルコニーを振り仰《あお》いだ。何人かいる気配がする。

「お、おれに何やらせる気だっ」

「すぐにわかるよ」

「そ、そこに、お、お、小川や笹森もいるんだべ？」

「ああ。みんなで赤ワインを飲みながら、ショーを見物させてもらうよ。ワインは、ロマネ・コンティの八十五年ものだ。おまえにも、ひと口飲ませてやりてえとこだがな」

「お、おめを斬り刻んで、ぶ、ぶ、豚に喰わせてやっど！」

多門は声をふり絞った。

その直後だった。檻の戸が開き、何かが入ってきた。人間ではない。動物だ。それも、小さな獣ではなさそうだった。

唸り声が聞こえた。

低くて重い。一頭ではなかった。二頭だ。豹《ひょう》か、それともライオンなのか。

多門は一歩ずつ退《しりぞ》きはじめた。

獣が近づいてくる。気配で察することができた。突然、空気が揺れた。床を蹴る音が響く。

唸り声とともに、大きな塊が飛びかかってきた。

多門は腰のあたりを鋭い爪で引っ掻かれた。

と思ったら、すぐに肩の肉に牙《きば》を立てられた。腥《なまぐさ》い息が多門の鼻先を掠《かす》めた。

そのとき、もう一頭が右の脹《ふく》ら脛《はぎ》に喰らいついた。不気味さが先に立って、それほど痛みは感じない。

大型犬の感触だった。

ひとまず胸を撫で下ろす。豹かライオンだったら、ひとたまりもなかっただろう。

多門は肩を大きく揺さぶり、右脚を振り回した。

だが、どちらも喰らいついたまま離れない。暴れたことによって、牙が深く喰い込んだようだ。忌々《いまいま》しかった。猛烈に肩と脹ら脛が痛みはじめた。意識が霞みそうだ。このままでは嚙み殺されてしまうだろう。

多門は、肩口にしがみついている大型犬の耳を強く嚙んだ。

毛と皮の舌触りがなんとも気持ち悪い。しかし、そのまま口を離さなかった。

耳の薄っぺらな肉を思いきり嚙み千切る。

血の汁が歯の隙間に滑り込んできた。犬が鳴いて、すぐに肩からずり落ちた。

多門は体を捻《ひね》るなり、丸太のような左脚を泳がせた。

犬の腹に、多門の爪先が沈んだ。

また、悲鳴があがった。そのとき、右の脹ら脛に激痛が走った。肉を喰い千切られたのだ。生温《なま》かい液体が、つーっと踝《くるぶし》まで伝い落ちた。血だろう。意識が数秒、ぼやけた。

多門は頭を振った。

二頭の犬が相前後して襲いかかってきた。交互に足を飛ばす。右側にいる犬が短く鳴いた。

多門は走った。

鉄格子を背負う気になったのだ。残念ながら、間に合わなかった。一頭が多門の肩に乗った。もう一頭は、左の腿に前肢《まえあし》を掛けてきた。

多門は背負い投げの要領で、肩の犬を投げ飛ばした。鈍い落下音がする。鳴き声も聞こえた。

数歩踏み込んで、前蹴りを放つ。風が湧いた。渾身《こんしん》の蹴りだ。

しかし、空《くう》を切っただけだった。暗然とした気持ちになった。

多門は気を取り直して、腿に組みついている犬を壁に叩きつけた。犬が甲《かん》高く鳴き、足許に落ちた。間髪《かんはつ》を容《い》れずに、思うさま蹴り上げる。ヒットした。

多門は素早く鉄格子を背負った。これで、もう後ろからは狙われない。

そう思ったとき、正面から一頭が襲ってきた。多門は左の頬と鼻に牙を突き立てられた。思わず声が出た。腰が砕けそうになった。踏んばって、顔を左右に振る。

犬の口がずれた。目隠しの布に牙が引っかかった。犬は数秒、布を噛んだままの状態でぶら提《さ》がっていた。

じきに体重を支えられなくなり、多門の足許に落ちた。すかさず多門は、犬を蹴りつけた。犬が吹っ飛ぶ。

目隠しがずり落ち、片目だけ見えるようになった。

うまい具合に、頬と鼻の傷口を布が覆う形になった。少しは止血に役立つだろう。

片目が利《き》くようになると、多門は少し恐怖心が薄らいだ。まったく視界を閉《と》ざされたときの不安は、想像以上のものだった。

目の前に、黒いドーベルマンとジャーマン・シェパードがいた。

シェパードのほうは茶と黒のぶちだった。ともに後ろ肢《あし》を折って、低く唸っている。

耳が立っていた。ジャーマン・シェパードの耳が赤い。耳の上部が数センチ千切れて、血を滴《したた》らせている。

多門は二頭を等分に睨《にら》みつけた。

二頭とも怯《ひる》まない。ほぼ同時に、吼《ほ》えたてた。血で牙が真っ赤だ。

後ろ肢が、さらに深く折られた。いまにも跳びかかってきそうな姿勢だ。

突然、ドーベルマンが高く舞い上がった。しなやかな身ごなしだった。全身が発条《ばね》になっていた。

多門は横に跳んだ。

ドーベルマンが着地する。多門は右脚を躍《おど》らせた。

風が巻き上がり、小さく渦巻いた。前蹴りはドーベルマンの脇腹に極《き》まった。肋骨《ろっこつ》と引き締まった肉の感触が、靴の先にはっきりと伝わってきた。

ドーベルマンは悲鳴とともに、宙に撥《は》ね上がった。四メートル近く床から離れていた。

低く唸りつづけていたジャーマン・シェパードが、勢い込んで突進してくる。

多門は動かなかった。

充分に引きつけてから、眉間を狙った。わずかに外れたが、蹴りは顔面を捉《とら》えた。

シェパードが高く鳴き、背を丸めた。弧《こ》を描いて飛び、コンクリートの床に落ちた。

落下音は高かった。

多門は走り寄って、ふたたびシェパードを蹴り上げた。

宙で四肢を縮めたジャーマン・シェパードは、反対側の壁まで飛んだ。壁面に激突し、ボールのように弾き返された。

すぐさま起き上がったが、動こうとしない。

尻尾は完全に巻かれていた。耳も垂れている。

息遣《づか》いが激しい。長く伸ばした舌が忙《せわ》しなく上下に動いていた。

いつの間にか、目隠しの布が顎の下までずり落ちていた。多門の恐怖感は消えた。天井桟敷に似た張り出し部分は鉄骨製だった。そこには、椅子とテーブルが置いてあった。背後に、スチール・ドアが見える。そこから、外に出られるようだ。

ドーベルマンがひと声高く吼え、跳びかかってきた。

多門は三つ数えてから、ほぼ垂直に跳躍した。

宙で脚を開き、ドーベルマンの首を挟みつける。締め上げたまま、犬を床に落とした。落下した瞬間、多門の股の下で骨の折れる音が響いた。ドーベルマンは首を捩《ねじ》曲げた恰好で息絶えていた。

「ペーター、そいつを嚙み殺すんだっ」

天井桟敷に似たバルコニーにいる小川が、飼い犬をけしかけた。

ジャーマン・シェパードが前肢を踏み出した。だが、意味もなく動き回るだけで、多門には近づいてこない。小川が顔をしかめて、かたわらの笹森組の組長に何か言った。

バルコニーのような部分には、小川、笹森、長谷部の三人しかいない。

佐世子は小川邸か、盛岡市内のホテルにでもいるのか。あるいは、別荘内のどこかにいるとも考えられる。残酷な殺人遊戯は見たくないのかもしれない。

「次は、な、何やらす気なんだっ。言ってみれ！」

多門は三人に向かって怒鳴った。

誰も答えなかった。

少し経つと、回転式の高窓が開け放たれた。長谷部の姿が急に見えなくなった。

いくらか冷たい風が入ってきた。天窓のガラスがスライドした。天井から、

「次のショーの準備さはじめるど」

笹森が妙に弾んだ声で言い、張り出し部分からポリタンクの灯油をぶちまけはじめた。

ポリタンクはひとつではなかった。二十個近くあった。コンクリートの床に、たちまち灯油が溜《た》まった。

多門の靴は、完全に油の中に没してしまった。

犬が怯《おび》えて、一歩も動かなくなった。哀しげに鳴くだけだった。

藁束《わらたば》が五つ六つ投げ落とされた。それらは灯油の海に浮かんで、ゆっくりとたゆたいはじめた。

「お、おめら、こ、こ、このおれさ焼き殺す気け⁉」

「そうだ。仕上げは、人間バーベキューってわけさ。おまえが黒焦げになったら、由紀って女と鈴江一家の小僧も火葬してやるよ」

長谷部が残忍そうな笑みをにじませ、葉煙草《シガリロ》をくわえた。

多門は、さすがに落ち着いてはいられなくなった。パニック状態に陥った。

焼き殺されてしまったら、もう女たちを抱けなくなる。うまい酒や料理とも、おさらばだ。自分は、まだ三十五歳ではないか。この際、誇りや自尊心なんか捨てよう。

多門は切実に思った。

「クマ、何を考えてやがるんだ？」

「メ、メモリーさ、お、おめらに渡す。ああ、メモリーなんて、な、なんぼでもくれてやる。だ、だがら、火こ点《つ》けねでけろ！」

「おめえも並の人間だったな。ここまで追い込まれりゃ、やっぱり命乞いか。くっくく」

長谷部が鳩のように喉を鳴らして、シガリロに火を点けた。

「あ、あんだとおれは長いつき合いでねえか。そ、そごんとこ、ちょ、ちょっくら考えてくなんせ」

「うるせえ！　往生際《おうじょうぎわ》が悪いぞ。男らしく死にやがれっ」

「お、おれさ殺すたら、ば、化けて出るど！」

多門は言い返し、両手首をしきりに動かした。

すると、急に縛《いまし》めが緩んだ。猟犬どもと格闘しているうちに、針金に緩みが生まれたらしい。右手首が抜けたとき、長谷部が火の点いたシガリロを投げ落とした。

小さな着火音が響いた。

すぐに火が走りはじめた。多門は夢中で鉄の鎖に飛びついた。なんとか掴むことができた。だが、体の重みで鎖が急に下がった。

靴下とスラックスの裾に炎が燃え移った。

熱かった。熱くてたまらない。

両手で鉄の鎖を手繰《たぐ》りながら、必死に両足を擦《こす》り合わせる。そうこうしていると、火は消えた。

そのとき、ジャーマン・シェパードが走り回りはじめた。

すっぽりと炎に包まれていた。大型犬は、ほどなく動かなくなった。

肉の焦げる臭《にお》いが下から這い上がってきた。

強烈な臭気だ。炎の中心部が次第に黒ずみはじめた。あっという間に炭化してしまいそうだ。ドーベルマンは、すでに黒焦げだった。

戦慄が膨《ふく》らんだ。喉がひからびて、くっつきそうだった。尿意も感じた。

多門は懸命に鎖をよじ登った。

何も考えられなかった。ひたすら手脚を動かしつづける。

「どこまで堪《た》えられるか見ものだな。おい、おめら、どんどんタンクさぶん投げれ！」

頭上で、佐々木が言った。

四人のやくざが競《きそ》い合って、蓋《ふた》を取り除いたポリタンクを投げ落とす。火柱が立ち、炎が勢いづいた。

小さな爆発音もした。

いつの間にか、小川、長谷部、笹森の三人はバルコニーからいなくなっていた。別荘の母屋《おもや》で祝杯でもあげる気になったのか。

多門は三メートル近くよじ登ることができた。

しかし、アームの位置まで上がっても、あまり意味はない。鉄骨のアームを伝って脱出することは不可能だった。

多門は鉄の鎖にしがみついて、体を休めることにした。

下から、容赦《ようしゃ》なく炎と熱気が噴《ふ》き上げてくる。黒煙も立ち昇ってきた。煙に燻《いぶ》されて、顔が煤《すす》だらけになった。だが、煤を払う余裕はなかった。

多門は一か八か、バルコニーのような天井桟敷に飛び移ることにした。

全身で鎖を揺さぶりはじめる。振幅が大きくなると、それまで黙って様子を見ていた佐々木がリボルバーを摑み出した。スミス&ウェッソンの38口径だ。

こちらの企《たくら》みを読まれてしまったらしい。これまでか。

佐々木が両手保持の構えを取った。

銃口が静止した。銃口炎《マズル・フラッシュ》が瞬《また》き、凄まじい轟音が反響した。

銃弾は壁を穿《うが》っただけだった。多門には、衝撃波も届かなかった。それでも、まだ安心はできない。

多門は、力いっぱいに鎖を揺すり立てた。

振幅がさらに大きくなり、足が壁面に届きそうになった。

次の揺り戻しで、思い切りコンクリートの壁面を蹴る。反動がつき、鉄の鎖は一気にバルコニーに似た張り出し部分に接近した。

多門は鎖が振り切れる寸前に、両脚を腰の高さまで持ち上げた。そのまま佐々木の胸を蹴りつけ、鎖から両手を離した。

首尾よく桟敷のフロアに降り立つことができた。

佐々木は、すぐ近くに尻餅をついていた。リボルバーは床の上に落ちた。

多門は38口径を拾い上げた。

銃身が少し熱い。撃鉄《ハンマー》を指で押し戻し、銃把の角で佐々木の頭頂部を撲《なぐ》りつけた。

佐々木が呻いて、頭を抱える。指の間に、赤いものが見えた。血だった。

「い、いづまでも坐り込んでるんでねっ」

多門は佐々木を摑み上げ、肩に担《かつ》ぎ上げた。

鉄骨の手摺《てすり》に寄り、佐々木を振り落とした。一瞬もためらわなかった。

佐々木が奇声をあげながら、炎の中に落ちていく。落下音がし、断末魔の叫びが聞こえた。

四人の組員が一斉に刃物を抜き放つ。

多門は拳銃を構えながら、スチール・ドアの前まで走った。逃げ道を塞《ふさ》がれると、男たちは後ろに退がった。そのあたりは狭くなっていた。四人は縦に並ぶ形になった。

多門は撃鉄《ハンマー》を搔き起こした。

ほぼ同時に、男たちが相次いで刃物を足許に捨てた。いちばん手前の男が顔を醜く歪《ゆが》ませながら、掠《かす》れた声で言った。

「勘弁してくなんせ。撃たねえでけろ」

「も、もう遅いべ。く、くたばっつまえ！」

多門は憎しみを込めて怒鳴り、引き金を力任せに絞った。

銃声が小気味いい。反動《キック》で、腕が跳ね上がった。

男の顔面が、熟《う》れた柘榴《ざくろ》の実のようになった。至近距離から放った弾丸は男の頭を貫き、後ろの組員の喉を赤く染めた。四人はドミノのように倒れた。後ろの二人が重なってのけ反り、ほかの二人もよろけた。

多門は二人を引きずり出し、交互に蹴りまくった。

男たちはフットボールのように目まぐるしく転がり回った。すぐに二人とも、ぐったりとなった。多門は、男たちをひとりずつ火の海に投げ落とした。

二人の体を炎が舐めはじめた。銃弾を浴びた男たちは、どちらも死んでいた。

多門は、拳銃をスイングアウトさせた。横に跳び出した輪胴《シリンダー》には、まだ二発の実包が残っている。

多門は鉄の扉を開けて、踊り場に出た。

鉄骨階段を抜き足で降りる。人影は見えない。少し先に牛舎があった。

多門は、そこに駆け込んだ。五頭の乳牛が繋がれている。ホルスタインだった。

牛舎の乳牛が少しざわついたが、じきに静かになった。馬や犬ほど神経質ではないのだろう。小さな照明が灯っているだけだったが、割に明るかった。

小川は別荘では、自家製のチーズやアイスクリームを食しているらしい。

多門は舎内を見回した。

貯草場の前に、牧草を掬《すく》うときに使うヘイ・フォークがあった。鉄の爪は三本だった。その部分は四十センチほどで、内側に反《そ》っている。巨大なフォークのように見える。

貯草場の脇には、ふた山ほど薪《まき》が積み上げられていた。そこに、大ぶりの鉈《なた》が転がっている。

得物《えもの》は多いほうがいいだろう。

多門は輪胴式拳銃を腰に差し、ヘイ・フォークと鉈を摑み上げた。鉈は、ずっしりと重い。

多門は牛舎を出た。

遠くに灯《ひ》が見える。静かに突き進んだ。二百メートルほど歩くと、チロル風の大きなコテージがあった。別荘の母屋だろう。

広い車寄せには、見覚えのある黒塗りのロールスロイスと黒塗りのメルセデス・ベンツが駐めてあった。少し離れた所に、二台のステーションワゴンが見える。人の姿はなかった。

多門は山荘の裏庭に回った。

繁みに身を潜め、様子をうかがう。右手の角が居間のようだ。厚手のドレープ・カーテンの隙間から、燦然《さんぜん》と輝くシャンデリアが見えた。零れた電灯の光がL字形の広いサンデッキを鈍く照らしている。

多門は中腰で、サンデッキに忍び寄った。

男たちの笑い声が聞こえた。耳をそばだてる。小川たち三人の声しか流れてこない。ほかには、誰もいないようだ。

多門はデッキに沿って横に走った。

短い石段を昇って、居間の隣室に接近する。その部屋は暗かった。まだ雨戸は、戸袋に収まっていた。

多門はサッシ戸に手を掛けた。

クレセント錠は掛かっていなかった。ドレープとレースのカーテンをそっと払い、室内に上がり込む。土足のままだった。居間との仕切りのドアは閉まっていた。

多門は右手にヘイ・フォークを持ち、左手で鉈を握った。忍び足で、仕切りドアに近づく。

やはり、三人の声しか聞こえない。三人は酒を飲んでいるようだった。

多門はヘイ・フォークをいったん床に立て、長い柄を体で支えた。ドアを勢いよく押し開け、すぐさま柄を握る。

手前のソファに坐った笹森が反射的に立ち上がった。

体がこちらに向いたとき、多門は牧草用フォークを槍《やり》のように水平に投げた。剣状《つるぎ》の爪が、笹森の胸の中央に深々と突き刺さった。

笹森が鳥のような声を発し、体を前後に揺らめかせた。

多門は走り寄って、ヘイ・フォークの柄を摑んだ。笹森を引き寄せるなり、左手の鉈を振り下ろした。

鉈の分厚い刃が笹森の狭い額を割った。鮮血の飛沫《しぶき》がシャンデリアを点々と汚す。

生温かい血は多門の顎も濡らした。笹森の顔面は、流れ出た脳漿《のうしょう》と血糊で塗り潰された。動かなくなった目が恨めしげに虚空《こくう》を睨み据えている。

小川と長谷部が深々としたソファから、ほぼ同時に腰を上げた。

二人とも血の気がなかった。頰の筋肉が震えている。

「う、動くんでねえっ。坐れ！」

多門は二人を威嚇《いかく》してから、ヘイ・フォークの爪を一気に引き抜いた。三つの穴から、鮮血がシャワーのように噴いた。

笹森が頭に鉈を飾ったまま、後ろに倒れていく。

コーヒーテーブルのコニャックやグラスを撥《は》ね飛ばしながら、ペルシャ絨毯《じゅうたん》の上に転がった。小川の足許だった。

「ひっ」

小川が奇妙な声を洩らし、上体をのけ反らせた。

「おまえ、どうやってここに？」

長谷部が上半身を捻って、震え声で訊いた。

後の言葉がつづかない。口だけが金魚のようにぱくぱくと動いた。

多門は奥二重のきっとした左目を眇《すが》めて、口の端で笑った。他人を侮蔑するときの癖だった。多門は無言で、長谷部の右の二の腕にヘイ・フォークの先端を埋めた。

鮮血が散った。長谷部が獣じみた悲鳴を放つ。

右手から、ベレッタM20が落ちた。銃身《バレル》の短い自動拳銃だ。

小川が右腕を伸ばして、鉈の柄を摑んだ。すぐには笹森の額から引き抜けない。

多門は牧草用フォークの爪を長谷部の腕から引っこ抜き、それを小川の腹に投げつけた。血みどろの爪は十センチほど埋まった。小川が長く唸った。

多門は腰から38口径を抜いた。

長谷部を立たせる。腰を蹴りつけ、絨毯のベレッタM20を素早く拾い上げた。

安全装置を解除し、スライドを引く。

「は、長谷部、銃さ取れ！」

「ク、クマ！　てめえは何を考えてるんだっ」

「こ、今度は、おれが殺人ショーを見物する番だ。て、てめえら、銃とヘイ・フォークを武器にして殺し合え！」

多門は命じた。

膨れに膨れ上がった怒りが爆《は》ぜた。その一方で、少しずつ冷静さを取り戻しつつあった。

「おれたちは、従兄弟《いとこ》同士なんだぞ。そ、そんなことできるかっ」

「たとえ実の兄弟だったとしても、そんなことは関係ねえ。やらなきゃ、二人ともすぐに殺《や》っちまうぞ」

「てめえ、正気なのか⁉」

「正気も正気だ。生き残った奴は殺さねえよ。二人とも早くやんな」

多門はソファに腰かけた。

長谷部と小川が殺し合いを演じないときは、二人とも射殺する気でいる。

「なあ、金で手を打ってくれねえか。組からせしめた覚醒剤《シャブ》の代金三億五千万と現金《ゲンナマ》二億、併《あわ》せて五億五千万をそっくりくれてやるよ」

「てめえの面《つら》見てると、吐き気がすらあ」

多門は言って、長谷部の右の大腿部にベレッタの銃弾を撃ち込んだ。

長谷部ががくりと膝を曲げた。弾《たま》は貫通し、ソファの肘掛けの部分にめり込んだ。

「わたしは十億出そう」

小川が喘《あえ》ぎ喘ぎ言い、両手で血塗《まみ》れのヘイ・フォークの爪を腹から抜いた。

抜き方が悪かったのか、三つの傷口から消化器の被膜が顔を覗かせた。ポスターカラーのような粘り気のある血糊が、腹部全体に染み渡っていた。

「てめえら二人の決着《オトシマエ》は銭じゃつけられねえな。何がなんでも、殺し合いをしてもらう。気が変わったんだ。もう銭はいらねえっ」

「そのほかのことなら、どんなことでもするよ。だから、どうかそんな残酷なことはさせないでくれ」

「てめえの口から、残酷なんて言葉を聞くとはな。おれを見くびるんじゃねえ！」

多門は声を張り、ベレッタM20を前に突き出した。

小川が片腕を翳《かざ》した。それで、銃弾から身を庇《かば》ったつもりなのか。

多門は鼻先で笑って、小川の左肩にベレッタの弾を浴びせた。空薬莢が排莢孔《はいきょうこう》から弾《はじ》け飛び、硝煙が目の前に拡がった。

煙が薄れたとき、多門は長谷部に確かめた。

「てめえは、沖縄で風間を消すつもりだったんだろうが！」

「そうだよ。しかし、送り込んだ二人がしくじりやがったんだ」

「保奈美を殺《や》らせたのも、てめえだなっ」

「ああ、そうだ。手を下したのは笹森組の若い者《もん》だがな」

「死体は、もう発見されたのか。てめえは、どっかでテレビをのんびり観《み》てやがったんだろ？」

「まだ発見されてないようだ」

「てめえはクズだっ」

「あの女が悪いんだよ。あいつは、おれを脅迫しやがったんだ。一億円くれなきゃ、おれが仕組んだ持ち逃げ事件のからくりを組長の矢尾板にバラすとな」

「昼間、ホテルの部屋で保奈美が電話で喋ってたのは、てめえなんだろ？」

「ああ。おれが電話して、あの女をなだめてたんだよ」

「なだめるだと？　ふざけんな。保奈美をさんざん利用して、どうせ殺すつもりだったんだろうがっ」

「………」

「なぜ、風間と一緒に保奈美を殺《や》らなかったんだ。本当は、そういう手筈《てはず》だったんじゃねえのか？」

「そうだったんだが、保奈美は最初から警戒してたんだよ。それで延び延びになってたんだ。こんなことになるんだったら、秋田で消しておくべきだったな」

「強請られたからって、殺すことはなかっただろうがよ。あんなにいい女を殺しやがって。おかげで、もう保奈美を抱けなくなったじゃねえか」

「やっぱり、保奈美を抱いてたか」

「長谷部、てめえは、このおれまで爆殺しようとしやがった。どこまで人間が腐り切ってるんだっ」

「あれは、ただの警告だったんだよ。あそこまでやりゃ、いくらおまえでも東京に戻る気になると思ったんだ」

「なめるな！　なんで、おれをすぐに殺《や》らなかった？　殺す気なら、機会はいくらでもあったはずだ」

「おまえを生かしといても、何かで役立つ男だと思ったからだよ。多門、赦《ゆる》してくれねえか。佐世子を譲ってもいい。あいつは男を蕩《とろ》かす体をしてる。いま、盛岡グランドホテルにいるよ。銭も七億、いや、八億出してもいい」

「てめえらは、まだわかってねえな」

多門は輪胴式拳銃《リボルバー》の撃鉄《ハンマー》を起こし、二人の間に銃弾を疾駆させた。

長谷部は観念したのか、急に鉈を掴み上げた。

目が赤く濁っていた。小川が何か信じられないようなものを見た顔つきになった。すぐに彼はヘイ・フォークを杖《つえ》にして、決然と立ち上がった。

二人は向かい合った。

互いに不運を嘆《なげ》くような眼差しを向け合った。それは、ほんの一瞬だった。

長谷部が先に血みどろの鉈を振り被った。

小川が数歩退《さ》がって、ヘイ・フォークを構えた。

二人はよろけながら、相前後して突進《ダッシュ》した。凄まじい形相《ぎょうそう》だった。体と体がぶつかった。

牧草用フォークの爪が長谷部の背の後ろから、ぬっと突き出た。血の粒が飛んだ。

鉈は、小川の顔面に深く沈んでいた。ほぼ顔の中央だった。鼻が陥没して見当たらない。

二人は立ったまま、烈《はげ》しく痙攣しはじめた。

まるで瘧《おこり》に冒されたように、間歇《かんけつ》的に全身を震わせつづけた。ヘイ・フォークの先から、血の雫《しずく》が雨垂《あまだ》れのように滴《したた》り落ちはじめた。小川の喉や首筋も真っ赤だった。

「ばかやろう！　ショーってもんは観客を目一杯、愉《たの》しませるもんだろうがよ。こんなの、ショーじゃねえっ」

多門は罵《ののし》って、両手の拳銃を同時に発砲させた。

二発とも標的《ターゲット》に命中した。長谷部と小川が同じ姿勢のまま、ソファに倒れた。それきり微動だにしない。

多門は二挺の拳銃をアームの上に寝かせ、ソファから立ち上がった。

顔にまとわりついてくる硝煙を手で払って、サンデッキに出る。

短い石段を降りながら、胸のポケットを探った。ビロードの小箱を抓《つま》み出す。

母屋の前に出てから、多門は蓋を開けた。

指輪のダイヤモンドは大粒だった。何カラットなのか、見当もつかない。誘蛾灯《ゆうがとう》の光を浴びて、それは美しくきらめいていた。

由紀の革紐をほどいたら、これを指に嵌《は》めてやろう。龍二には、ロングピースでもくわえさせてやるか。二人とも、若死にして無念だったろう。

多門は小箱の蓋を閉じ、足を速めた。

潮騒《しおさい》が高く響いてきた。

エピローグ

翌日の夕方である。

多門は、代官山の坂道を登っていた。盛岡からの帰りだった。トラベルバッグだけを提《さ》げていた。

十カ所近い傷口は、まだ塞《ふさ》がっていなかった。歩くたびに、あちこちが疼く。

今朝《けさ》、ホテルで保奈美の死体が部屋係の女性によって発見された。その数時間後、笹森組の若い組員が自首した。多門は気づかなかったが、犯人は現場に笹森組の組バッジを落として逃げたらしい。それで、観念する気になったのだろう。

多門が借りたレンタカーに時限爆破装置を仕掛けた実行犯は、まだ逮捕されていない。また、別荘での惨劇をまだ警察は知らないようだ。

多門は、遺留品となる物は何も残していなかった。指紋や掌紋も神経質なほど拭ってきた。ほとんど不安はなかった。

高橋副知事たちから巻き上げた五億円は、現地から宅配便で自宅宛に送り出していた。

そのうちの二億円は、貧乏くじを引いてしまった由紀と龍二の縁者に折を見て渡すつもりでいる。矢尾板組の組長にも近々、二億円を届ける予定だ。

残りの一億円は、自分の取り分にする肚《はら》だった。

別荘を去るとき、小川と長谷部のクレジットカードを抜き取ってきた。二人の死亡届が役所に提出される前に、そのカードで豪遊させてもらうつもりだ。

体調が回復したら、すぐに札幌に飛ぶ気でいる。二十キロの覚醒剤は、とうに捌《さば》かれているだろう。同じ量の覚醒剤を堀井興業から横奪《ど》りすることを企てていた。

多門は立ち止まって、煙草に火を点けた。

そのとき、ふと佐世子の行く末が気になった。上《のぼ》りの東北新幹線に乗る前に、多門は佐世子のいるホテルに立ち寄ってみた。

しかし、部屋は訪ねなかった。帰る場所のなくなった佐世子を詰《なじ》ることは、酷な気がしたからだ。

笹森組の者たちも、放っておくことにした。雑魚《ざこ》を締めても仕方がない。

多門は、ふたたび歩きはじめた。

やがて、住み馴《な》れたワンルームマンションが見えてきた。集合郵便受けの前に、見覚えのある女性が人待ち顔でたたずんでいた。

あろうことか、島袋エミリーだった。

アースカラーの春物のスーツが目を惹《ひ》く。栗色の長いストレートヘアが風になびいていた。絵になる美女だ。

「よう、エミリーじゃないか」

多門は満面の笑みを浮かべて、大声で呼びかけた。

「多門さん、どこに行ってたの？　わたし、朝からずっと待ってたんですよ」

「ちょっと旅行をしてたんだ。どうした？　弟と喧嘩でもして、アパートを飛び出しちまったのか？」

「ううん、そうじゃないの。わたし、お借りしたものを返しにきたんです」

「まさか銀行強盗でもやらかしたんじゃねえだろうな」

多門は言ってから、すぐに後悔した。このジョークは、エミリーに初めて会った日に使っている。同じジョークは、二度と使ってはいけないものだ。

「わたし、アメリカのファッション雑誌のカバーガールを一年間やることになったんですよ」

「そいつは凄《すげ》えじゃねえか」

「ええ、とってもラッキーだと思います。ギャラの半分は前払いだったの。だから、用立ててもらった分をお返ししようと思って……」

「それだけのことで、わざわざ東京に来たのか⁉」

「ううん、それだけじゃないわ。本当は、アメリカに渡る前にあなたの顔をもう一度見たかったの」

「そうこなくちゃ。店はどうするんだ？」

「弟がひとりで頑張ってみるって」

「そうか。アメリカには、いつ行くのかな？」

「来月の下旬には旅立つ予定なの」

「いつかアメリカに行くよ」

「本当に会いに来てくれます？」

「ああ、必ず行くよ」

「もう最高だわ！」

エミリーが歓声をあげ、駆け寄ってくる。

ゆさゆさと揺れる乳房と腰の深いくびれが何とも悩ましい。

条件反射のように多門の下腹部が熱を帯びた。同時に、きのうまでの出来事が急速に遠のきはじめた。

春の突風がエミリーの衣服を体に密着させた。

女王蜂のような体型が露《あらわ》になった。今夜は朝まで肌を重ねることになるだろう。いまから楽しみだ。

多門は急ぎ足になった。傷の痛みは少しも気にならなかった。

本作品はフィクションであり、実在の
個人・団体などとは一切関係がありません。

２０１１年７月　祥伝社文庫刊
（『毒蜜　新装版』改題）
再文庫化に際し、著者が大幅に加筆しました。

実業之日本社文庫 み 7 24

毒蜜《どくみつ》 決定版《けっていばん》

2022年6月15日　初版第1刷発行

著　者　南《みなみ》 英男《ひでお》

発行者　岩野裕一
発行所　株式会社実業之日本社
〒107-0062　東京都港区南青山 5-4-30
emergence aoyama complex 2F
電話 [編集]03(6809)0473 [販売]03(6809)0495
ホームページ　https://www.j-n.co.jp/
DTP　株式会社千秋社
印刷所　大日本印刷株式会社
製本所　大日本印刷株式会社

フォーマットデザイン　鈴木正道(Suzuki Design)

ISBN978-4-408-55734-2（第二文芸）